HEYNE <

Christian Escribà
und
Sílvia Tarragó

Die Bäckerei der Wunder

Aus dem Katalanischen
von Ursula Bachhausen

WILHELM HEYNE VERLAG
MÜNCHEN

Die Originalausgabe L'obrador dels prodigis
erschien erstmals 2019 bei columna edicions,
llibres i comunicació, s.a.u., Barcelona

MIX
Papier aus verantwortungsvollen Quellen
FSC® C014496

Verlagsgruppe Random House FSC® N001967

Deutsche Erstausgabe 10/2020

Redaktion: Ulrike Gallwitz
Printed in Germany
Umschlaggestaltung: bürosüd nach einer Idee von Planeta Art & Disseny
Illustration: Pep Montserrat, www.buerosued.de, Trevillion Images / Susan Fox
Satz: Buch-Werkstatt GmbH, Bad Aibling
Druck und Bindung: GGP Media GmbH, Pößneck
ISBN: 978-3-453-42431-9

www.heyne.de

Die Gastronomie ist eine der zivilisiertesten Formen der Sinnlichkeit.

Néstor Luján

ERSTER TEIL
Die Magie des Süßen
(1876–1948)

Einmal mehr verhieß der Winter Schneefall – wozu es allerdings in zwanzig Nachkriegsjahren kaum gekommen war –, und alle Fabeln kamen aus der Großen Kiste, um die Welt für uns noch wunderbarer zu machen.

Terenci Moix, *»El día que va morir Marilyn«*

Der Tag, an dem Alba zur Welt kam

Die ersten Flocken fielen am späten Vormittag jenes ersten Weihnachtstages 1926. Anfangs schneite es so heftig, dass jedermann mit beträchtlichen Schneemengen rechnete. Der mit dicken, dunklen Wolken verhangene Himmel schien diese Annahme zu bestätigen, aber nach einer Weile ging dem Sturm die Puste aus, und er schwächte sich zu einem leichten Schneegestöber ab.

Doch allein die Tatsache, dass es in Barcelona schneite, war außergewöhnlich, und die Straßen sahen wie verwandelt aus. Der Passeig de Gràcia und das ganze Eixample-Viertel, die Rambla und die Verkehrsadern, die sich wie ein Geflecht durch die Stadt zogen, lagen unter einer dünnen, weißen Schicht aus Abermillionen winziger Eiskristalle, die aus der Atmosphäre herabgerieselt waren.

Das ungewöhnliche Schauspiel lockte die Menschen, die den seltenen Anblick bestaunen wollten, in Scharen aus ihren Häusern. Sie konnten nicht ahnen, dass sich in ihrer Stadt noch ein weiteres, nicht minder bemerkenswertes Wunder ereignet hatte.

Kurz vor Einsetzen des Schneefalls hatte sich der Himmel zugezogen, und die düstere, graue Wolkendecke ließ nicht einen Sonnenstrahl hindurch.

Genau in dem Moment, als in diesem trüben Dämmerlicht die ersten Flocken zur Erde schwebten, kam in einer bescheidenen Wohnung im Stadtteil Sants ein kleines Mädchen zur Welt. Und dieses Mädchen war kein gewöhnliches Kind. Denn die Kleine wurde mit einer Gabe geboren.

Zwar sollte sich ihr Talent erst nach einigen Jahren zeigen, doch als es so weit war, konnte es keinen Zweifel daran geben, dass manche Menschen von Natur aus mit besonderen Fähigkeiten gesegnet sind. Diesem einfachen, vom Schicksal begünstigten Mädchen war eine intuitive Gabe in die Wiege gelegt worden, die etwas Magisches hatte. Schon als kleines Mädchen besaß Alba so geschärfte Sinne, dass sie Geschmacksnoten aufzuspüren vermochte, wo andere nur herkömmliche Speisen sahen. Und zu diesem siebten Sinn gesellte sich später ein faszinierender Ideenreichtum. Alba brannte dafür, einfache Zutaten in ein Fest der Sinne zu verwandeln.

Aber am ersten Weihnachtstag des Jahres 1926 war all das noch Zukunftsmusik. Sechs Monate zuvor hatte in Los Angeles ein ebenso außergewöhnliches Mädchen das Licht der Welt erblickt, nur dass dieses, anders als Alba, einmal unsterblich werden sollte. Ob es daran lag, dass sie im selben Jahr geboren waren? Tatsache war, dass sich die künftige Köchin dem flüchtigen Stern namens Marilyn Monroe immer besonders verbunden fühlte.

Als Alba zur Welt kam, lag Barcelona gleichwohl nichts ferner als die glitzernde Welt der Stars und Sternchen in Hollywood. Während die Vereinigten Staaten im Takt von Charleston und Lindy Hop ihren wirtschaftlichen Wohlstand feierten, litt Barcelona unter dem Joch des Regimes von Diktator Primo de Rivera, der die Freiheiten der Katalanen beschnitten hatte.

Dennoch hatten die Einwohner der Stadt den Weihnachtsfeiertagen mit derselben Vorfreude entgegengefiebert wie immer. In den Schaufenstern der Geschäfte lagen die erlesensten Waren, in den Häusern wurden Krippen aufgebaut, und die Speisekammern waren so gut gefüllt wie sonst nie. Wie jedes Jahr bauten Schausteller auf der Avinguda de la Catedral ihre Stände auf und boten Figuren und allerlei Dinge feil, die traditionellerweise an die Geburt Christi erinnerten, und von dort gelangte die festliche Stimmung in die Wohnungen.

Eine ähnlich überschwängliche Freude, die mit der Genugtuung einherging, dass sich eine lange Wartezeit endlich dem Ende zuneigte, herrschte, als die kleine Alba zur Welt kam. Denn dieses Kind war schon seit vielen Jahren sehnlichst erwartet worden. Albas Geburt war in gewisser Weise ein Wunder und erinnerte unweigerlich an solch ungewöhnliche Schwangerschaften, wie sie nur in der Heiligen Schrift zu finden sind. Wie jene unfruchtbaren Frauen, die auf unergründliche Weise im reifen Alter schwanger wurden und Kinder bekamen, hatte auch Albas Mutter Adela allzu lange warten müssen, bis sich ihr sehnlicher Kinderwunsch erfüllte. Sie war zwar bedeutend jünger als die biblische Sarah, die mit neunzig Mutter wurde, und auch noch nicht in dem Alter, in dem die heilige Elisabeth Johannes den Täufer empfing, doch als Adela unaufhaltsam auf die vierzig zuging, gab sie die Hoffnung auf und fand sich mit ihrer Kinderlosigkeit ab. Sie war bitter enttäuscht und empfand sich selbst als unzulänglich, doch sie musste sich notgedrungen in ihr Schicksal fügen. Sie war ein verdorrter Ast, der niemals knospen würde.

Adela war bereits seit vierzehn Jahren mit Esteve verheiratet, einem liebenswürdigen Lehrer, doch obwohl die Ehe glücklich war, war es ihnen nicht vergönnt gewesen, ein Kind zu bekommen. Als sich Alba dann ankündigte, kannte ihre Freude keine Grenzen mehr, und sie fühlten sich von einer launischen Wendung des Schicksals begünstigt.

Dies waren die Umstände, in die Alba hineingeboren wurde. Die Kleine wuchs als Augenstern ihrer Eltern und der Großeltern mütterlicherseits auf, denen die einzige Tochter den sehnlichen Wunsch, die Familienlinie fortleben zu sehen, zu guter Letzt doch noch erfüllt hatte. Von ihren anderen Großeltern hatte Alba bedauerlicherweise nicht viel. Sie starben, noch bevor die Kleine in die Schule kam. Aber die liebevolle Aufmerksamkeit der übrigen Verwandten war mehr als ausreichend, um dem Mädchen in jenem Arbeiterviertel mit seinen Fabriken eine glückliche Kindheit zu bescheren.

Alba wuchs in den alten Straßen von Sants auf, einem Viertel, in dem noch immer ein Hauch seiner ländlichen Vergangenheit zu spüren war. Hier machte sie ihre ersten Schritte, hier schloss sie ihre ersten Freundschaften. Diese eigene Welt innerhalb des Kosmos der großen Stadt verließ sie nur, wenn sie die Eltern ihrer Mutter im bedeutend herrschaftlicheren Eixample-Viertel besuchte.

Dort lernte die Kleine die Patisserie Escribà kennen, in der ihre Großmutter Elvira schon seit vielen Jahren, seit der Zeit, als der Laden noch Bäckerei Serra hieß, Kundin war. Albas Großmutter hatte sich mit den Besitzern angefreundet, und da sie gern in der Bäckerei verkehrte und ihr auch das Warenangebot zusagte, kam bei ihr an besonderen Tagen stets eine süße Köstlichkeit von Antonio Escribà auf den Tisch. Und für Alba gab es nichts Schöneres, als ihre Großmutter in die Konditorei zu begleiten und das Feingebäck aussuchen zu dürfen.

Damals durfte sie bereits tatkräftig in der Küche mithelfen, nachdem ihre Mutter und ihre Großmutter festgestellt hatten, dass Alba eine besondere Gabe besaß, die Essenz eines jeden Nahrungsmittels zu erfassen, und dabei ungewohnte Möglichkeiten aufspürte, alltägliche Rezepte auf schmackhafte Weise abzuwandeln. Sie empfand es als spannende Herausforderung, neue Gaumenfreuden zu entdecken, und scheute sich nicht zu experimentieren. Die Zeit, die sie am Herd verbrachte, verging jedes Mal wie im Flug.

Der Reiz, der in diesen Herausforderungen lag, hatte sie zu ihren ersten kulinarischen Versuchen animiert, doch nachdem sie zum ersten Mal in der Konditorei gewesen war und ihre Großmutter ihr von deren Gründer erzählt hatte, wurde dieser zu ihrem leuchtenden Vorbild.

Unglücklicherweise gingen die unbeschwerten Jahre viel zu früh vorbei. Alba war noch keine elf Jahre alt, als ihre kleine, heile Welt zerbrach. Der Krieg legte sich mit seinen unheilvollen Folgen wie ein böser Zauber über die Bewohner der Stadt, und jedes noch so kleine Glück war plötzlich getrübt. Luftangriffe ließen Straßen und Plätze verwaisen und setzten den Himmel in Brand.

Damals erfuhr Alba, was Angst ist.

Trotz all dem Glück, das ihr später widerfahren sollte, würde sie nie vergessen, wie es ihr die Luft abgeschnürt hatte, wenn sie beim Aufheulen des Fliegeralarms voller Panik erwacht oder an der Hand der Mutter durch Straßen gelaufen war, in denen das Chaos herrschte. Die Furcht der Menschen vor einer drückenden, unsichtbaren Bedrohung war förmlich zu greifen gewesen. Und schon gar nicht würde sie die langen, beklemmenden Stunden vergessen, in denen sie im Schutz eines Bunkers ausharren mussten.

Auf den Krieg folgte ein trügerischer Frieden, der sich über ihre Welt legte, als wäre er die unausweichliche Folge des bösen Zauberbanns. Alba erkannte, dass nichts je wieder so sein würde wie zuvor. Ihre Welt war verwüstet, und in den Straßen, die dreizehn Jahre zuvor unter einer Schneedecke gelegen hatten, türmten sich nun die Trümmer.

Aber sie besaß eine Gabe, und sie wusste, dass die Magie unter den Ruinen noch immer lebendig war.

13. Juni 1876

Fünfzig Jahre zuvor hatte sich an einem anderen Ort und ebenfalls in zeitlicher Nähe zu einer Sonnenwende etwas Ähnliches zugetragen. Sieben Tage bevor die Sonne, die mit zunehmender Kraft die Felder in der vom Kanal von Urgell bewässerten Ebene wärmte, ihren höchsten Stand erreichte, kam in dem Dorf Torregrossa mit seinen gewundenen Gässchen im Süden jener Ebene der kleine Mateu zur Welt, ein Junge, der ebenso strahlte wie das Licht, das den herannahenden Sommer erahnen ließ.

Anders als Alba war Mateu kein Einzelkind, sondern der jüngste Spross von Ramon Serra und Raimunda Capell, die zuvor bereits elf Kinder bekommen hatten. Und bis auf die nahende Sommersonnenwende, die eine Woche später beim Fest des heiligen Johannes gefeiert werden würde, ereignete sich im Moment seiner Geburt nichts Bemerkenswertes.

Dennoch war es dem Jungen in die Wiege gelegt worden, einem anderen Lebensplan zu folgen, als seine bescheidene bäuerliche Abstammung erahnen ließ. Sein Schicksal nahm allzu früh eine tragische Wende, als Raimunda nur drei Tage nach der Niederkunft starb und den kleinen Mateu als Halbwaisen zurückließ. Dieser harte Schlag schien mit einem Mal das warme Strahlen zu verdüstern, das bis dahin das Elternhaus des Jungen erfüllt hatte. Zu der traurigen Stille, die auf das Unglück folgte, gesellte sich ein dunkler Schatten, und Mateu lernte bereits als Säugling das eisige Gefühl der Schutzlosigkeit kennen.

Bereits in einem so zarten Alter einem bitteren Los trotzen zu müssen führte dazu, dass der Junge eine nahezu unerschütterliche Zähigkeit entwickelte. Er klammerte sich hartnäckig an sein junges Leben und saugte es begierig auf, als läge er an der rosigen Brustwarze der Amme, die eilends gesucht worden war, um ihn zu stillen. Von Maria Olivares' Brust ernährt und mit einem eisernen Überlebenswillen ausgestattet, wuchs Mateu heran.

Doch seine Kindheit war nicht leicht. Nicht nur die Mutter fehlte, auch mehrere seiner Geschwister verstarben und hinterließen ebenso empfindliche Lücken wie die anderen, die auf der Suche nach einer besseren Zukunft in Richtung Amerika oder Barcelona aufgebrochen waren. Nach und nach wurde es still in Mateus Elternhaus, und der Junge flüchtete sich in Tagträume, in denen er sich seinen weiteren Lebensweg ausmalte. Am liebsten wollte er wie seine Geschwister nach Übersee gehen, um in einer der spanischen Kolonien sein Glück zu machen.

Er stellte sich vor, wie er sie nach einer abenteuerlichen Überfahrt, bei der Piraten und Seeungeheuer zu bezwingen waren, in jenen fruchtbaren Ländern wiedersehen würde. Er konnte weder lesen noch schreiben und besaß keine Bücher, sodass sich in seiner Vorstellung Fakten, die er in den Gesprächen der Erwachsenen aufgeschnappt hatte, mit den Märchen mischten, die ihm seine Amme Maria erzählte. Aus diesen Zutaten reimte sich sein fantasievoller Geist eine Geschichte zusammen, die ihn weit weg von den Feldern und Obstbäumen seiner Heimat bringen würde.

Lange sollte es nicht dauern, bis ihm das Leben den entscheidenden Stoß gab und er sich auf den Weg machte, wenngleich nicht zum Atlantik, sondern zur Mittelmeerküste. In seinen ersten Lebensjahren hatte er eine Reihe von Verlusten verkraften müssen. Als Jüngster der Geschwister war er schließlich allein beim Vater zurückgeblieben, dem er bei der Feldarbeit helfen musste. Zu jener Zeit war das Leben hart, und so lernte der Junge schon früh Mangel und Ungemach kennen. Zwar fügte sich Mateu trotz seiner jungen Jahre mit scheinbarer Entschlossenheit in sein Schicksal, doch tief in seinem Inneren tröstete er sich mit Träumen von einer erfreulicheren Zukunft.

Aber die Vorsehung schien es ihm nicht leicht machen zu wollen. Er war erst neun Jahre alt, als auch sein Vater starb und ihn als Waisen zurückließ. Dieser letzte Todesfall traf ihn am schlimmsten. Stärker als zuvor spürte der Junge den bitteren Verlust, und er erkannte, dass er an dem Ort, wo er so viel Leid und Kummer erlebt hatte, nicht bleiben durfte.

Da er sich irgendwie durchschlagen musste, besann er sich fürs Erste auf das, was er konnte. Er verdingte sich auf einem Bauernhof, obwohl er die Arbeit nicht mochte. Doch die schweren Zeiten hatten ihn stark gemacht und Geduld gelehrt. Mateu war überzeugt, dass nichts ewig währte und es das Wichtigste sei, ein Ziel zu haben. Und das hatte er. Er hatte es immer gehabt. Unbewusst hatte es sich ihm in den Tagträumen von seiner Zukunft offenbart. Daher wusste er, dass er nun, da er allein auf der Welt war, seine Geschwister wiederfinden musste.

Die Anstellung auf dem Bauernhof bot ihm ausreichend Gelegenheit, darüber nachzudenken, wie er sein Vorhaben in die Tat umsetzen konnte. Seine Aufgaben ermüdeten ihn zwar körperlich, aber sie ließen seinem Geist genügend Freiraum. In seinem Kopf arbeitete es unaufhörlich, während er sich anderen Dingen widmete. Und seine Sinne waren inzwischen so scharf, dass er schon am Gackern der auf dem Hof frei herumlaufenden Hühner erkennen konnte, welches ein Ei legen würde, das er essen konnte. Instinktiv war ihm sein leibliches Wohl ebenso wichtig wie sein scharfer Verstand.

Nach reiflicher Überlegung kam Mateu zu dem Schluss, dass es zu riskant sei, sich zu den Kolonien einzuschiffen. Es erschien ihm viel eher durchführbar, nach Barcelona zu gehen, wo seit einigen Jahren seine Brüder Anton und Llorenç lebten. Sie würden ihm sicher helfen, in der Hauptstadt, wo es unendlich viel mehr Möglichkeiten gab, eine bessere Arbeit zu finden als die, die er hatte. Zu verlieren hatte er nichts.

Jedenfalls nichts, das nicht in das Bündel gepasst hätte, mit dem er schließlich das Dorf verließ.

Bauernbrot

»Hast du dich verlaufen, mein Junge?«, erkundigte sich der Wirt des Gasthauses bei Mateu.

Bei seinem Eintreten hatte der Junge sämtliche Blicke auf sich gezogen. In der Schenke an der Landstraße von Arboç, einem kleinen Durchgangsort in der Nähe von Tarragona, kehrte stets ein bunt gemischtes Volk ein. Doch dass unversehens ein allein reisender Knabe auftauchte, war ungewöhnlich.

»Nein, ich bin auf dem Weg nach Barcelona.«

»Ganz allein? Das ist aber ein ganz schönes Stück …«

»Ich weiß, ich bin schon seit Tagen unterwegs.«

Die Reisenden an den Holztischen waren verstummt und lauschten dem Gespräch zwischen dem Gastwirt und dem Jungen.

»Woher kommst du denn?«

»Aus Torregrossa, einem Dorf bei Lleida. Von dort bin ich vor drei Tagen aufgebrochen. Ich bin gut vorangekommen, weil ich unterwegs auf einem Wagen mitfahren und auf einem Esel reiten durfte.«

»Und warum bist du fortgegangen? Für einen jungen Burschen wie dich kann es unterwegs sehr gefährlich sein.«

»Ich hatte dort niemanden mehr, und mir gefiel meine Arbeit nicht. Aber in Barcelona habe ich zwei Brüder. Wenn ich sie finde, helfen sie mir bestimmt. Und wenn nicht, schlage ich mich schon irgendwie durch.«

Die Gäste waren erstaunt über Mateus Entschlossenheit. Als die Gespräche allmählich wieder in Gang kamen, drehten sie sich nun alle um ihn. Es verwunderte die Leute, dass der Knabe, der offenkundig noch keine elf Jahre alt war, die neunzig Kilometer zwischen seinem Dorf und dem Städtchen Arboç ganz allein hatte zurücklegen können. Und dann wollte er mit seinem kleinen Bündel auch noch bis nach Barcelona.

Auch dem Gastwirt gingen die Geschichte und die Entschlossenheit des Jungen zu Herzen. Daher bot er ihm im Gegenzug für tatkräftige Mitarbeit in der Schankstube freies Logis an. Mateu nahm den Vorschlag dankend an, der es ihm erlaubte, wieder zu Kräften zu kommen, bevor er sich baldmöglichst erneut auf den Weg machen würde. Diese Gelegenheit durfte er nicht ungenutzt verstreichen lassen, das hatte er aus den leidvollen Erfahrungen in seinem bisherigen Leben gelernt. Schon unterwegs hatte er sich auf seinen siebten Sinn verlassen können, wenn ihm andere Reisende angeboten hatten, ihn ein Stück des Wegs mitzunehmen. Früher oder später würde sich der Aufenthalt in Arboç als nützlich erweisen, davon war er fest überzeugt. Und damit traf er abermals ins Schwarze.

Am Tag nach seiner Ankunft im Gasthaus suchte ihn der Bürgermeister auf, der von der ungewöhnlichen Wanderschaft des Jungen erfahren hatte und mehr darüber wissen wollte. Mateu schilderte ihm ausführlich seine Lage und was er vorhatte. Nachdem sich der Bürgermeister die Geschichte angehört hatte, kam er auf eine Idee, wie er den Jungen gesund und sicher nach Barcelona schaffen könnte.

»Ein Bekannter von mir verkauft in der Stadt Sägemehl. Er ist ein guter Mensch, und wenn ich ihm von dir erzähle, lässt er dich sicher mitkommen. Und vielleicht hat er sogar Arbeit für dich.«

Der Bürgermeister sollte recht behalten. Sobald der Sägemehlverkäufer von der Reise des wild entschlossenen jungen Burschen hörte, bot er ihm an, sein Gehilfe zu werden. So gelangte Mateu Serra schließlich auf einem mit Säcken voller Holzstückchen beladenen Wagen nach Barcelona.

Dort angelangt, wurde ihm bewusst, dass es nicht einfach sein würde, sein Vorhaben in die Tat umzusetzen, so bescheiden dieses auch sein mochte. Die Stadt war bedeutend größer, als er erwartet hatte. Wie sollte er in diesem Häusermeer seine Brüder ausfindig machen? Ohne andere Orientierungspunkte als das nahe Meer oder die geschwungenen Umrisse der Serra de Collserola in der Ferne fühlte er sich verloren.

In den ersten Tagen war er wie erschlagen von der schieren Größe der Stadt, die ihn schwindeln ließ. Barcelona war im Zuge der Weltausstellung stark gewachsen, einem Ereignis, das der Stadt nicht nur herrliche modernistische Gebäude, sondern auch eine neue Blütezeit beschert hatte.

Mateu begriff schnell, dass es ihm in dieser Situation ein Leichtes sein würde, sein Auskommen zu finden. Beseelt von dieser Gewissheit, lieferte der Junge Säcke mit Sägemehl aus und widmete sich daneben der Aufgabe, seine Verwandten zu finden. Nach und nach lernte er die Verkehrsadern kennen, die die Stadt durchschnitten, und fühlte sich im Straßengewirr bald nicht mehr so verloren. Überdies kam er auf diese Weise in Kontakt zu Einheimischen, die womöglich etwas über seine Brüder wissen mochten.

Bei jeder passenden Gelegenheit wandte sich der Junge an

Kaufleute und Händler und erkundigte sich nach seinen Verwandten. In einer Großstadt, die schon fast eine halbe Million Einwohner hatte, war das wahrlich kein leichtes Unterfangen, doch er hatte die Hoffnung, dass man in einer der Bäckereien, in denen er seine Sägespäne feilbot, von seinem Bruder Anton gehört hatte, der Bäcker war. Sobald er in die Läden kam, sprach er daher die Bäckersleute auf Anton an. Nur seiner unerschütterlichen Geduld und der Ausdauer, die er im Laufe seines noch kurzen Lebens entwickelt hatte, hatte es Mateu zu verdanken, dass er nicht den Mut verlor, wenn seine Nachforschungen wieder einmal nicht von Erfolg gekrönt waren.

Nach tagelanger ergebnisloser Suche erhielt er in einer Bäckerei im Stadtzentrum endlich den ersehnten Hinweis. Nachdem er daraufhin eine Weile durch die Straßen geirrt war, fand er schließlich die Adresse seines Bruders.

Als Mateu dann unvermittelt vor der Tür stand, erkannte Anton ihn im ersten Moment nicht. Sie hatten sich seit dem Tod ihres Vaters vor zwei Jahren nicht mehr gesehen, und in dieser Zeit hatte sich der Junge stark verändert. Seine dunklen, lebhaften Augen waren noch dieselben, aber die weichen, kindlichen Züge waren herber geworden, und die langen Stunden harter Arbeit hatten seine Statur gekräftigt.

»Erkennst du mich etwa nicht?«, musste der Junge fragen, als sein Bruder in der Tür stehen blieb und ihn verdutzt musterte.

»Ja doch, natürlich!«, antwortete Anton zögernd und trat zur Seite, um Mateu hereinzubitten. »Ich habe nur nicht mit dir gerechnet. Aber sag mal … was machst du denn hier? Und wie hast du mich gefunden?«

»Glaub ja nicht, dass das leicht war. Ich musste lange herumfragen. Ich bin schon vor einer Woche nach Barcelona gekommen, mit einem Holzhändler, den ich in Arboç kennengelernt habe. Ich arbeite jetzt für ihn.«

»Warst du nicht Knecht auf einem Bauernhof?«

»Ich habe gekündigt. Es gefiel mir dort nicht, und da habe ich mir ein Beispiel an dir und Llorenç genommen. Weißt du übrigens etwas über ihn?«

»Er führt nicht weit von hier eine Pension. Wir gehen nachher zu ihm. Ich bin gespannt, was er für ein Gesicht macht, wenn er dich sieht ... Junge, wie du dich verändert hast. Aus dir ist ja beinahe ein richtiger Mann geworden!«

Nachdem Mateu seinem Bruder ausgiebig von seiner abenteuerlichen Reise nach Barcelona erzählt hatte, erkundigte sich Anton nach seiner Arbeit.

»Die Sache mit dem Sägemehl ist gar nicht schlecht«, sagte er. »Aber wir wollen versuchen, etwas Besseres für dich zu finden.«

Einige Tage später hatten seine beiden Brüder Mateu eine Anstellung als Kohlenbote verschafft. Allerdings konnte der Junge weder lesen noch schreiben. Das erschwerte es ihm, die Adressen zu finden, an denen er die Ware abliefern sollte. Anton und Llorenç halfen ihm, so gut sie konnten. Sie erklärten ihm jedes Mal den Weg und brachten ihm mithilfe eines Kartenspiels bei, Ziffern zu erkennen. Auf diese Weise machte der blitzgescheite Mateu sein mangelndes Wissen wett und schlug sich in seiner neuen Arbeit wacker.

Nach kurzer Zeit kannte der Junge bereits sämtliche Straßen, Plätze und Alleen der Stadt und wusste, welche Geschäfte dort angesiedelt waren. Überdies schulte der Verkehr mit den Kunden seine Menschenkenntnis und Umgangsformen, was ihm in den kommenden Jahren gute Dienste erweisen sollte.

Mit vierzehn Jahren kam Mateu in das Alter, in dem er einen Beruf erlernen konnte, und er begann, als Lehrling in der Bäckerei seines Bruders Anton zu arbeiten. Zwar hatte es ihm gefallen, als Kohlenbote durch die Straßen der Stadt zu streifen, doch in seiner neuen Tätigkeit eröffnete sich ihm eine faszinierende Welt. In der Backstube kam ihm das Leben viel intensiver und unmittelbarer vor. Manchmal schien sich sogar die Zeit anders anzufühlen. Wie Mehl, dicht und flüchtig zugleich und unendlich kostbar.

Zum ersten Mal im Leben fand er wirklich Gefallen an dem, was er tat. Es war ein unbezahlbares Gefühl, aus so einfachen Zutaten wie Mehl, Salz und Wasser etwas so Edles und Lebenswichtiges zu erschaffen wie Brot. Sobald er die Grundlagen des Handwerks beherrschte, wagte er sich daher an eine eigene Kreation, die er Bauernbrot nannte.

Für den Teigansatz häufte er Mehl auf, in das er eine Mulde drückte, und gab Salz, Hefe und Wasser hinein. Dann knetete er alles so lange, bis er einen geschmeidigen Teig erhielt, den er unter einem feuchten Tuch zwei Stunden lang ruhen ließ. Für den Brotteig schichtete er einen Vulkan aus vier verschiedenen Mehlsorten mit Weizenschrot und Salz auf. Nachdem er behutsam alles vermischt hatte, fügte er Wasser hinzu, bis sich eine zähe, weiche Masse bildete, zu der er langsam den Sauerteig hinzugab. Dann ließ er das Ganze unter einem feuchten Tuch für eine Dreiviertelstunde an einem warmen Ort gehen. Anschließend teilte er den Teig und formte ihn zu Brotlaiben, die er erneut mit einem feuchten Tuch bedeckte, bis er sie am nächsten Tag backen konnte.

Er konnte nicht ahnen, dass das Rezept für dieses Brot die Zeit überdauern und eines Tages als Vermächtnis an seine Nachkommen weitergegeben werden sollte. Das lag noch in ferner Zukunft, und bis dahin musste Mateu so manchen Schicksalsschlag überwinden.

Der Erste ereilte ihn noch vor seinem neunzehnten Geburtstag.

Schon seit Tagen zerbrach sich Mateu den Kopf. Die Entscheidung, die er zu fällen hatte, würde sich auf sein gesamtes Leben auswirken, und er wollte ganz sichergehen. Und so grübelte er von früh bis spät, morgens in der Backstube und abends, wenn er vor Erschöpfung ins Bett sank. Er wollte nichts überstürzen, aber die Zeit verstrich unerbittlich, und er musste eine Antwort geben.

Vier Tage zuvor war nach der Arbeit einer der Kunden der Bäckerei zu ihm gekommen. Es war der Sohn eines Ladenbesitzers aus dem Viertel, der im Geschäft seines Vaters mitarbeitete. Er mochte nicht viel älter sein als Mateu, doch an diesem Abend schien er durch seine ausgemergelte Gestalt um Jahre gealtert. Er hatte sichtlich abgenommen, und tiefe Augenringe verschatteten sein Gesicht. Der Glanz in seinen Augen war erloschen.

»Entschuldigen Sie die Störung, junger Mann«, sprach er Mateu freundlich an. »Ich würde Sie nicht belästigen, wenn ich nicht einen triftigen Grund hätte. Aber ich weiß keinen Ausweg mehr.«

»Keine Sorge, ich helfe gern, wenn ich kann.«

»Sie sind zu liebenswürdig. Sehen Sie, es geht um den Krieg mit Kuba. Ich bin eingezogen worden, aber im Moment kann ich unmöglich dorthin gehen. Ich habe ein zweijähriges Kind, und ein weiteres ist unterwegs, und außerdem ist da noch der Laden. Mein Vater ist alt, ich kann ihn mit dem Geschäft nicht allein lassen.«

»Worauf wollen Sie hinaus? Soll ich etwa an Ihrer Stelle nach Kuba gehen?«

Die Gesetze erlaubten es Rekruten zu jener Zeit, sich gegen Zahlung einer gewissen Summe durch einen Ersatzmann vertreten zu lassen. Der Mann antwortete nicht gleich. Er rieb sich die Hände, um sein nervöses Zittern unter Kontrolle zu bringen.

»Bitte bedenken Sie meine Lage. Was soll aus meinen Kindern und aus meiner Familie werden? Glauben Sie mir, ich würde Sie nicht darum bitten, wenn ich nicht verzweifelt wäre. Selbstverständlich werde ich Sie finanziell entschädigen.«

Mateu bat ihn um ein paar Tage Bedenkzeit. Resigniert willigte der Sohn des Ladenbesitzers ein. Er hatte keine Wahl, auch wenn die bohrende Ungewissheit an ihm nagte.

Vier Tage nach diesem Gespräch fasste der junge Bäcker einen Entschluss. Die Vorsehung musste ihm diesen Mann geschickt haben. War es nicht immer schon sein Traum gewesen, nach Übersee zu reisen? Gewiss war dies ein Zeichen, und Mateu hatte nicht vor, es zu ignorieren.

So kam es, dass der junge Mann sechs Jahre nach seiner Ankunft in Barcelona an Bord eines Schiffes erneut zu einer Reise aufbrach, die diesmal allerdings sehr viel länger dauern sollte als die erste. Nachdem er den Ozean überquert hatte, musste sich Mateu Abertausende von Kilometern fern der Heimat an ein neues Leben gewöhnen. Nicht nur die strenge militärische Disziplin war ihm fremd, auch das Klima und die Landschaft der Insel unterschieden sich sehr von dem Viertel in Barcelona, das er hinter sich gelassen hatte.

Doch der junge Mann wusste sich an die neuen Umstände anzupassen. Zu dem beherzten Wesen, das ihn seinerzeit dazu gedrängt hatte, aus seinem Heimatdorf zu fliehen, gesellte sich inzwischen die Lebenserfahrung der letzten Jahre. Der tägliche Umgang mit Menschen hatte seine Intuition geschärft und ihn den nötigen Scharfsinn entwickeln lassen, um mit allen Eventualitäten fertigzuwerden.

Mehr als drei Jahre verbrachte er in dem Land, das für seine Unabhängigkeit stritt. Der Krieg, in dem er kämpfte, endete schließlich in einem Fiasko, das der Gesellschaft und der politischen Klasse Spaniens jener Zeit einen empfindlichen Schlag versetzte.

Doch für Mateu sollte es nicht bei der militärischen Niederlage bleiben. Als er sein ganzes Geld in eine Schiffsladung Papier investierte und er diese in einem Unwetter verlor, traf ihn auch persönlich mit voller Wucht das Unglück.

Kurz vor seiner Heimkehr hatte er sich überlegt, wie er aus dem Geld, das er als Ersatzmann des Kaufmanns verdient hatte, Profit ziehen konnte, und hatte damit schließlich eine Partie Papier gekauft. Er rechnete beim Verkauf mit einem stattlichen Gewinn, da Papier in Spanien teuer war, und hatte vor, den Ertrag in die Textilindustrie oder Immobiliengeschäfte zu investieren. Aber dass ein Sturm während der Überfahrt die gesamte Fracht des Schiffs beschädigen könnte, hatte er nicht einkalkuliert.

Es war einer der seltenen Momente in seinem Leben, in denen der junge Mann den Mut verlor. Als der Kapitän des Schiffs sah, wie niedergeschlagen Mateu war, bekam er Mitleid mit ihm und schenkte ihm einen Sextanten und eine bronzene Glocke, um seinen Verlust wettzumachen. Diese spontane Geste deutete Mateu erneut als Wink des Schicksals und nahm sie als Beweis, dass sein Leben fortan in einem anderen Fahrwasser verlaufen sollte.

Mit dieser Überzeugung stürzte er sich wieder voller Tatkraft in seine Aufgaben in Antons Backstube und half daneben in Llorenç' Pension aus. Dass er in diese vertraute Welt zurückkehren konnte, die er während seiner Zeit in Kuba so schmerzlich vermisst hatte, tröstete ihn über den Verlust des Geldes hinweg. Es machte ihn froh, mit seinen Brüdern zusammenzuarbeiten und im Bäckerberuf, in dem er längst seine Erfüllung gefunden hatte, zur Meisterschaft gelangen zu können.

Schon morgens beim Aufstehen beseelte ihn der Wunsch, der Kundschaft Brote in bester Qualität anzubieten. Es machte ihn stolz, wenn sein Blick über die Auslagen mit den Backwaren schweifte, die er mit derselben Hingabe hergestellt hatte, die er stets bei allem, was er tat, an den Tag legte. Die Kunden wussten seinen Eifer zu schätzen und kamen immer wieder, als wäre dies Teil eines köstlichen Zeremoniells.

Mit einigen seiner treuen Stammkunden freundete Mateu sich schließlich an. Darunter war auch der Pförtner eines nahe gelegenen Wohnhauses, der es sich angewöhnt hatte, in die Backstube zu kommen, um sich aufzuwärmen. Dort hielt er so manchen Schwatz mit dem jungen Bäcker, aus dessen anfänglicher Freundlichkeit im Laufe der Zeit Zuneigung wurde.

Dabei erfuhr Mateu, dass der Mann, der Josep hieß, aus Tortosa stammte und schon vor etlichen Jahren nach Barcelona gekommen war. Früher war Josep Schuster gewesen, doch seit ihn ein Gebrechen gezwungen hatte, diesen Beruf aufzugeben, führte er gemeinsam mit seiner Frau eine Pförtnerloge.

Nach kurzer Zeit sollte Mateu erkennen, dass seine Bekanntschaft mit Señor Josep ein erneuter Wink des Schicksals war. Der Pförtner hatte mehrere Kinder, und als jemand Mateu gegenüber erwähnte, dass seine Tochter Josefina eine vorzügliche Ehefrau für ihn wäre, folgte der junge Mann abermals seiner inneren Stimme, die ihn noch nie getrogen hatte, und bat darum, das Mädchen kennenzulernen.

Seine Eingebung sollte sich auch diesmal als richtig erweisen. Josefina entpuppte sich als reizende, fleißige junge Frau, die ebenso zupackend war wie er selbst. Nur dreizehn Monate nach ihrem ersten Rendezvous beschlossen die beiden jungen Leute zu heiraten.

Die Ehe mit Josefina gab Mateus weiterem Lebensweg die entscheidende Wendung. Mit ihrer Unterstützung wagte der junge Bäcker das größte Abenteuer seines Lebens und eröffnete am 26. Juli 1906, zwanzig Jahre vor Albas Geburt, die Bäckerei Serra.

Damit legte Mateu den Grundstein dafür, dass sich der von ihm eingeschlagene Weg in eine Odyssee über die Zeiten hinweg verwandeln sollte.

Pastissets de Tortosa

15. März 1947

Alba ließ das Mehl durch die Finger der einen Hand rinnen, während sie mit der anderen in einem kleinen Stieltopf rührte. Sofort überlagerte das Aroma des Anislikörs die Gerüche der übrigen Zutaten. Ein betörender Duft breitete sich in der Küche aus. Die junge Frau achtete peinlich genau darauf, wie rasch das Mehl auf die vermengten Zutaten rieselte. Trotz ihrer Jugend hatte sie schon vor langer Zeit gelernt, das richtige Verhältnis von Menge, Zeit und Geschwindigkeit auszuloten. Inzwischen erreichten die von ihr zubereiteten Gerichte einen Grad der Perfektion, der nur in vollkommener Harmonie zu finden ist.

Unter dem stetigen Rühren des Schneebesens verband sich das Mehl mit dem flüssigen Anislikör, dem Sonnenblumenöl, den zähflüssigen Eiern und dem weichen Puderzucker zu einem sämigen Teig. Alba mochte das Gefühl des samtig zwischen ihren Fingern dahinrinnenden Mehls, das sie an die weiche, makellose Haut kleiner Kinder erinnerte.

Unwillkürlich musste sie an ihre eigene Kindheit denken. Schon als kleines Mädchen war sie ständig voller Mehlstaub gewesen. Sie hatte sich früh von der Küche magisch angezogen gefühlt, einem Raum, der ihr nicht von dieser Welt schien. In der wohligen Wärme eines nie verlöschenden Herdfeuers, über dem sich je nach Tages- oder Jahreszeit die verschiedensten Düfte entfalteten, konnte sie beim Köcheln der Kasserollen jedes Zeitgefühl verlieren.

Ihr bisheriges Leben stellte sich wie eine einzige Abfolge von Mahlzeiten und Festmahlen dar, mit deren Zubereitung sie von ihrer Familie immer häufiger betraut wurde, je älter sie wurde und je stärker sie sich in der Küche einbringen konnte.

Alba hielt in der Bewegung inne, als sie sah, dass die Zutaten im Stieltopf inzwischen einen glatten Teig bildeten. Sie kippte ihn auf den Küchentisch und unterteilte ihn in Portionen, die sie zu Kugeln formte. Sie fühlten sich weich an, hatten aber genau die richtige Konsistenz, um verarbeitet zu werden. Der Anisgeruch war nun nicht mehr ganz so durchdringend, und als die junge Frau begann, die Teigkugeln zu flachen Kreisen zu zerdrücken, war sie mit dem Zusammenspiel der verschiedenen Aromen zufrieden. In die Mitte eines jeden Teigkreises gab sie einen Teelöffel des Engelshaar genannten feinfaserigen Kürbismuses und fügte ein wenig Honig hinzu. Zum Schluss klappte sie die Teigtaschen zu, verschloss den Rand mit einem Hahnenkammmuster und schob sie in den Ofen.

Während die Wärme sie in kleine, halbmondförmige Köstlichkeiten verwandelte, räumte Alba die Küche auf. Ihre Gedanken kamen jedoch nicht zur Ruhe. Sie malte sich aus, welchen Eindruck diese süßen Teilchen auf ihre neuen Arbeitgeber machen würden, für die sie seit zwei Monaten als Köchin tätig war. Sie war zum ersten Mal in einem so herrschaftlichen Haushalt angestellt, doch bisher hatte sich die Familie von ihrem Können sehr beeindruckt gezeigt.

In den vergangenen fünf Jahren hatte sie als Küchenhilfe bei der Inhaberin eines Ladens in ihrem Viertel Sants gearbeitet. Sie war gerade einmal fünfzehn Jahre alt gewesen, als sie diese erste Stelle angetreten hatte, bei der sie neue Fertigkeiten dazulernen konnte. Schließlich hatte sie sich in der Nachbarschaft einen gewissen Ruf erworben, dem sie es zu verdanken hatte, dass man in einigen betuchten Familien auf sie aufmerksam wurde. Zu guter Letzt hatten ihr die Vidals, gut situierte Leute aus dem Eixample-Viertel, die gerade eine Köchin suchten, ein verlockendes Angebot gemacht. Das Oberhaupt der Familie war ein bekannter Architekt, der ein reges gesellschaftliches Leben führte. In seiner großen Wohnung am Passeig de Gràcia gab es des Öfteren festliche Anlässe, und so hatte die Dame des Hauses Alba eine Stelle angeboten, zu der sie nicht Nein sagen konnte. Kurz entschlossen kündigte die junge Frau bei der Ladenbesitzerin, um in die Dienste ihrer neuen Herrschaft zu treten.

Nur wenige Wochen später hatte ihr ihre offensichtliche Begabung in kulinarischen Belangen die Bewunderung der Familie des Architekten und ihrer Gäste eingetragen. Ihre Arbeitgeber konnten trotz der zu jener Zeit herrschenden Rationierung selbst schwer erhältliche Lebensmittel beziehen, was in Verbindung mit Albas Einfallsreichtum zu überaus delikaten Gaumenfreuden führte.

Alba wurde aus ihren Gedanken gerissen, als die Teigtaschen ebenso goldgelb glänzten wie ihr sanft gewelltes Haar, das sie im Nacken zu einem Knoten zusammengebunden hatte. Auch die Sprenkel, die die grünliche Iris ihrer Augen wie ein winziger Feuerring umgaben, hatten einen ähnlichen Farbton.

Als sie die Ofentür öffnete, schlug ihr mit der Wärme ein verführerischer Duft entgegen. Er erinnerte sie daran, was sie auf die Idee gebracht hatte, diese Leckereien zu backen.

Es war der 15. März, der Geburtstag ihrer Mutter, und Alba backte in jedem Jahr an diesem Tag Pastissets de Tortosa, um dem Gebäck zu huldigen, dem sie es zuschrieb, dass sie auf der Welt war. Denn genau neun Monate vor ihrer Geburt hatte ihre Großmutter Elvira diese Naschereien in der Bäckerei von Mateu Serra, in der sie Stammkundin war, als Geburtstagsgeschenk für Albas Mutter gekauft. Ihre Eltern waren zu diesem Zeitpunkt bereits seit mehr als vierzehn Jahren verheiratet gewesen, doch ihre Ehe war kinderlos geblieben. Aber vierzig Wochen nachdem ihre Mutter sich das Gebäck hatte schmecken lassen, war sie, Alba, zur Welt gekommen.

Als Alba diese Anekdote später erzählt wurde, verstand sie mit einem Mal, woher sie ihr Händchen für alles Gastronomische und ihre besondere Begeisterung für die Feinbäckerei hatte. Dieses Wunder nannte sie fortan »die Magie des Süßen«.

Von da an war sie fest davon überzeugt, dass das Konditorhandwerk mehr als eine Kunst war. Und dass das Leben für sie mehr zu bieten hatte als Wunschträume.

»Darf ich eins probieren?«

Alba schaute von dem Backblech auf, das sie auf einer Ablage abgestellt hatte, und begegnete dem Blick der ältesten Tochter der Vidals. Der flehende Ausdruck in den blitzenden Augen des Mädchens entlockte ihr ein nachgiebiges Lächeln.

»Noch nicht, Schätzchen«, antwortete sie. »Sie sind noch zu heiß. Aber heute Nachmittag kannst du so viele essen, wie du magst.«

Bei diesem süßen Versprechen leuchteten die braunen Augen der Kleinen hoffnungsvoll auf. Seufzend strich Alba über die dunklen Locken des Mädchens.

Obwohl die junge Köchin erst seit acht Wochen für die Familie arbeitete, hatte sie Núria und ihren kleinen Bruder Pau bereits ins Herz geschlossen. In diesen beiden Monaten war die Naschlust der Kinder geweckt worden, und sie hatten die neue Köchin lieb gewonnen.

Denn Alba besaß nicht nur ein umgängliches Wesen, sondern hatte auch unendlich viel Geduld mit den Kindern, deren Neugier von ihrem kulinarischen Geschick geweckt worden war. Anstatt sie aus der Küche zu verscheuchen, wo sie sie mit großen Augen beobachteten, beflügelte sie ihre Fantasie, indem sie ihnen zu den Gerichten, die sie zubereitete, passende Geschichten erzählte. Mal handelten sie von den Eigenschaften der Nahrungsmittel, andere Male von deren ferner Herkunft, und sie wurden von Alba stets mit wahren oder erfundenen Anekdoten ausgeschmückt.

Doch unter allen Geschichten mochten die beiden Kinder am liebsten die erstaunliche Legende von der Geburt der Köchin und der »Magie des Süßen«. Sie verlieh Alba in den Augen der Kleinen eine Art Glorienschein, der es rechtfertigte, dass sie in diesem Bereich des Hauses das Sagen hatte.

Núria folgte Alba zur Speisekammer und lehnte sich an den Türrahmen. Während die junge Frau eine Handvoll Kichererbsen holte, die sie in die Suppe geben wollte, fragte das Mädchen:

»Backst du mir einen Geburtstagskuchen?«

»Aber sicher! Ich mache einen Mandelkuchen, nach dem du dir die Finger lecken wirst.«

»Darf ich dir helfen?«

»Das fragen wir besser deine Mutter. Du bist noch zu klein.«

»Aber ich werde schon zehn! Du hast uns doch schon oft erzählt, dass du in diesem Alter längst beim Kochen und Backen geholfen hast.«

»Weil meine Mutter und meine Großmutter es erlaubt haben. Man muss immer darauf hören, was die Erwachsenen sagen, das weißt du doch.«

Núria seufzte resigniert, aber ihre kleinen dunklen Augen leuchteten noch immer hoffnungsvoll. Die Zeit, die sie an Albas Seite verbrachte, war für sie etwas ganz Besonderes. Sie ermöglichte ihr eine Entdeckungsreise in die Welt der Aromen, der Geschmacksnoten und der Fantasie. Die Außenwelt schien zu schrumpfen, während der Kosmos der Sinnlichkeit, der in der Küche herrschte, im gleichen Zuge wuchs. Und inmitten des Ganzen strahlte Alba wie die Sonne.

Als wären sie zwei Satelliten dieses Himmelskörpers, verfolgten Núria und der erst achtjährige Pau jeden von Albas Handgriffen. Sie umkreisten die junge Köchin, ohne sie bei der Arbeit zu stören, gebannt von der sinnlichen Spur, die ihre geschickten Verrichtungen hervorbrachten. Der Duft von Vanille, Zitrone und Zimt, der Mehlstaub in der Luft, Kleckse von Zucker, Marmelade und Honig und der stete Klang des Schneebesens beim Schlagen und Mixen machten die Küche für die Kinder zu einem Ort, in dem die Gesetze von Raum und Zeit keine Geltung hatten.

Sooft sie konnte, flüchtete sich Núria daher vor der eintönigen Langeweile, die in ihrem Elternhaus herrschte, in diese andere Sphäre. Sobald sie aus der Schule kam, warf sie ihren Ranzen in ihr Zimmer und rannte in die Küche.

Sie hatte diese Angewohnheit vor einigen Wochen entwickelt, seit dem Tag, an dem sie schon beim ersten Löffel des Aprikosenpuddings, der ihr auf der Zunge zergangen war, gewusst hatte, dass die Familie eine neue Köchin haben musste. Die ausgewogene Kombination aus weichem Eigelb, saftigen Früchten und Zucker war eine süße Verbindung eingegangen und hatte in der richtigen Zeit und bei der richtigen Temperatur eine geradezu unwiderstehliche Konsistenz angenommen.

Als Núria den Pudding kostete, breitete sich ein unerwartetes Wohlgefühl in ihrem Bauch aus. Und noch während sie sich darüber wunderte, bemerkte sie, dass es ihrem Bruder Pau ähnlich erging. Er wurde mit einem Mal munter, und seine Verärgerung darüber, Obst essen zu müssen, wich angesichts dieser unverhofften Wonne einem Ausdruck angenehmer Überraschung.

Da berichtete ihre Mutter, dass sie Alba angestellt hatte. Sie tupfte sich mit der Leinenserviette behutsam die Mundwinkel ab und rief aus: »Señora Engràcia hat nicht zu viel versprochen, als sie mir das Mädchen als Köchin empfohlen hat. Dieses Dessert ist deliziös.«

Ihr Gatte am Kopfende des Tisches nickte zustimmend. Núria fand, die sonst so förmliche Haltung ihres Vaters sei eine Spur nachgiebiger geworden. Erstaunt sah sie unter seinem Schnurrbart ein leises Lächeln aufblitzen.

Nach dem Abendessen machte sie sich daher neugierig auf den Weg zur Küche. Sie wollte wissen, wer diese neue Frau war, die künftig die Mahlzeiten der Familie zubereiten sollte. Sie lief durch den langen Flur, der das Esszimmer von der Küche trennte, und schlich sich im Dunkeln verstohlen zu deren Tür. Dort lehnte sie ihren kleinen, schmalen Körper an den Türrahmen und steckte vorsichtig den Kopf durch die Öffnung, um einen Blick in den Raum werfen zu können.

Die neue Angestellte stand mit dem Rücken zu ihr und spülte das Geschirr ab, das sie zuvor im Granitspülbecken abgebraust hatte. Sie war nicht sehr groß, und ihre sich rundenden Formen ließen erahnen, wie jung sie noch war. Als sie sich plötzlich umdrehte, um ein Küchentuch zu nehmen, konnte Núria sie von vorn sehen. Ihr ovales Gesicht, die vollen Lippen und die prallen Wangen, die an reife Früchte erinnerten, harmonierten perfekt mit dem festen Körper.

Die zarte Gestalt der jungen Frau und ihre sanfte Miene machten Núria Mut. Langsam löste sich das Mädchen von der Tür und trat in den hellen Lichtkegel der Deckenlampe.

Als Alba die Kleine entdeckte, wirkte sie nicht überrascht. Sie lächelte nur, und in ihrer fröhlichen, aufgeweckten Miene las Núria die Einladung, sich zu nähern.

»Du bist sicher die Tochter der Herrschaften, nicht wahr?«, fragte Alba, während sie sich die Hände am Küchenhandtuch abtrocknete. Und als das Mädchen nickte, fuhr sie fort: »Ich heiße Alba, ich bin die neue Köchin. Hat dir das Essen geschmeckt?«

»Und wie. Vor allem der Pudding.«

»Das freut mich. Das Rezept ist aus *Carmencita oder Die gute Köchin*, einem Kochbuch, das ich zu meinem fünfzehnten Geburtstag bekommen habe. Es ist schon alt, aber ich mag es wirklich sehr. Es bringt mich auf gute Ideen.«

Der zwanglose Tonfall der jungen Köchin fesselte das Mädchen, das auf einem Hocker Platz nahm, um ihr zuzuhören.

»Die Autorin hat die Rezepte für ihre Tochter gesammelt

und anschließend aufgeschrieben. Es gefällt mir, dass es in diesem Buch nicht nur Rezepte von hier gibt. Manche stammen aus Frankreich, aus Amerika und noch vielen anderen Ländern. Deshalb schaue ich immer wieder hinein, genau wie ins *Buch der katalanischen Küche*. Aber das gehört meiner Großmutter. Sie hat es schon seit vielen Jahren und hütet es wie ihren Augapfel. Wenn ich so alt bin wie sie, habe ich hoffentlich auch viele Kochbücher.«

Schon mit diesen ersten Worten hatte Alba die Tochter ihrer Arbeitgeber für sich eingenommen. Hingerissen lauschte die Kleine der vertraulichen Plauderei, in der die junge Köchin sie an ihren Anekdoten und Gedanken teilhaben ließ. Das taten die Erwachsenen sonst nie. Núria fühlte sich in Albas Gegenwart nicht nur älter, sondern vor allem ernst genommen.

Seit diesem Tag waren zwei Monate vergangen, und die Beziehung zwischen Alba und Núria war immer enger geworden. Auch Núrias Bruder Pau durfte an dieser zarten Freundschaft teilhaben. Er war schüchterner und längst nicht so keck wie seine Schwester, doch er fühlte sich in Albas Gesellschaft wohl und hörte ihren Geschichten ebenso gern zu wie diese. Pau war ein ruhiges Kind, ein Denker, kein Springinsfeld. Er liebte es zu beobachten, wie Alba aus den verschiedenen Zutaten die köstlichsten Kreationen schuf.

Die Eltern wussten, welche Anziehungskraft die Köchin auf ihre Kinder ausübte. Solange es sich nicht nachteilig auf ihre schulischen Pflichten auswirkte, war es ihnen recht, dass sie so viel Zeit bei Alba verbrachten. Sie wussten, dass die beiden bei ihr gut aufgehoben waren und sich blendend unterhielten, und verließen sich auf die junge Frau, die mit ihrer freundlichen und tüchtigen Art nicht nur auf Anhieb das Herz der Kinder erobert hatte, sondern das Vertrauen von Menschen jeden Alters gewinnen konnte.

Und so kam es, dass sich in der Wohnung des Architekten Vidal im Eixample-Viertel der Duft von Zitrusfrüchten und Gewürzen breitmachte und das herzliche Wesen der jungen Köchin das Heim der Familie mit einem hellen Strahlen erfüllte.

Die Magie des Süßen hatte bei den Vidals Einzug gehalten.

Krapfen aus dem Empordà

»Und du durftest sie wirklich mitnehmen?«, fragte ihre Großmutter, unsicher, ob sie einen der gezuckerten Kringel kosten sollte, die Alba ihr anbot.

»Ja, *àvia,* sei unbesorgt. Sonst hätte ich sie nicht mitgebracht.«

»Ich finde, du hast großes Glück gehabt, in diesem Haushalt unterzukommen, mein Schatz. Nicht alle Arbeitgeber erlauben ihren Angestellten, die Reste mitzunehmen.«

Obwohl Alba ein ausgesprochenes Händchen für alles Kulinarische besaß, hatte ihre Familie nur selten Gelegenheit, Köstlichkeiten wie diese Krapfen, die sie für ihre Herrschaften gebacken hatte, zu genießen. Infolge der internationalen Isolierung des Landes waren Lebensmittel zu einem knappen Gut geworden, und es war bereits ein Privileg, wenn es überhaupt etwas zu beißen gab. Zwar war es in den Jahren gleich nach Kriegsende weitaus schlimmer gewesen, doch der Hunger blieb allgegenwärtig.

Echte Not herrschte, trotz aller Entbehrungen, bei Alba zu Hause jedoch nicht. Ihre Familie bestand nur noch aus ihrer Mutter Adela und ihrer Großmutter Elvira. Als die beiden Frauen vor einigen Jahren ihre Ehemänner verloren hatten, waren sie in Adelas Wohnung in Sants zusammengezogen. Sie konnten sich dank ihres Geschicks und der außergewöhnlichen Tatkraft der über achtzigjährigen Großmutter mit kleinen Arbeiten über Wasser halten. Ihre bescheidenen Einkünfte aus den ungezählten Stunden, in denen sie zu Hause saßen und nähten, wurden durch Albas Lohn als Köchin der Familie des Architekten aufgebessert. Und obendrein durfte die junge Frau die Reste mit nach Hause nehmen, wenn, wie diesmal, etwas von den Speisen übrig blieb, die sie zubereitet hatte.

Es hatte ihr großes Vergnügen bereitet, die Krapfen am Nachmittag gemeinsam mit Núria und Pau zu backen. Sie löste gerade die Hefe in lauwarmem Wasser auf, als die Kinder nach der Schule in die Küche stürmten, um sie zu begrüßen.

»Was machst du da?«, fragte Núria und trat an den Tisch, auf dem Alba schon alle Zutaten bereitgelegt hatte.

»Krapfen aus dem Empordà. Mögt ihr die?«

Die Kinder nickten begeistert und sahen Alba zu, die sich daranmachte, die Schale einer Zitrone zu reiben. Rasch breitete sich das säuerliche Aroma in der Küche aus, und die Geschwister blieben gebannt neben der jungen Köchin stehen, die die metallene Raspel mit einer geschickten Handbewegung immer wieder über die Frucht führte.

Es war zu verlockend, als sie die beiden einlud, ihr bei der Zubereitung der Krapfen zu helfen. Die Kinder durften Mehl in eine Schüssel füllen und nach und nach vorsichtig die weiteren Zutaten wie Hefe, Zitronenschale, Eier, Zucker, Öl und Milch hinzugeben. Als zu guter Letzt noch Anissamen und Anislikör in die Schüssel kamen, setzte sich das neue Aroma durch und hüllte die drei in eine intensive Duftwolke.

Während sich Alba daranmachte, die Zutaten zu einem festen Teig zu verkneten, erzählte Núria ihr von ihren Sorgen. In der Schule hatten die Nonnen den Mädchen aufgetragen, einen

Aufsatz zum Tag des Sieges zu schreiben, und sie wusste nicht, wo sie anfangen sollte. Núria war ein fantasievolles Kind, doch sie brauchte etwas Reizvolleres, um auf gute Ideen zu kommen. Das patriotische und schwülstige Pathos des Regimes war zu alltäglich, und im Gedenktag zur Erinnerung an das Kriegsende am 1. April 1939 konnte sie keine Herausforderung entdecken. Den Ausgang dieser Geschichte kannte sie schon.

»Bitte doch deine Eltern, dir zu erzählen, wie sie diesen Tag erlebt haben, und dann schreibst du es auf«, riet ihr Alba, die den Teig mit einem Tuch zudeckte, um ihn ruhen zu lassen.

»Oder du erzählst mir davon!«

»Tja, ich war damals erst zwölf Jahre alt und habe noch gar nicht verstanden, was passierte.«

Núrias Vorschlag brachte Alba in Verlegenheit. Sie wollte dem Mädchen auf keinen Fall erzählen, dass es für sie kein glücklicher Tag gewesen war. Nichts von dem, was sie ihr hätte sagen können, hätte in Haltung oder Stil dem entsprochen, was den Nonnen vorschwebte, die sich ganz den pädagogischen Vorstellungen der ruhmreichen Nationalen Bewegung verschrieben hatten.

Um ihr Unbehagen zu überspielen, lenkte Alba das Gespräch auf ein Terrain, auf dem sie sich sicherer fühlte.

»Wir müssen den Teig jetzt erst einmal ruhen lassen, damit er aufgeht. Aber wenn ihr in zwei Stunden mit den Hausaufgaben fertig seid, könnt ihr mir helfen, die Krapfen zu formen und sie auszubacken.«

Und genauso, wie kurz zuvor das Anisaroma den Duft der Zitrone überlagert hatte, war damit das heikle Thema vom Tisch.

Einmal mehr hatte die Verheißung des Süßen ihre beiden kleinen Leckermäuler verführen können.

Am nächsten Morgen wollte Alba noch vor der Arbeit im Lebensmittelgeschäft an der Ecke einkaufen gehen. Ihre Großmutter hatte sich erkältet, und ihre Mutter musste bis zum Nachmittag eine dringende Näharbeit fertigstellen. Also hatte sie sich angeboten, die Besorgungen zu erledigen. Selbst wenn sie vielleicht etwas zu spät bei ihren Arbeitgebern eintreffen sollte, würde das Mittagessen rechtzeitig auf dem Tisch stehen, und falls nötig, würde sie zum Ausgleich länger bleiben.

Damit sie wirklich alles bekam, was ihr laut Rationierung zustand, stand sie früher als gewöhnlich auf. Es war noch dunkel, als sie aus dem warmen Bett schlüpfte und sich leise ins Bad schlich. Dessen Fenster ging zu einem Lichtschacht hinaus, der zu dieser frühen Stunde noch im Halbdunkel lag. Alba knipste die Glühbirne an, die traurig von der Decke baumelte, und zog sich in deren schwachem Schein den Unterrock an. Dann drehte sie den Hahn auf und wusch sich. Ihr Blick fiel auf die Seife. Sie würde unbedingt ein neues Stück besorgen müssen, bevor die alte aufgebraucht war.

Nachdem sie sich mit dem kalten Seifenwasser gewaschen hatte, fühlte sie sich frisch und sauber. Sie trocknete sich mit einem alten Handtuch ab und ging nach dem Ankleiden in die Küche.

Durch das Fenster über dem Spülbecken sickerte zaghaft das Licht, als sie ihren üblichen Ersatzkaffee aus Malz und Zichorie aufsetzte. Dazu aß Alba zwei der Krapfen, die sie am Vortag von den Vidals mitgebracht hatte. Dann nahm sie den Korb, die Lebensmittelkarten und die Geldbörse und verließ das Haus.

Das erste Tageslicht hatte noch Mühe, die dunklen Schatten zwischen den Häuserfluchten zu vertreiben. Zaghaft glitt es über die Dächer hinunter in die Straßen, in denen erst allmählich das Leben erwachte. Alba empfand die Stille als wohltuend. Sie war froh, so früh am Morgen aufgestanden zu sein.

Unterwegs war ihr, als läge etwas Verheißungsvolles in der Luft. Der Himmel war klar, und duftige, weiche Wolken wirkten wie ein Versprechen auf die Zukunft.

»Ich hatte ja gedacht, ich wäre der Erste, aber du warst offensichtlich schneller.«

Eine Stimme hinter ihr riss sie aus ihren Gedanken. Als Alba sich umwandte, sah sie einen jungen Mann, der allem Anschein nach im gleichen Alter und nicht viel größer war als sie. Seinem Lächeln nach zu urteilen, hatte er einen Scherz machen wollen, aber in seinen Augen blitzte es kühn, sodass Alba es vorzog, nicht auf seine Worte einzugehen. Doch er ließ nicht locker.

»Umso besser. Mir ist es bedeutend lieber, wenn ich beim Warten ein hübsches Mädchen vor mir habe, mit dem ich plaudern kann. Ich heiße übrigens Enric. Und du?«

Alba schoss durch den Kopf, dass sie mit ihrer Einschätzung, er sei ein wenig forsch, wohl richtiggelegen hatte, aber etwas an ihm flößte ihr Vertrauen ein. Ob es sein breites Lächeln war oder sein bodenständiges, sicheres Auftreten?

Nach kurzem Zögern antwortete sie zurückhaltend: »Alba, sehr erfreut.«

»Was für ein hübscher und origineller Name. Und gerade um diese Tageszeit überaus passend, nicht wahr?«

»Es ist doch fast schon hell …«

»So was! Da wollte ich mit meiner poetischen Ader glänzen, aber dir steht offenbar nicht der Sinn nach Metaphern.«

Alba musste ein Lachen unterdrücken, was dem jungen Mann natürlich nicht entging.

»Na, immerhin konnte ich dir ein Lächeln entlocken. Ich sehe schon, mein Talent liegt wohl eher auf dem Gebiet der Komödie als dem der Dichtkunst, vielleicht sollte ich zum Theater gehen … Und was machst du, wenn man fragen darf?«

»Ich bin Köchin.«

»Oha! Und das, wo ich so gern esse! Sicher kochst du ganz vorzüglich. Ich arbeite in einer Molkerei, komm mich doch dort mal besuchen, dann versuche ich, ein bisschen Milch und ein paar Eier für dich abzuzweigen. Allerdings musst du mir dann damit eine leckere Süßspeise machen!«

Die Aussicht, so kostbare Lebensmittel bekommen zu können, beflügelte Albas Fantasie. Bei den Vidals konnte sie nach Herzenslust Pudding oder Crema Catalana kochen und Kuchen backen, aber zu Hause waren diese Zutaten der pure Luxus. Nur zu gern ließ sie sich daher auf den verlockenden Vorschlag des jungen Mannes ein und versprach ihm eine Portion Milchreis.

Während ihrer Plauderei war die Schlange immer länger geworden. Sie reichte schon fast bis zur nächsten Ecke, als der Rollladen des Geschäfts hochgezogen wurde. Alba betrat den Laden als Erste, gefolgt von Enric, der nicht aufhörte, ihr Komplimente zu machen.

Auch wenn sie bereits zwanzig Jahre alt war und damit in einem Alter, in dem die meisten jungen Frauen Hochzeitspläne schmiedeten, hatte sie noch nie einen Verehrer gehabt. Vielleicht lag es in der Familie, denn auch ihre Mutter hatte erst spät den Richtigen gefunden und war vor den Altar getreten, als andere Frauen längst Kinder hatten.

Sehr zum Befremden ihrer Freundinnen, die nicht verstehen konnten, dass sie von etwas anderem träumte als einer guten Partie, beunruhigte es Alba nicht, dass sie womöglich ledig bleiben würde. Aber sie hatte nun einmal ein besonderes Talent und konnte sich durchaus vorstellen, sich damit eine Zukunft aufzubauen. Sie sah sich später einmal in einem eigenen Geschäft, einer eleganten Patisserie, in der sich alles um ihre süßen Kreationen drehen würde.

Irgendwann einmal hatte sie diesen Herzenswunsch ihrer besten Freundin Elisa anvertraut.

»Eine Konditorei! Du bist ja verrückt!«, hatte diese ausgerufen. »Weißt du denn nicht, dass sie Mädchen wie uns dort allenfalls als Bedienung nehmen? Außerdem kannst du doch bei deinem Lohn nicht eine Pesete sparen. Wovon willst du denn die Miete und die übrigen Ausgaben bezahlen?«

Alba wusste, dass ihre Freundin recht hatte, aber sie hing gern ihren süßen Tagträumen einer Zukunft nach, in der sie stets von übervollen Auslagen mit Baisers, Beignets und allen Arten von Zuckermandeln umgeben sein würde.

Damit konnte der Wunsch, einen schmucken, gut situierten Verehrer zu finden, nicht mithalten. Während Elisa längst mit einem jungen Büroangestellten ausging, hatte sich Alba bisher ihren unerfüllbaren Illusionen hingegeben und sich nicht darum geschert, ob sie als alte Jungfer enden würde.

Aber an diesem Morgen war etwas geschehen.

Der nette, stattliche junge Mann übte eine unwiderstehliche Anziehungskraft auf sie aus, und in ihrem Inneren stieg ein ihr unbekanntes, aber angenehmes Gefühl von tröstlicher Nähe und spontaner, grundloser Freude auf. Sie fühlte sich so lebendig wie selten.

Ihre anfängliche Schüchternheit legte sich, und sie begann, unbefangen mit dem jungen Mann zu plaudern. Nach und nach verblasste alles um sie herum, die Lebensmittel, die Kunden, der Laden, die ganze Welt, bis sie nur noch Augen und Ohren füreinander hatten. Es gab nichts Wichtigeres mehr als die leuchtenden Augen, die brennenden Wangen und das breite Lächeln, das die Worte ihres Gegenübers begleitete.

Noch ganz benommen, verließ Alba das Geschäft.

In ihrem Korb trug sie das wenige, was ihr laut den Lebensmittelkarten zustand, zweihundert Gramm Seife, ein Viertelliter Öl, hundertfünfzig Gramm Zucker, ein halbes Pfund Reis und drei Dosen Kondensmilch, für die sie die vorab bezahlten Coupons hatte einlösen müssen. Jetzt brauchte sie nur noch Brot.

Doch obwohl sie es eilig hatte, wartete sie die wenigen Minuten auf Enric, der versprochen hatte, ihr die Adresse der Molkerei zu geben, in der er arbeitete.

Bald darauf trat er mit seinen Einkäufen aus der Tür. Im Tageslicht hatte sein helles, sorgfältig gekämmtes Haar einen bernsteinfarbenen Schimmer.

»Versprich mir, dass du kommst. Zusammen können wir große Dinge erreichen! Einen Milchreis, zum Beispiel«, scherzte er und erklärte ihr, wo sich der Milchladen befand, in dem er seit drei Jahren tätig war. Er plauderte immer weiter, denn er fühlte sich zu ihr ebenso hingezogen wie sie zu ihm. Und obwohl sie auf keinen Fall zu spät zur Arbeit kommen wollte, war auch sie nicht fähig, sich loszureißen.

Glücklicherweise schlugen die Glocken der Pfarrkirche Santa Maria in diesem Moment neun Mal, und Alba schreckte auf.

»Es tut mir leid, Enric, aber ich muss wirklich gehen.«

»Schon gut, ich muss auch los. Ich muss noch eine Lieferung für die Patisserie Escribà vorbereiten.«

Bei diesen Worten hielt Alba in der Bewegung inne.

Aus der Verzauberung, die sie soeben verspürt hatte, wurde auf einmal eine wundervolle Verheißung. Denn es war schon ein außergewöhnlicher Zufall, dass er ausgerechnet jene Konditorei erwähnt hatte, der sie sich schon seit jeher verbunden gefühlt hatte.

Da wusste sie, dass abermals die Magie des Süßen am Werk gewesen sein musste.

Wie es bereits seit mehr als vierzig Jahren immer wieder der Fall gewesen war.

Pa cremat

September 1912

Wie an jedem Morgen ging Elvira in aller Frühe aus dem Haus, um Brot zu holen. Sie war gern um diese Zeit unterwegs, wenn es draußen noch still und in den Straßen noch dunkel war. Bei Tagesanbruch schien die Zeit einen anderen Rhythmus zu haben, und alles, was sie frühmorgens erledigte, ging ihr viel besser von der Hand.

Der Himmel strahlte noch immer hell wie im Sommer, doch es war längst nicht mehr so warm. Elvira schlang ihr Tuch um den schmalen Körper und machte sich entschlossen auf den Weg. Ein tiefes Gefühl des Wohlbehagens lockte ein Lächeln auf ihre Lippen.

Seit ihre einzige Tochter verkündet hatte, sie wolle heiraten, strahlte die überglückliche Elvira, die schon von Natur aus ein fröhliches Gemüt besaß, noch häufiger als sonst. Dass Adela doch noch unter die Haube kommen würde, machte sie von Herzen froh. Sie hatte nicht mehr daran geglaubt, als ihre Tochter in die Jahre kam und sich gefährlich der fünfundzwanzig näherte, ohne einen Verehrer zu haben.

Elvira blieb stehen und ließ ihren Blick über die kunstvollen Verzierungen schweifen, die die neue Fassade der Bäckerei Serra schmückten. Erst vor Kurzem hatten die Inhaber Mateu und Josefina ihr Ladenlokal im modernistischen Stil renovieren lassen, der zurzeit in Barcelona eine Blüte erlebte.

Sechs Jahre nach ihrer Eröffnung war die Bäckerei von Mateu Serra und seiner Gattin längst zu einer der beliebtesten im Viertel geworden. Daher konnten sie sich die Renovierung leisten und hatten Josefinas Bruder, einen Schreiner, mit der Neugestaltung beauftragt. Dieser hatte im Einklang mit der neuen Strömung, die eine Einheit von Kunst und Natur zu erreichen suchte, die Außenwand mit edlen Hölzern verkleidet.

Schon seit ein paar Wochen zog die elegante, fantasievolle Fassade des Ladens an der Carrer Corts, der künftigen Gran Via 546, die Blicke der Passanten auf sich, und auch die Kunden wussten die moderne Aufmachung mit ihren zierlichen Wellen und organischen Formen zu schätzen. Das ansprechende Äußere des Hauses war ebenso einladend wie der verführerische Duft des Brotes. Im Verkaufsraum selbst lag in den Glasvitrinen eine breite Auswahl an runden und ovalen Laiben, die unter duftigem Mehlstaub golden glänzten. Dieser Anblick und der köstliche Wohlgeruch, der den Raum erfüllte, harmonierte mit der neuen Ladengestaltung und machte den Besuch der Bäckerei zu einem rundum angenehmen Erlebnis.

In den sechs Jahren, in denen Elvira bei den Serras ihr Brot kaufte, hatte sie zusehen können, wie der kleine Laden des jungen Ehepaares immer beliebter wurde. Sie mochte Josefina, die Besitzerin, die, wie sich herausstellte, die Schwester eines Bekannten ihres Mannes Rafael war, der ebenfalls Schreiner war.

Obwohl die Bäckersfrau zehn Jahre jünger war als sie, verstanden sich die beiden Frauen auf Anhieb. Josefina hatte ein umgängliches Wesen und tat mit ihrem Fleiß und ihrer liebenswürdigen Freundlichkeit hinter der Ladentheke ihr Übriges, um das Backwerk ihres Gatten Mateu Tag für Tag an den Mann zu bringen.

Die Serras hatten sich mit ihrem Laden nach und nach einen hervorragenden Ruf erworben. Das war nicht leicht, denn mit Fleiß und Freundlichkeit allein war es nicht getan. Die Arbeit verlangte großen Einsatz, und mit fünf Kindern im Haus konnten sie die Aufgaben allein kaum noch bewältigen. Also stellten sie Mitarbeiter ein, die ihnen zur Hand gehen sollten, während sie sich weiterhin voller Hingabe ihren täglichen Pflichten widmeten. Mateu und Josefina hatten ihre Berufung gefunden und sich voller Enthusiasmus ein Leben aufgebaut, das für sie maßgeschneidert war. Und die Anerkennung ihrer Kunden war für sie der beste Ansporn, sich stets aufs Neue zu übertreffen.

»Guten Morgen, Señora Elvira!«, rief Josefina hinter dem Ladentisch, sobald sie sie erblickte. »Ein Bauernbrot, wie immer?«

»Ja, bitte. Außerdem wollte ich Sie gern um einen Rat bitten.«

»Selbstverständlich. Womit kann ich Ihnen dienen?«

Elvira spürte, wie in ihr erneut ein überwältigendes Glücksgefühl aufstieg, wie immer, wenn sie die große Neuigkeit verkünden konnte. Ihr war jedes Mal, als würde sie den freudigen Moment noch einmal erleben, in dem sie selbst davon erfahren hatte.

»Meine Tochter Adela wird demnächst heiraten. Könnten Sie mir eine Konditorei empfehlen, die ich mit den Nachspeisen für das Hochzeitsmahl beauftragen kann?«

»Meinen Glückwunsch, Elvira! Sie können sich auf mich verlassen, das ist doch selbstverständlich. Aber lassen Sie mich erst einmal mit meinem Mann darüber sprechen, er kennt sich besser aus als ich. Ich gebe Ihnen morgen Bescheid.«

»Es hat keine Eile. Hauptsache, man kann sich auf die Leute

verlassen, und sie sorgen dafür, dass wir einen guten Eindruck machen. Sie wissen ja, Adela ist unser einziges Kind. Sie können sich nicht vorstellen, wie sehr mein Mann und ich uns freuen.«

»Seien Sie unbesorgt. Aber sagen Sie mal, heiratet Adela Esteve, diesen netten jungen Lehrer?«

»Ebenden. Sie haben sich übrigens hier in der Bäckerei kennengelernt.«

»Was Sie nicht sagen!« Erfreut vernahm Josefina, welche Rolle sie bei diesem freudigen Ereignis gespielt hatten. »Wie schön. Dann sorgen wir natürlich erst recht dafür, dass die beiden den allerbesten Hochzeitskuchen bekommen!«

»Sie ahnen nicht, wie dankbar ich Ihnen bin. Wir sind alle sehr aufgeregt, denn wir hatten uns schon Sorgen gemacht, unsere Tochter fände keinen Mann mehr. Sie mag zwar jünger aussehen, aber Adela ist schon fünfundzwanzig. Doch als sie ihren Esteve kennenlernte, ergab sich alles wie von selbst.«

»Bei mir und meinem Mann war es genauso. Wir kannten uns vor der Hochzeit gerade mal dreizehn Monate.«

»Mehr braucht es nicht, wenn es gut läuft, und Adela und Esteve haben sich vom ersten Tag an gut verstanden.«

Elviras blaugraue Augen funkelten. Die schmale Frau hatte sich nicht nur ihr jugendliches Aussehen bewahrt, sondern auch die romantische Ader der Jugend. Und als sie nun neben dem Ladentisch stand, musste sie an den Tag denken, an dem ihre Tochter ihr erzählt hatte, sie habe in der Bäckerei Serra einen sehr netten jungen Mann kennengelernt.

»Er ist Lehrer und wohnt hier im Viertel. Er hat mich gefragt, ob ich am Sonntag gern mit ihm einen Kaffee trinken gehen würde, und ich habe Ja gesagt. War das richtig, Mutter?«

Elvira hatte genickt. Sie vertraute auf den Verstand ihrer Tochter, und wenn die den jungen Mann vertrauenswürdig fand, war sie beruhigt.

Am Sonntag, der auf diese Unterhaltung folgte, war Adela sehr aufgeregt. Sie hatte ihr bestes Kleid angezogen, ein beigefarbenes Schneiderkostüm aus Bengalin mit Spitze am Revers und den Ärmelaufschlägen. Der Schnitt schmeichelte ihrer Figur, die nicht ganz so schlank war wie die ihrer Mutter, und die Farbe betonte ihren leicht gebräunten Teint. Zu guter Letzt verlieh ihr ein großer, mit Tüll verzierter Hut eine raffinierte Eleganz und ließ sie wie eine richtige Dame aussehen.

Als sie an der Plaça de Catalunya eintraf, wo sie sich mit Esteve verabredet hatte, war Adela froh, dass ihre Wahl auf das Kostüm gefallen war. Die modernistische Fassade des Kaffeehauses »La Lune« ließ schon von Weitem erahnen, wie stilvoll das Ambiente im Inneren war. Die Außenwand zierten Reproduktionen von Plakaten, die der Maler Ramon Casas für die Likörmarken Anís del Mono und Martini Rosso entworfen hatte.

Auf der weitläufigen Außenterrasse des Lokals waren einige Tische besetzt, und die Gäste genossen die milden Temperaturen dieses Sonntagnachmittags. Adela und Esteve zogen es jedoch vor hineinzugehen. Beim Anblick des herrlichen Innenraums, der von der Stadtverwaltung mit dem ersten Preis für die schönste Innendekoration ausgezeichnet worden war, verschlug es Adela fast den Atem.

»Das Café ist ein Treffpunkt für Intellektuelle und Künstler«, erzählte Esteve, als er einen Stuhl für sie zurechtrückte, damit sie sich setzen konnte. »Der Maler Santiago Rusiñol kommt oft hierher.«

Beim Kaffee plauderten die jungen Leute so heiter und entspannt, dass niemand auf den Gedanken gekommen wäre, dass sie sich erst seit drei Tagen kannten. Sie wirkten vielmehr wie ein Paar, das sich einen schönen Sonntagnachmittag machte. Vielleicht, weil sie sich selbst bereits so vertraut fühlten. Es war, als hätte ein unsichtbares Band zwischen ihnen dafür gesorgt, dass sie sich einfach kennenlernen mussten.

Von diesem Tag an reihten sich die Sonntage aneinander wie ein heiterer Spaziergang, der letztlich zu jener offiziellen Verbindung führte, die Elvira so glücklich machte.

»Da gehe ich nie wieder hin!«

»Regen Sie sich nicht auf, Señora Empar. Sicher gibt es dafür eine Erklärung,« versuchte Elvira ihre Nachbarin zu beruhigen.

Die Frau war zu ihr gekommen, um ihr zu zeigen, was im Ofen der Serras aus ihrem Teig geworden war. Es war schon seit Jahren gute Sitte geworden, dass die Hausfrauen des Viertels vor den Weihnachtsfeiertagen ihre großen Kasserollen in die Backstube brachten, um in deren sechs Meter tiefem Gewölbeofen ihren Truthahnbraten schmoren zu lassen. Das hatte Elviras Nachbarin auf die Idee gebracht, ein Pa cremat, ein typisches süßes Brot aus ihrer valencianischen Heimat, zuzubereiten und den Teig zum Backen zu den Serras zu bringen. Aber das Gebäck, das aus dem Ofen gekommen war, war platt wie eine Flunder und sah nicht im Entferntesten aus wie das süße, fluffige, hoch aufgegangene Weißbrot, das mit Zucker bestreut wurde.

»Haben sie dafür irgendeine Erklärung gehabt?«, fragte Elvira in der Hoffnung, ein Argument zu finden, das die Frau beruhigen würde. »Wieso sieht es so aus?«

»Ich habe nicht gefragt, ich war so wütend, dass ich auf der Stelle gegangen bin.«

»Dann müssen Sie zurückgehen und mit den Bäckersleuten sprechen. Ich muss ohnehin meinen Braten hinbringen, also kann ich Sie begleiten, wenn Sie mögen.«

Die Nachbarin war einverstanden, und die beiden Frauen machten sich auf den Weg zur Bäckerei Serra. Die eine trug unter dem Arm das verunglückte Gebäckstück und die andere eine Kasserolle mit einem mit Pflaumen und Pinienkernen gefüllten Huhn. Es war das zweite Weihnachtsfest, das sie gemeinsam mit Adela und ihrem Ehemann feierte, und Elvira wollte mit diesem Hauptgang und der Suppe mit gefüllten Teigtaschen, die sie als Vorspeise servieren würde, glänzen.

Es war Vormittag, doch in den letzten Stunden hatte sich in der Stadt ein zäher Nebel ausgebreitet, durch den kaum ein Lichtstrahl sickerte. Auf der Carrer Corts herrschte gleichwohl die vor den Festtagen übliche Betriebsamkeit. Passanten und Kutschen strömten in alle Richtungen. Auch in der Bäckerei Serra ging es turbulent zu, und die beiden Frauen mussten sich einen Moment gedulden, bis sie bedient wurden.

Als sie schließlich an der Reihe waren und Josefina sich die Beschwerde von Elviras Nachbarin angehört hatte, versprach sie, sich sogleich um die Angelegenheit zu kümmern.

»Es tut mir sehr leid, Señora Empar. Bitte sehen Sie uns das Missgeschick nach. Ich werde mich gleich erkundigen, was da passiert sein kann, und dann finden wir eine Lösung.«

Keine zwei Minuten später kam sie mit dem Bäcker zurück. Der Mann erzählte ihnen, er stamme ebenfalls aus Valencia und kenne das süße Brot.

»Es liegt nicht am Ofen. Es hat zu lange gedauert, bis der Teig, den die Señora geknetet hat, gebacken werden konnte. Aber seien Sie unbesorgt, ich backe Ihnen ein neues Pa cremat. Sie werden sehen, diesmal gelingt es.«

Als die beiden Kundinnen gegangen waren, machte sich der Mann daran, süße Stuten zu backen, um zu beweisen, dass er mit seiner Theorie richtiglag. Und er tat es mit solcher Hingabe, dass er gleich ein gutes Dutzend hohe, fluffige Brioches zustande brachte.

Als Elvira am nächsten Tag mit der Nachbarin zurückkehrte, betrachtete sie das Gebäck mit bewundernden Blicken. Diese süßen Brote sahen wirklich zu köstlich aus, außen unter der dünnen Zuckerschicht schön rund und dunkel und innen strahlend weiß.

»Und was machen Sie nun mit den anderen Broten?«, erkundigte sie sich bei Josefina.

»Ich glaube, wir verkaufen sie. Mal sehen, ob sie Anklang finden …«

»Dann hätte ich gern eines.«

Bereits nach wenigen Stunden waren die Brote allesamt verkauft, da es viele Kunden Elvira gleichtaten und eines der appetitlich aussehenden Naschwerke mitnehmen wollten. Als die Serras sahen, wie begeistert ihre Kundschaft auf die neue Ware reagierte, beschlossen sie, fortan Pa cremat in ihr tägliches Sortiment aufzunehmen. Schon am nächsten Tag lag es erneut in der Vitrine.

Das Bäckerehepaar hatte einen guten Riecher bewiesen. Die Kunden waren so hingerissen von dem süßen Gebäck, dass die Serras es mit weiterem Zuckerwerk versuchen wollten. Josefina überlegte, ob sie es vielleicht mit einer typischen Nascherei ihrer Heimat versuchen sollten, und als sie ihrem Mann Mateu nach dem Abendessen diesen Vorschlag unterbreitete, war er einverstanden. Er fand es eine großartige Idee, den Stammkunden die köstlichen, gefüllten Pastissets de Tortosa anzubieten, mit denen Josefina ihn mehr als einmal erfreut hatte.

»Versuchen wir es«, sagte er. »Es ist gut, wenn wir etwas anbieten, was man in anderen Bäckereien nicht finden kann, so wie unser Bauernbrot. Manche Leute kommen extra zu uns, weil sie wissen, dass es so etwas nirgends sonst in Barcelona gibt.«

Schon am nächsten Morgen legte Josefina ein Blech mit den gezuckerten Halbmonden neben das Pa cremat in die Auslage. Binnen weniger Stunden waren alle verkauft.

Am Tag darauf bereitete sie die Teigtaschen erneut zu, diesmal aber in größerer Stückzahl, und das Ergebnis war dasselbe. Von da an gehörten die Pastissets de Tortosa zum regulären Sortiment der Bäckerei Serra, für die sich abzuzeichnen begann, wohin es in Zukunft gehen würde.

Panellets de pinyons

Oktober 1917

Der von dunklen Wolken verhangene Himmel schien sich mit ihrem Gemütszustand verschworen zu haben. Doch obwohl es an diesem letzten Oktobertag so trüb aussah, war es unangenehm warm. Elvira hatte erwartet, dass es auf der Straße kälter sein würde, und hatte sich in aller Eile ein schützendes Schultertuch umgelegt. Aber nun hatte sie das Gefühl, keine Luft zu bekommen. Sie musste sich beeilen, denn es war nicht leicht gewesen, Adela, die nun endlich in ihrem alten Bett eingeschlafen war, zu beruhigen.

Wie schon bei den vorangegangenen Fehlgeburten zerriss es ihr das Herz, mit ansehen zu müssen, in welch jämmerlichem Zustand sich ihre Tochter befand. Schon die erste Fehlgeburt, die ihre Vorfreude auf die Mutterschaft so plötzlich beendet hatte, war eine bittere Enttäuschung gewesen. Auch beim zweiten Mal war es ein herber Schlag, doch diese dritte Fehlgeburt empfand Adela nun als persönliches Scheitern.

Noch nie hatte die Mutter sie so kraftlos erlebt. Schuld daran war nicht allein der Blutverlust, sondern vielmehr ein Gefühl der Unzulänglichkeit, ein ernüchterndes Gefühl der Ohnmacht und Zurückweisung, das sie in eine tiefe Resignation fallen ließ.

Worte würden in diesem Moment nicht helfen, das wusste Elvira. Daher hatte sie Adela kurzerhand mit zu sich nach Hause genommen und dafür gesorgt, dass ihre Tochter sich hinlegte.

Sie sollte wieder zu Kräften kommen, und Elvira vertraute darauf, dass der Schlaf die traurigen Gedanken vertreiben würde. Und sobald Adela ausgeruht wäre, würde sie, Elvira, alles tun, um das Thema zu vermeiden, und stattdessen für eine behagliche Atmosphäre sorgen, in der ihre Tochter sich sicher und geborgen fühlen konnte. Deshalb war sie an diesem Morgen losgezogen, um Pinienkernbällchen zu besorgen. Sie wollte Adela mit ihrer Leibspeise überraschen.

Während ihr Mann Rafael bei Adela wachte, begab sich Elvira zur Bäckerei Serra, um die Panellets de pinyons zu kaufen, die traditionell zu Allerheiligen angeboten wurden. Sonst hatten sie die Pinienkernbällchen immer gemeinsam gebacken, aber das jähe Ende der Schwangerschaft ihrer Tochter hatte ihnen in diesem Jahr einen Strich durch die Rechnung gemacht.

Für einen Moment lenkte der Gedanke an ihre Tradition Elvira von ihrem Kummer ab. Vor ihrem geistigen Auge sah sie sich mit ihrer Tochter in der Küche stehen, wo sie Zucker und Wasser in einen Topf gaben und aufkochen ließen. Die Flüssigkeit musste die richtige Temperatur haben, genau 110°C. Erst wenn sich Elvira mit einem Küchenthermometer davon überzeugt hatte, schüttete Adela geriebene Mandeln in den Zuckersirup und gab zwei Eier dazu. Dann verrührte ihre Tochter das Ganze gewissenhaft, bis sich ein glatter Teig bildete, den sie für ein paar Minuten abkühlen ließen. Nun kam der Höhepunkt des Nachmittags. Adela teilte jeweils eine kleine Menge Teig ab und formte daraus mit den Händen die Bällchen, die sie anschließend an Elvira weitergab. Die tauchte sie in geschlagenes Ei, um sie danach in Pinienkernen zu wälzen.

Es war ein herrlicher Anblick, wenn die hellen Bällchen mit

den Pinienkernen verziert waren. Mutter und Tochter verspürten jedes Mal ein Hochgefühl, wenn sie diese mit Ei bepinselten und dann in den Ofen steckten. In nur fünf Minuten wurden aus den elfenbeinfarbenen Teigkugeln goldbraune Leckerbissen.

In diesem Jahr würden sie zum ersten Mal mit ihrer guten Tradition, die Pinienkernbällchen selbst zu backen, brechen müssen, doch zum Glück führten die Serras das Gebäck in ihrem Sortiment, das sich in den letzten Jahren beträchtlich vergrößert hatte. Seit der Sache mit dem Pa cremat war ihr Warenangebot ebenso stetig gewachsen wie ihr Kundenkreis. Schließlich hatten sie sogar einen Konditor eingestellt, der ihnen helfen sollte, die Nachfrage zu befriedigen.

»Wir haben großes Glück mit ihm gehabt, wir sind sehr zufrieden«, erklärte Josefina, während sie Elvira die Bällchen reichte. »Der junge Mann versteht sein Handwerk. Er hat früher in Bellpuig, dem Dorf, aus dem er stammt, in einer Backstube gearbeitet. Dort war er anfangs dafür zuständig, die Brote und Kuchen im Ofen je nach Backzeit mit dem Schieber näher ans Feuer zu rücken oder davon zu entfernen.«

»Es ist viel wert, wenn er Erfahrung hat.«

»Nicht nur das, er ist sehr geschickt und möchte hier dazulernen.«

»Ich sehe es schon. Die Bällchen machen einen fantastischen Eindruck.«

»Sie werden es erleben, wenn Sie sie kosten. Antonio hat für süßes Gebäck wirklich ein Händchen!«

Elvira konnte sich bald selbst davon überzeugen, dass Josefina recht hatte. Am Abend veranstaltete sie mit ihrem Mann, ihrer Tochter und dem Schwiegersohn das traditionelle

Kastanienessen. Zum Dessert sollte es gebackene Süßkartoffeln, geröstete Kastanien und die Pinienkernbällchen geben, die sie in der Bäckerei Serra besorgt hatte.

Schon beim ersten Bissen waren sie von dem köstlichen Geschmack begeistert. Adelas Ehemann Esteve hatte auf dem Rückweg von der Schule, in der er arbeitete, eine Flasche Muskateller gekauft. Der samtige Wein harmonierte perfekt mit den Pinienkernbällchen, ohne jedoch zu süß zu sein. Das Gebäck war ein kleines Meisterwerk, ausgewogen und im Inneren zart und feucht, aber nicht klebrig oder pappig. Das Erstaunlichste war jedoch, dass sich Adela augenblicklich von ihrer Schwäche erholte.

»Vielen Dank, Mutter, diese Pinienkernbällchen sind eine wahre Wonne. Ich glaube, künftig brauchen wir sie nicht mehr selbst zu machen!«

Elviras Stimmung heiterte sich auf. Dass ihre Tochter wieder scherzen konnte, war der Beweis, dass sie allmählich aus ihrem tiefen Loch herausfand.

Und das nur dank der Panellets de pinyons des jungen Konditors Antonio Escribà, den die Serras eingestellt hatten.

Am nächsten Morgen, einem wolkenverhangenen Donnerstag, fühlte sich Adela stark genug, um nach Hause zurückzukehren. Seit ihrer Hochzeit fünf Jahre zuvor wohnte sie im Stadtteil Sants, wo Esteve und sie in der Nähe der Schule, in der er arbeitete, eine Wohnung gemietet hatten.

Elvira hätte es lieber gesehen, wenn sie noch ein paar Tage länger bei ihr geblieben wäre, bis sie ganz wiederhergestellt war, aber als ihre Tochter den Wunsch äußerte, nach Hause zu ihrem Mann zurückzukehren, wollte sie ihr nicht widersprechen. Sie verstand, dass es Adela leichterfallen würde, die erneute Enttäuschung über die glücklose Schwangerschaft zu überwinden, je früher sie in ihren Alltag zurückkehrte. Sie war noch immer jung, und es war wohl das Beste, wenn sie einfach weitermachte, bis eines Tages der ersehnte Moment kommen würde. Denn Elvira war fest davon überzeugt, dass ihre Tochter früher oder später Mutter werden würde. So glühend heiß gehegte Wünsche erfüllten sich letztlich immer, das hatte ihr ihre Lebenserfahrung gezeigt.

»Da, nimm«, sagte sie beim Abschied und drückte Adela ein kleines, aus einem Tuch geknüpftes Bündel in die Hand. »Das sind ein paar Pinienkernbällchen, die ich gestern für dich aufgehoben habe.«

»Sie denken wirklich an alles! Vielen Dank, Mutter.«

»Ich habe gesehen, wie gut sie dir bekommen sind, und würde mich freuen, wenn du immer so munter wärst, Adela. Du darfst dich niemals unterkriegen lassen.«

»Bestimmt nicht, keine Sorge. Und erst recht nicht, wenn ich diese köstlichen Panellets habe, die wahre Wunder vollbringen können!«

Die junge Frau sollte recht behalten. Schon am nächsten Tag überraschte Esteve sie mit einer erfreulichen Nachricht.

Als ihr Mann hereinkam, saß Adela am Fenster, um das letzte Tageslicht für ihre Näharbeit zu nutzen, die sie wieder aufgenommen hatte. Sie sah auf den ersten Blick, dass etwas passiert sein musste. Sein Lächeln war noch strahlender als sonst, und seine Augen glänzten.

Esteve gab ihr im schwachen, rötlichen Abendlicht, das durch das Fenster fiel, einen Kuss und verkündete dann in fröhlichem und zugleich feierlichem Ton: »Ich habe das Angebot bekommen, in der Escola del Bosc zu unterrichten.«

Adela musste einen Moment überlegen, bevor sie fragte: »Ist das die Schule auf dem Montjuïc, in dem merkwürdigen Gebäude?«

»Genau, im Torre Laribal. Weißt du noch? Ich habe dir erst neulich davon erzählt, an dem Sonntag, an dem wir auf dem Montjuïc waren.«

»Ja, du hast gesagt, es gefällt dir, dass der Unterricht dort im Freien stattfindet, im Kontakt mit der Natur.«

»Und nicht nur das. Die Schule verfolgt eine sehr fortschrittliche pädagogische Linie. Die Kinder sollen experimentieren und selbst Beobachtungen über die Wirklichkeit anstellen.«

Esteve nahm neben seiner Frau Platz und fuhr fort:

»Ich weiß das, weil ich vor einiger Zeit die Bekanntschaft von Rosa Sensat, der Direktorin der Mädchenabteilung, gemacht habe. Wir haben uns auf Anhieb gut verstanden. Du weißt ja, dass ich ein glühender Anhänger von reformpädagogischen Bewegungen wie jener der Escola Moderna bin.«

»Ja, du hast schon oft davon gesprochen, dass die schulische Erziehung eine rationale, wissenschaftliche Grundlage haben muss. Und dass Strafen zu nichts führen.«

»So ist es. Man muss die Kinder anleiten, aus eigenen Stücken zu lernen, ohne sie zu gängeln. Deshalb war ich so begeistert, als die Escola del Bosc vor drei Jahren im Haus des Anwalts Josep Laribal gegründet wurde. Das Gebäude ist nach seinem Tod an die Stadtverwaltung gefallen, und die hat es zur Schule umgebaut. Du solltest sehen, was sie dort für Gärten haben, und welche Aussicht! Dort lernen die Kinder unmittelbar durch den Umgang mit der Natur, und sie können mit ihrem direkten Umfeld experimentieren … Einfach fantastisch!«

»Und wann fängst du an?«

»Im nächsten Schuljahr. Ich habe alle Hebel in Bewegung gesetzt, damit ich die Stelle dort bekomme, und heute früh habe ich die Zusage erhalten. Ich kann es gar nicht erwarten, mit der Arbeit dort anzufangen!«

Dies war nun bereits das zweite Wunder, das sich in ihrem Leben dank der Bäckerei der Serras ereignete. Beim ersten hatten sich Adela und Esteve in deren Laden kennengelernt, und das dritte sollte, mit den Pastissets de Tortosa, noch kommen.

Bis zu diesem Tag sollten jedoch noch neun weitere Jahre ins Land ziehen. Das dritte Wunder ereignete sich, als die Eheleute die Hoffnung auf ein Kind bereits aufgegeben hatten. Als Alba an jenem so denkwürdigen Weihnachtstag zur Welt kam, an dem ein kurzer Schneefall Barcelona vorübergehend verzaubert hatte, hatte sie eine Art magisches, süßes Vermächtnis mitbekommen. Ein Erbe, dessen Ursprung in der langjährigen Beziehung ihrer Familie zur Bäckerei Serra zu liegen schien, als hätte sich ein unsichtbares Band aus Zuckerwerk mit ihren Genen vermischt, um in ihr eine Gabe zum Blühen zu bringen, die mehr war als bloßes Geschick. So wie die süßen Köstlichkeiten von Antonio Escribà wahre Wunder vollbringen konnten.

Der junge Zuckerbäcker, der seine Tätigkeit in der Bäckerei in jenem turbulenten Jahr aufgenommen hatte, in dem es in Barcelona im August zu einem Generalstreik und in Russland im Oktober zur Revolution gekommen war, arbeitete noch immer bei den Serras, mit denen er sich blendend verstand. Mateu war das Können des jungen Mannes nicht entgangen, und er wusste seine Fähigkeiten und seine Kreativität zu fördern.

Auch Josefina schätzte Antonios Begabung und sein umgängliches Wesen, das sich so gut mit ihrem ergänzte. Und so wuchs im Laufe der Jahre nicht nur das Sortiment an Kuchen und Gebäck, sondern auch die innige Verbundenheit zwischen den Inhabern der Bäckerei und dem jungen Konditor. Antonio Escribà hatte in der Backstube den Ort seiner Träume gefunden, einen Ort, an dem er die Kreationen, die ihm in den Sinn kamen, in die Tat umsetzen konnte und an dem seiner Fantasie keine Grenzen gesetzt waren. Mateu sah mit Wohlwollen, dass die Motivation des jungen Mannes nie nachließ, und erfreute sich ebenso sehr wie Antonio daran, das Angebot an Gebäck und Kuchen, das täglich in der Auslage des Ladens präsentiert wurde, weiterzuentwickeln und zu verbessern.

Im Laufe der Zeit wurden die Arbeitsbeziehung und das persönliche Verhältnis immer inniger, bis Antonio Escribà zehn Jahre nach seinem Eintritt in die Bäckerei, kurz vor Albas erstem Geburtstag, eine der Töchter der Inhaber heiratete.

Die junge Frau hatte von ihrer Mutter nicht nur den Namen Josefina, sondern auch ihre Tüchtigkeit geerbt. Ihr fleißiges Wesen ergänzte wunderbar die Tatkraft ihres Gatten. Gemeinsam setzten sie sich neue Ziele, und als 1929, zwei Jahre nach ihrer Hochzeit, in Barcelona die Weltausstellung veranstaltet wurde, gelang es ihnen, den Auftrag zu ergattern, die Bars und Restaurants auf dem Gelände mit Wiener Semmeln zu beliefern.

Die Idee dazu war Mateu gekommen, als er sah, wie die Stadt mit schönen, neuen Häusern und Bauwerken herausgeputzt wurde. Er stellte das Vorhaben seinem Schwiegersohn vor, der damit einverstanden war, da er auf die Intuition dieses Pioniers vertraute, der seinen großen unternehmerischen Weitblick längst unter Beweis gestellt hatte.

Vor nicht einmal einem Jahrhundert waren diese Brötchen aus einem weichen, fluffigen Teig, die den französischen Brioches nicht unähnlich waren, in Wien erfunden worden. Dank der Weltausstellungen in Paris und in der österreichischen Hauptstadt waren sie überaus populär geworden. Mit dem festen Vorsatz, die Weltausstellung in seiner Stadt ebenfalls mit diesen Semmeln zu beliefern, stellte Mateu ein paar Wiener Bäcker ein, die sie in der Backstube in einem der großen Gewölbeöfen backten. Antonio sollte sie dann zum Ausstellungsgelände bringen.

Für die Auslieferung der Semmeln kaufte der Zuckerbäcker ein Alpha-Dreirad mit Zweitaktmotor. Acht Monate lang belud er das Gefährt jeden Morgen in aller Frühe mit Kaisersemmeln und fuhr auf den Montjuïc. Eines Tages verlor Antonio jedoch auf der Höhe der Quelle Font del Gat in der Kurve, die zu den Gärten der Torre Laribal führte – der Schule, in der Esteve arbeitete –, die Kontrolle über das motorisierte Dreirad und stürzte. Und mit ihm die gesamte Ware. Die meisten Semmeln wurden durch den Aufprall im hohen Bogen aus dem Korb geschleudert. Manche blieben auf der Landstraße liegen, andere rollten bergab. Zum Glück blieb der Konditor unverletzt, und er konnte einen Teil der Ware retten und an seine Kunden ausliefern.

Als er anschließend, am ganzen Körper grün und blau, in der Konditorei eintraf, war das Entsetzen der Familie, der Angestellten und der drei österreichischen Bäcker groß. Doch als Antonio ihnen berichtete, was passiert war, atmeten sie erleichtert auf, und schon bald lachten sie über das kuriose Spektakel, als die versprengten Semmeln urplötzlich wie Pilze aus der Landstraße geschossen waren.

So verwandelte sich dieser Unfall in eine amüsante Anekdote, ein weiteres kurioses Stück der Geschichte der Familie Escribà.

Johanniskuchen

Juni 1947

Vor der Haustür ihrer Freundin Elisa stieß Alba auf ein paar Anwohner, die mit Brettern und anderen Hölzern für das abendliche Sonnenwendfeuer beladen waren.

Ein stämmiger, dunkelhaariger Mann hielt ihr die Tür auf, da auch sie die Hände voll hatte. Sie trug einen sperrigen Blechkuchen. Ihre Freundin hatte sie zur Feier der Johannisnacht auf die Dachterrasse ihres Hauses eingeladen, und sie hatten ausgemacht, dass sich Alba um etwas Süßes kümmern sollte. Alle Gäste hatten Geld oder Zutaten beigesteuert, und mit dem Einverständnis ihrer Arbeitgeberin hatte Alba das Mitbringsel in der Küche der Vidals zubereiten können. Also hatte sie an diesem Tag zwei Cocas de Sant Joan gebacken, eine für ihre Herrschaften und deren Gäste und eine für die Feier bei Elisa.

Sie genoss die Stille in der Wohnung, während sie sich am Vormittag der Zubereitung der Kuchen widmete. Die Kinder, von denen sie für gewöhnlich am ehesten aufgehalten wurde, waren noch in der Schule, und das Dienstmädchen, das sich um die Wäsche und ums Putzen kümmerte, war an diesem Tag nicht da. Trotz ihrer Verantwortung für die Zubereitung der Desserts war Alba die Ruhe selbst. In der Küche fühlte sie sich sicher, denn sie wusste, dass sich jeder erdenkliche Fehler mit Technik, Geschick und Fantasie in einen Erfolg ummünzen ließ. Und diese drei Fähigkeiten besaß sie.

Mit geschickten Bewegungen häufte die junge Frau das Mehl, das sie zuvor auf den Tisch geschüttet hatte, zu einem Vulkan auf und gab genau abgemessene Mengen an Wasser, Zucker und Salz in die Rundung. Dann vermengte sie die Zutaten sorgfältig. Anschließend löste sie in einer Schale Hefe in etwas Wasser auf und gab sie in den Mehlkrater.

Ihre Bewegungen waren ebenso flink wie präzise. Sie arbeitete mechanisch, aber konzentriert. Bei ihrer Aufgabe kam es auf die Qualität der Zutaten, die richtigen Mengen, die Art der Verarbeitung, die Temperatur und die Zeit an. In dem, was sie tat, lag eine beneidenswerte Schlichtheit, als wäre diese Arbeit eine simple Routine und trüge nicht den Stempel einer alten, nie enden wollenden Passion.

Alba schlug die Butter cremig und gab sie zusammen mit gequirlten Eiern in den Mehlkrater. Dann begann sie, die Zutaten zu verkneten, und arbeitete das Mehl dabei langsam ein. Unter den beständigen, rhythmischen Bewegungen ihrer Hände wurde aus dem Gemisch einzelner Bestandteile nach und nach ein geschmeidiger, glatter und homogener Teig.

Nachdem sie ihn für zwanzig Minuten hatte ruhen lassen, rollte Alba ihn mit dem Nudelholz aus, bis er nur noch wenige Millimeter dick war. Dann teilte sie den Teig in zwei Teile, die sie beide in die charakteristische lang gezogene Coca-Form mit abgerundeten Enden brachte. Anschließend dekorierte sie diese mit kandierten Melonen-, Orangen- und Kirschstücken.

Gut gelaunt trällerte Alba den Bolero »Quizás, quizás, quizás«, der in diesem Jahr zum Ohrwurm geworden war, während sie die kleinen Fruchtstückchen mit Bedacht verteilte, um aus den Farben und Formen ein harmonisches Gesamtbild zu schaffen. Als sie mit ihrem Werk zufrieden war, ließ sie den Teig erneut für mehrere Stunden ruhen, damit er gehen konnte.

Unterdessen widmete die junge Frau sich ihrem üblichen Tagewerk, während um sie herum allmählich eine ungewöhnliche Ruhe einkehrte. Bis zur Sonnenwendfeier am Abend würde es noch ein paar Stunden dauern, doch es lag bereits jetzt eine festliche Stimmung in der Luft. Schon bald würden die Straßen mit Laternen, Girlanden und Wimpeln aus Papier geschmückt werden, und die Leute würden beginnen, an den Kreuzungen Gegenstände aus Holz aufzustapeln, um sie bei Einbruch der Nacht in den Sonnenwendfeuern zu verbrennen. Und hoch droben, über dem Lodern dieser gigantischen Fackeln, würde der bunte Lichterschein eines Feuerwerks die Dunkelheit der kürzesten Nacht des Jahres erhellen, und alle Menschen würden dem heranbrechenden Sommer froh und dankbar entgegenjubeln.

Alba tat es leid, dieses Fest nicht gemeinsam mit ihrer Mutter und ihrer Großmutter begehen zu können, doch es erleichterte sie zu wissen, dass diese mit Verwandten feiern würden, mit denen sie sich gut verstanden. Daher hatte sie die Einladung ihrer Freundin zu der Sonnenwendfeier angenommen, die die Bewohner des Hauses, in dem Elisa wohnte, alljährlich auf der Dachterrasse veranstalteten.

»Carles kommt auch, also kannst du ruhig Enric mitbringen.«

Der Vorschlag kam für Alba überraschend. Sie ging noch nicht einmal seit drei Monaten mit dem jungen Mann aus, den sie in der Schlange bei der Lebensmittelzuteilung kennengelernt hatte.

»Ist das dein Ernst? Du bist bereits seit zwei Jahren mit Carles verlobt, aber wir kennen uns doch kaum. Das erscheint mir zu früh.«

»Du bist schon zwanzig, Alba! Worauf wartest du? Willst du als alte Jungfer enden?«

Elisas spontaner und unverblümter Ausruf wunderte Alba nicht. Sie war die brutale Aufrichtigkeit ihrer Freundin gewohnt und war ihr dafür in gewisser Weise sogar dankbar. Elisa wollte nur ihr Bestes, das wusste sie. Also befolgte sie ihren Rat. Immerhin fühlte sie sich in Enrics Gegenwart wohl und entdeckte nur zu gern, welche Gemeinsamkeiten sie hatten.

An dem Tag, an dem sie ihn wie vereinbart in der Molkerei besucht hatte, in der er arbeitete, übte er eine noch größere Anziehung auf sie aus als am Morgen ihrer ersten Begegnung. Sie fand, er sah noch besser aus und war noch sympathischer, was an dem Glanz in seinen Augen und seinem zufriedenen Lächeln liegen mochte. Auch das Gefühl der innigen Nähe war intensiver, und sie ertappte sich dabei, so ungezwungen mit ihm zu plaudern und zu scherzen, als wären sie alte Freunde. Das Ganze hatte gerade einmal zehn Minuten gedauert, da der junge Mann bei der Arbeit war, doch die Saat der Verbundenheit, die sie in der Schlange vor dem Laden gesät hatten, hatte bereits zu keimen begonnen.

Am nächsten Tag kehrte Alba zurück, um ihm den versprochenen Milchreis zu bringen. Sie hatten verabredet, dass sie ihn von der Arbeit abholen würde, doch als Enric sie erblickte, war er so verwundert, als hätten sie nicht erst vierundzwanzig Stunden zuvor darüber gesprochen.

»Das ist aber eine Überraschung! Ich freue mich sehr, dass du gekommen bist.«

»Ich habe dir doch gesagt, dass ich dir mit der Flasche Milch, die du mir gestern geschenkt hast, einen Nachtisch zubereite.«

»Ja, aber ich hätte nicht gedacht, dass du so bald wiederkommen würdest!«

Alba reichte ihm das Henkelgefäß mit dem Milchreis.

»Den Behälter musst du mir zurückgeben, wenn du den Milchreis aufgegessen hast.«

»Sehr gut, dann müssen wir uns wohl verabreden … Was hältst du von nächstem Sonntag?«

Die junge Frau konnte schlecht Nein sagen, und so sahen sie sich nur drei Tage später erneut. Enric hatte als Treffpunkt die unterirdische Ladenstraße der Avinguda de la Llum vorgeschlagen. Diese Passage war knapp sieben Jahre zuvor unter der Carrer Pelai eröffnet worden und hatte sich, nicht nur durch ihre Nähe zur Vorhalle der Eisenbahnlinie nach Sarrià, sondern auch durch ihr reiches Angebot an Vergnügungen zu einem beliebten Ort zum Flanieren gemausert. Im Licht der mehr als zweihundert Neonröhren, die über den zu beiden Seiten paarweise zusammenstehenden Säulen angebracht waren, konnte man dort nicht nur einen Schaufensterbummel machen und Geschäfte besuchen, sondern auch einen Kaffee trinken oder sogar einen Film ansehen.

»Wenn du möchtest, kann ich meinen Freund Domingo fragen, ob er uns umsonst ins Kino lässt«, sagte Enric, während sie an der Plaça de Catalunya die Stufen zum Eingang der Passage hinunterstiegen. »Er ist einer der Platzanweiser.«

Alba stellte sich dumm und gab vor, sich brennend für die Kleider im Schaufenster eines der Geschäfte zu interessieren. Sie war bereits zu nachgiebig gewesen, als sie allem, was der junge

Mann ihr vorschlug, zugestimmt hatte, und wollte nun keinen falschen Eindruck erwecken, wenn sie sich bereitwillig von ihm in einen dunklen Kinosaal einladen ließ.

Sie konnte an diesem Sonntagnachmittag allerdings kaum verhehlen, wie wohl sie sich in seiner Gesellschaft fühlte. So wohl, dass sie einen Anflug von Bedauern verspürte, als der Abschied näher rückte. Seit sie Enric kannte, kreisten ihre Gedanken so oft um ihn, dass die Zeit langsamer zu verrinnen schien, wenn er nicht da war. So etwas hatte sie schon seit Langem nicht mehr empfunden, oder zumindest nicht in dieser Intensität.

Zum Glück schien die Zuneigung gegenseitig zu sein, da Enric ihr ein erneutes Treffen am folgenden Sonntag vorschlug. Nach ihrem Bummel und Cafébesuch in der Avinguda de la Llum fragte er sie beim Abschied, ob sie gern mit ihm das Museum für Moderne Kunst im Parc de la Ciutadella besuchen würde. Sie willigte ein und erfuhr so von Enrics Leidenschaft für die Malerei.

Während sie eine Woche später durch das Gebäude schlenderten, das acht Jahre zuvor noch der Sitz des katalanischen Parlaments gewesen war, und die ausgestellten Werke betrachteten, erzählte ihr Enric, dass er seit ein paar Jahren an der Akademie der Schönen Künste Sant Jordi in der Llotja de Mar studierte.

»Ich besuche dort Abendkurse, weil ich mir das Geld für mein Studium mit der Arbeit in der Molkerei verdienen muss. In diesem Jahr hat sich übrigens auch einer der Söhne von Antonio Escribà dort eingeschrieben.«

»Will er denn nicht Konditor werden?«, fragte Alba erstaunt.

»Wie es aussieht, zieht es ihn zur Bildhauerei und zur Malerei, und nach dem, was ich gehört habe, soll er ziemlich gut sein.«

Alba zuckte resigniert mit den Schultern. Die Vorstellung, dass jemand, der dieser Konditorei so nahe war, lieber einer anderen künstlerischen Neigung nachging, befremdete sie. Doch während sie durch die Räume des Museums flanierten, redete Enric weiter und riss sie aus ihren Gedanken.

»Ich habe schon immer gern gezeichnet. Als Schulkind wurde ich oft dafür bestraft, weil ich das Mathematikheft mit Skizzen und Notizen füllte, anstatt meine Aufgaben zu rechnen. Und zu Hause war es nicht viel anders. Meine Mutter schimpfte jedes Mal mit mir, wenn sie mich zeichnen sah. Sie sagte, ich solle lieber etwas Sinnvolles tun, anstatt meine Zeit zu verplempern.«

»Das ist typisch für Arbeiterfamilien, leider. Wenn eins der Kinder eine künstlerische Ader hat, tun sie alles, damit es sich die fixe Idee aus dem Kopf schlägt. Ich hatte Glück, mein Vater war Lehrer. Er hatte Verständnis und ließ mich in der Küche nach Belieben schalten und walten. Allerdings ist das auch nicht ganz dasselbe, wie Maler werden zu wollen. Aber er würde mir sicher helfen, eine Bäckerei oder Konditorei zu eröffnen, wenn er noch leben würde.«

»Ist er tot?«

»Ja, er starb vor fünf Jahren an Tuberkulose.«

»Das tut mir leid. Ich habe auch keinen Vater mehr, er ist im Krieg verschwunden. Er wurde noch kurz vor Ende eingezogen und hat uns ein paar Mal von der Front geschrieben. Aber nach der Schlacht am Ebro haben wir nie wieder von ihm gehört.«

Ein Schatten verdüsterte das Gesicht des jungen Mannes. Es war das erste Mal, dass Alba ihn nicht heiter und vergnügt sah.

Selbst sein sonst strahlender Blick schien sich in der finsteren Wolke, die ihn plötzlich umgab, verflüchtigt zu haben.

Das Ganze dauerte nur einen Moment. Rasch wechselte Enric das Thema und wies sie auf eine Sammlung mit Zeichnungen und Radierungen von Xavier Nogués hin, die in diesem Saal gezeigt wurden. Dann war er wieder derselbe wie immer und blieb so während ihrer gesamten Verabredung an diesem Sonntag.

Die Sonne stand bereits am höchsten Punkt, als Alba ihre Erinnerung an diesen Tag im Museum beiseiteschob, um die Blechkuchen mit geschlagenem Ei zu bepinseln. Sie waren zwei Stunden gegangen und sahen schon fast so aus wie nach dem Backen. Über die gut eingepinselten Cocas streute sie anschließend großzügig Pinienkerne, auf die eine Handvoll Zucker folgte. Winzige Zuckerkörnchen rieselten langsam auf das süße Gebäck, aus dem die grünen, orangefarbenen und roten Stückchen der kandierten Früchte hervorblitzten.

Als sie die Kuchen nach Belieben dekoriert hatte, schob sie sie in den Ofen, der bereits auf die nötige Temperatur vorgeheizt war. In nur vierzehn Minuten würden in der Wärme aus dem Teig köstliche Johanniskuchen werden.

Wenige Stunden später zog sich Alba zu Hause für ihre Verabredung am Abend um. Sie hatte ihre Alltagskleidung abgelegt und sich für ein ärmelloses Blumenkleid entschieden, das ihre Mutter genäht hatte. Die sommerlichen Farben des Musters waren diskret, standen ihr aber gut zu Gesicht, und der figurbetonte Schnitt unterstrich ihre schlanke Gestalt.

Nachdem sie ihr Haar gebürstet und dessen Wellen in Form

gebracht hatte, verließ sie mit dem in Papier eingeschlagenen und mit einer Kordel verschnürten Kuchen das Haus. Sie hatte mit Elisa vereinbart, dass sie ein bisschen früher kommen würde als die übrigen Gäste, um ihr bei den Vorbereitungen zur Hand zu gehen. Enric hätte sie gern abgeholt, um mit ihr zusammen zu ihrer Freundin zu gehen, doch Alba fand, er solle lieber in aller Ruhe mit seiner Familie zu Abend essen. Daher hatte sie sich mit ihm vor dem Haus verabredet, in dem die Sonnenwendfeier stattfand.

Um elf Uhr abends sah sie ihn um die Straßenecke biegen. Er trug seinen Sonntagsstaat, Anzughose und Hemd, und sein Haar glänzte. Eine festliche Atmosphäre lag über der Stadt, und die ersten bunten Lichter stiegen bereits in den dunklen Himmel auf.

»Du meine Güte, du hast dich aber hübsch gemacht!«, stieß er hervor, als er nahe genug war, dass sie ihn hören konnte. Lächelnd bat sie ihn herein.

Während er ihr die Treppe hinauf folgte, versuchte er, sie festzuhalten und ihr einen Kuss zu rauben, doch Alba machte sich lachend frei. Es war nicht das erste Mal, dass Enric einen solchen Versuch unternahm, und offenbar liefen die Dinge für ihn inzwischen besser. Immerhin hatte sie ihm keine Ohrfeige gegeben, wie beim ersten Mal. Damals kannten sie sich gerade einmal einen Monat und gingen erst seit drei Wochen miteinander aus, und Alba wollte nicht den Eindruck erwecken, er könne sich solche Vertraulichkeiten herausnehmen.

Wie alle jungen Frauen hatte sie von klein auf die Warnungen zu hören bekommen, sich unter keinen Umständen leichtfertig den Verlockungen des Fleisches hinzugeben. Aber seit ihrer ersten Verabredung waren bereits mehr als zwei Monate vergangen, und Enric schien ehrliche Absichten zu hegen. Daher war ihr Widerstand nun einem subtilen Flirt gewichen, der ein gewisses Kribbeln weckte und ihr Innerstes gefährlich in Wallung brachte.

Auf der Dachterrasse löste sich Enric von Alba, und beide nahmen eine förmliche Haltung ein. Ein paar Bewohner hatten sich bereits versammelt und beugten sich über das Ziegelmäuerchen, um hinunter auf die Straße zu schauen. Vor dem Haus umringten Kinder und junge Leute ein loderndes Sonnenwendfeuer. Die jüngeren tanzten ausgelassen um die brennenden Scheite, während die älteren versuchten, unter Gejohle und Gelächter darüberzuspringen.

Alba nutzte den Moment, in dem die Gäste abgelenkt waren, um Elisa ihren Begleiter vorzustellen. An der Miene ihrer Freundin konnte sie ablesen, dass Enric ihr gefiel, was Elisa ihr gleich darauf mit einem verstohlenen Augenzwinkern bestätigte, als sich der junge Mann zum Tisch wandte, auf dem der Kuchen stand.

Dort bewunderten ein paar Nachbarinnen bereits das herrliche Aussehen von Albas Kuchen, und ihr Lob weckte in Enric einen eigenartigen Stolz auf das kulinarische Können seiner Freundin. Er hielt sich für privilegiert, ihre Süßspeisen genießen zu dürfen, die dem Konfekt der besten Konditoreien in nichts nachstanden. Denn ihr Gebäck war nicht nur Ausdruck ihrer Meisterschaft und Erfahrung, sondern auch ihrer glühenden Leidenschaft.

Als Elisas Mutter die Coca in kleine Portionen teilte, war das leise Knistern der Zuckerschicht dezent, aber trotz des Knallens der Feuerwerkskörper deutlich zu hören. Die Klinge des Messers glitt durch den goldbraunen, mit Pinienkernen und kandierten Fruchtstückchen garnierten Kuchen, der einen lieblichen Duft verströmte. Mit einem Mal umringten sämtliche Gäste den Tisch, auf dem sich die Coca befand, und versuchten, eins der frisch geschnittenen Stücke zu ergattern.

Kaum kosteten die Leute den Johanniskuchen, wurde der durch das Feuerwerk in allen Regenbogenfarben schimmernde Himmel zweitrangig. Manche brachen in begeisterte Lobrufe aus, aber die meisten schienen dem köstlichen Geschmack dieser Kombination aus lockerem Teig, süßem Obst und Pinienkernen versunken nachzuspüren.

»Ich wette, dass die Coca, die Eva Perón heute aufgetischt wird, nicht halb so gut ist wie deine.«

Enric war es gelungen, Alba in eine stille Ecke der Dachterrasse in der Nähe der Wäscheleinen zu lotsen.

»Wie meinst du das?«

»Weißt du nicht, dass die argentinische Präsidentin in Barcelona ist?«

»Ich habe vor ein paar Tagen gehört, sie sei in Madrid, hätte aber nicht gedacht, dass sie hierherkommt.«

»Doch. Heute Abend hat sie mit Francos Gattin gespeist, und danach sind sie zusammen in den Königlichen Tennisclub gefahren. Aber in diesem Moment würde ich nicht mit ihr tauschen wollen.«

Mit einem erfreuten Lächeln rückte Alba ein Stück näher. Im Blick des jungen Mannes lag das gleiche Feuer wie am Himmel, und diese Glut drängte auch ihn in ihre Richtung. Und diesmal stießen seine Hände nicht auf Widerstand. Sie legten sich um Albas Taille und zogen sie heran.

Nun trennte die beiden nur noch die dünne Schicht ihrer Kleidung, und die konnte ihrer Leidenschaft keinen Einhalt gebieten. Mit einem leichten Zögern berührten sich ihre Lippen. Alba hatte noch nie jemanden auf diese Weise geküsst, und ihre Unerfahrenheit machte sie verlegen.

Als Enric ihre Unsicherheit bemerkte, bemühte er sich, sie zu beruhigen. Er nahm dem Kuss die Hast und strich ihr sanft über den unteren Rücken. Während Alba sich entspannte, wurde sein Kuss fordernder, bis er einen Weg zwischen ihre vollen, sinnlichen Lippen fand.

Unwillkürlich schloss sie die Augen und legte den Kopf in den Nacken. Das Krachen des Feuerwerks, das Plaudern der Gäste, der Anblick des sternenübersäten, lodernden Himmels und sogar der fruchtige Duft der Coca verschwanden in ihrer innigen, warmen Umarmung, die sie eins werden ließ und ihren Herzschlag zu einem wilden Rasen beschleunigte, als wollte ihr wachsendes Begehren dem Licht nacheifern, dessen Zunahme sie an dieser Sonnenwende feierten.

Da wurde Alba mit einem Mal bewusst, dass es in der Welt nicht nur eine Art von Magie gab. Enric hatte ihr soeben eine andere gezeigt.

Biskuitrolle

»Ihr seid aber früh mit dem Abendessen fertig!«

Albas verwunderter Ausruf war noch nicht verklungen, als sie sah, wer zur Küchentür hereingekommen war. Bevor sie sich umgewandt hatte, war die junge Frau davon ausgegangen, dass die Kinder sie, wie so oft, vor dem Zubettgehen noch für ein Weilchen besuchen wollten, hatte sich aber gewundert, wie rasch die Kleinen aufgegessen haben mussten. Da die Familie an diesem Abend Gäste hatte, hatte sie angenommen, dass die Kinder die Schlafenszeit noch herauszögern wollten und zu ihr kamen, solange ihre Eltern noch bei Tisch plauderten.

Es war nicht das erste Mal, dass die Vidals die Familie eines mit dem Architekten befreundeten Anwalts eingeladen hatte. Der Jurist kam stets in Begleitung seiner Gattin, einer jovialen, stämmigen Dame, und seines Sohnes Joaquim, der vor Kurzem in die Kanzlei seines Vaters eingetreten war. Zu Albas Erstaunen war er es, der so unvermittelt in der Küche aufgetaucht war. Für einen Moment blieb sie wie angewurzelt stehen, während der junge Mann sie mit einem durchdringenden Blick aus seinen dunklen Augen musterte. Er war nur wenige Jahre älter als sie, aber in dem eleganten Anzug, der seine schlanke Gestalt betonte, und dem schwarzen, sorgfältig gescheitelten Haar sah er aus wie der jugendliche Liebhaber aus einem Film.

Sobald sie sich von ihrem Schreck erholt hatte, murmelte die junge Köchin schüchtern eine Entschuldigung.

»Verzeihung, ich nahm an, es seien die Kinder.«

»Das habe ich mir schon gedacht«, sagte Joaquim und trat auf den Tisch zu, an dem Alba noch immer regungslos stand. »Ich möchte nicht stören, mich hat bloß die Unterhaltung bei Tisch gelangweilt, und ich habe mich unter einem Vorwand entschuldigt.«

»Das Bad ist am Ende des Flurs.«

»Nein, nein, es war nur eine Ausrede. Ich wollte eigentlich einen Moment mit dir plaudern.«

Albas Unbehagen wuchs, und sie fürchtete, vor Scham rot zu werden. Die Unverfrorenheit des jungen Mannes beunruhigte sie noch mehr als seine Anwesenheit in der Küche. Joaquim gehörte zu einer anderen gesellschaftlichen Schicht, und die gegenwärtige Situation war meilenweit von dem Umgang entfernt, der ihrer Stellung angemessen war. Aber da Alba keine andere Wahl hatte, beschloss sie, sich so korrekt wie möglich zu verhalten.

»Bitte ...«

»Ich war schon seit geraumer Zeit neugierig auf die Person, die bei den Vidals so vorzüglich kocht. Vermutlich weißt du es nicht, aber unsere gemeinsamen Freunde sprechen schon darüber, welches Glück die Familie hatte, eine so ausgezeichnete Köchin zu finden.«

»Vielen Dank, das ist sehr freundlich von Ihnen.«

»Das soll kein Kompliment sein. Ich bin wirklich beeindruckt, dabei lasse ich mich nicht so schnell begeistern, das kannst du mir glauben. Aber weißt du, was ich von allem, was du machst, am meisten mag?«

»Die Desserts.«

Für einen kurzen Augenblick wich das arrogante Auftreten des jungen Mannes einem Ausdruck der Verblüffung. Alba hatte aus reiner Gewohnheit geantwortet und bereute ihre Worte längst. Sie hatte sie sich nicht verkneifen können, da sie die Antwort auf seine Frage kannte. Sie bekam es so oft zu hören.

»Woher wusstest du das?«

»Die Nachspeisen machen mir die meiste Freude, und ich versuche immer, mich selbst zu übertreffen.«

»Das gelingt dir, ehrlich. Dein Gebäck ist so vorzüglich, als stammte es von einem Konditor. Als die Vidals einmal sonntags zu mir sagten, die Biskuitrolle, die es zum Nachtisch gab, hätte ihre Köchin gebacken, war ich bass erstaunt, denn ich war felsenfest davon überzeugt gewesen, sie sei aus der Konditorei. Übrigens … Wo wir gerade davon sprechen … Ich weiß nicht, ob du die Patisserie Escribà kennst …?«

»Aber natürlich! Meine Großmutter hat früher in der Nähe gewohnt und war dort Kundin. Die Konditorei hat einen sehr guten Ruf.«

»Ja, das stimmt, wir sind schon seit jeher dort Stammkunden. Mein Vater ist mit dem Inhaber gut bekannt. Ich frage nur, weil er ihm vor Kurzem erzählt hat, dass er für sonntags eine Verkäuferin sucht. Das ist dein freier Tag, wie mir Señora Vidal berichtet hat. Soll ich ein gutes Wort für dich einlegen?«

Alba fehlten abermals die Worte. Es verblüffte sie, wie direkt sich das Schicksal zeigte. Ebenso direkt wie der junge Mann.

»Es wäre mir eine Ehre, dort arbeiten zu können, Señor Joaquim. Vielen Dank, dass Sie an mich gedacht haben.«

»Dann ist das also abgemacht, verlass dich auf mich! Und

nun muss ich zurück ins Esszimmer, sonst machen sich die anderen Sorgen, aber ich gebe dir Bescheid, sobald ich mit den Escribàs geredet habe.«

Joaquim verschwand so schnell durch die Tür, dass Alba sich nicht einmal verabschieden konnte. Wie vom Blitz getroffen, stand sie neben dem Tisch und versuchte zu begreifen, was soeben geschehen war. Einmal mehr kreuzte ihr Weg den dieser Konditorei, mit der sie in ihrem Leben auf die eine oder andere Art immer wieder in Berührung gekommen war.

Und wenn sie es nicht falsch verstanden hatte, konnte er sie nun direkt zu den Escribàs führen. Bei dieser Aussicht überkam sie ein wohliger Schwindel.

Die neue Perspektive, die sich vor ihr auftat, vermochte für einen Augenblick die innere Unruhe zu überlagern, die seit einigen Wochen an ihr nagte. Ihre Beziehung zu Enric hatte sich seit jenem weit zurückliegenden Abend, an dem sie sich auf Elisas Terrasse geküsst hatten, enorm verschlechtert. Alba war ratlos.

Noch im Sommer hatte er sich engagierter und aufmerksamer gezeigt als je zuvor. Sie gingen jeden Sonntag und manchmal sogar werktags aus, und bei jedem Treffen herrschte zwischen ihnen dieselbe Vertrautheit und Anziehung wie am ersten Tag. Ihr Glücksgefühl wuchs und weckte ein Begehren, das sie kaum zügeln konnten.

Wie Alba es geahnt hatte, sollte es ihr an dem Tag, an dem sie das Kino Avenida tatsächlich einmal besuchten, schwerfallen, sich Enrics Annäherungsversuchen zu erwehren, der sich in der Dunkelheit mit ihren zahllosen Möglichkeiten offenbar ermuntert fühlte. Sie verstand nicht, wie es ihm gelang, die Armlehnen seines Sessels zu überwinden, doch seine Hände glitten ständig forschend unter ihre Bluse und ihren Rock. Es war unangenehm und doch erregend. Sie spürte, wie sie unter der Berührung seiner Finger erschauerte, und es fiel ihr schwer, sich nicht hinreißen zu lassen.

Als sie später an diesem Abend zu Bett ging, wanderten ihre Gedanken zu dem Moment, in dem sie für ihn so begehrenswert gewesen war. Sie fühlte sich kostbar und einzigartig und spürte, welche Macht sie über ihn hatte.

Aber der Sommer ging vorüber, und auch in Enrics Verhalten hielt der Herbst Einzug. Er ging auf Distanz und zeigte eine wachsende Kälte. Sie sahen sich nicht länger unter der Woche, weil er die Arbeit vorschob. Er sei erschöpft und müsse anderntags früh raus. Sonntags sahen sie sich immer später, und er verabschiedete sich schon früh mit den Worten, er sei hundemüde. Mehr als einmal hatte er das sonntägliche Treffen sogar abgesagt und erklärt, er müsse lernen, weil er mit seinem Studium in der Llotja im Verzug sei. Alba konnte das nicht recht überzeugen. Ihre innere Stimme sagte ihr, dass Enric nicht ehrlich zu ihr war. Ihm lag etwas auf der Seele, aber offenkundig wollte er nicht mit ihr darüber sprechen, was ihn immer stärker belastete.

Alba wollte ihn nicht bedrängen. Sie wusste, das wäre das Schlechteste, was sie tun konnte. Er würde sein Problem allein lösen müssen, worum auch immer es sich handelte. Und es war sicher nur eine Frage der Zeit. Aber die Tage vergingen, und Enric blieb reserviert.

Ihr fiel auf, wie wenig sie über ihn wusste, obwohl sie sich schon seit neun Monaten kannten. Er hatte ihr nur erzählt, dass er mit seiner verwitweten Mutter und zwei jüngeren Brüdern zusammenwohnte, aber wo das war, hatte er ihr nie gesagt.

Er hatte ihr auch kein Mitglied seiner Familie vorgestellt, geschweige denn einen Freund, außer Domingo, den Platzanweiser aus dem Kino Avenida, der sie ein paar Mal umsonst in den Saal hatte schlüpfen lassen.

Anfangs hatte sie sich nichts dabei gedacht. Auch sie war zurückhaltend gewesen und hatte zunächst gezögert, ihn zur Sonnenwendfeier einzuladen. Doch im Laufe der Zeit hatte sie wie von selbst Zutrauen zu ihm gefasst und wollte ihn an ihrem Leben teilhaben lassen. Aber als sie an ihm die ersten Anzeichen von Argwohn und Kälte bemerkte und sich zunehmend ausgeschlossen fühlte, war sie so bestürzt, dass sie es dezent, aber dennoch entschieden zur Sprache brachte.

Ende September fragte sie ihn schließlich nach dem Grund seines Verhaltens. Sie machte ihm keine Vorwürfe, sondern wollte ihn nur verstehen können, um ihre Unruhe loszuwerden. Enric antwortete mit Ausflüchten und lenkte die Unterhaltung auf ein unverfängliches Terrain. Alba war unzufrieden und enttäuscht, weil sie nicht hatte in Erfahrung bringen können, was los war, und weil Enric sich ihr von einer neuen, gemeinen und unsicheren Seite zeigte.

Anfangs gab Alba sich selbst die Schuld an der Situation. Sie ließ vor ihrem geistigen Auge Revue passieren, wie sie sich verhalten hatte, und versuchte zu ergründen, ob sie etwas getan oder unterlassen hatte, das seine Gefühllosigkeit erklären konnte. Und um mögliche Fehler ungeschehen zu machen, bemühte sie sich, ihm noch mehr zu gefallen. Sie backte ihm Kuchen, mied zu persönliche Themen, versuchte ihn zum Lachen zu bringen, war zärtlicher und veränderte sogar ihr Aussehen, indem sie gewagtere Kleidung und ein wenig Make-up trug.

Wenn ihre gemeinsame Zeit nur glücklich, angenehm und erregend genug wäre, würde er wieder sein wie früher und sie so häufig wie am Anfang sehen wollen, hoffte sie.

Doch sie irrte.

Enrics Kälte verwandelte sich zunehmend in Verachtung. Er nahm ihre Kuchen entgegen, doch er ließ, wie schon bei ihren übrigen Aufmerksamkeiten, weder Dankbarkeit noch Überraschung erkennen. Wenn Alba daran zurückdachte, wie sehr er sich an jenem Tag gefreut hatte, an dem sie ihm den Milchreis gebracht hatte, stiegen ihr vor Ohnmacht, Unverständnis und Wut die Tränen in die Augen.

Im November hatten sie sich nur zweimal gesehen, und nach jeder Verabredung war Alba mit schwerem Herzen heimgegangen. Denn bei beiden Treffen hatte sie die unsichtbare Mauer, die er um sich errichtet hatte, deutlich spüren können. Es war, als trüge er einen imaginären Schild, der sie aus seiner Welt ausschloss.

Je mehr sie darüber nachdachte, desto deutlicher erkannte sie, dass Enric in ihrer Beziehung an einer Schwelle stehen geblieben war und keinerlei Absicht hegte, sie zu überschreiten. Er wollte offensichtlich nicht mehr mit ihr teilen, als das bisschen Intimität, das bei ihren seltenen Treffen zwischen ihnen herrschte. Und das erschien ihr schlimmer als Misstrauen.

An diesem Punkt fasste Alba einen Entschluss: Sie würde nichts mehr tun. Sie hatte versucht, mit ihm zu reden, ihn zu verstehen, ihm zu gefallen, und es hatte alles nichts gebracht. Sie wusste, dass man die Menschen nehmen muss, wie sie sind, wenn man sie liebt, und das hatte sie getan. Aber sie konnte seine Verachtung ebenso wenig dulden wie die Tatsache, dass er in ihr so verabscheuungswürdige Gefühle wie Zorn weckte. Wenn sie das zuließ, würde sie zu einem anderen Menschen werden. Dann würde ihr sanftes Wesen tiefer Verbitterung weichen.

Und sie dachte nicht daran, sich selbst zu verlieren.

Vierzehn Jahre zuvor hatten sich Mateu und Josefina zurückgezogen und die Leitung der Bäckerei Serra in die Hände ihrer Tochter, die alle nur Pepita nannten, und ihres Schwiegersohns, des Konditors Antonio Escribà, gelegt.

Die Serras hatten ihr Geschäft in siebenundzwanzig Jahren aufgebaut und sich weit über ihr Viertel hinaus einen Namen gemacht. Mit Mateus Geschäftssinn und Josefinas Hartnäckigkeit hatten sie gemeinsam stets Lösungen für die Herausforderungen finden können, denen sie sich im Laufe dieser Jahre stellen mussten. Aus diesem Grund hatten sie nicht gezögert, Antonio Escribà einzustellen, denn der junge Mann besaß nicht nur Kenntnisse auf einem Gebiet, auf dem sie keine Erfahrung hatten, sondern auch die gleiche Leidenschaft und Kreativität wie sie.

Nachdem sich die Gründer der Bäckerei Serra dann einige Jahre später zurückgezogen hatten, bezogen ihre Tochter und ihr Schwiegersohn die Räume hinter dem Laden und richteten das Unternehmen neu aus, das sie fortan Konditorei und Patisserie Escribà tauften. Unter diesem Namen, der das Konfekt- und Gebäckangebot des Ladens besser in Worte fasste, kannte Alba die Konditorei. Bei deren Übergang an die neuen Inhaber war sie erst sechs Jahre alt gewesen, und sie konnte sich an die Zeit, in der noch die Serras das Geschäft leiteten, nicht mehr erinnern. Für sie war immer die Konditorei Escribà dieser magische Ort gewesen, an den sie ihre Großmutter begleitete, der Ort mit der unendlichen Vielfalt an bunten, süßen Köstlichkeiten, deren verlockende, farbenprächtige, verspielte Formen ihren Gaumen kitzelten und ihre Fantasie beflügelten.

An diesem traumhaften Ort waren alle Kreationen, die ihr in den Sinn kamen, bereits wahr geworden und lagen in einer überbordenden Fülle in den Vitrinen. Während ihre Großmutter bedient wurde, begutachtete sie daher jedes Mal Stück für Stück das Sortiment in den Auslagen. Sie merkte sich die verschiedenen Teige und die dazugehörigen Füllungen aus Sahne, Creme, Baiser, Trüffel, Engelshaar, Marzipan oder kandierten Früchten und versuchte diese Kombinationen später in der heimischen Küche nachzubacken. Zwar reichten ihre Ergebnisse längst nicht an die herrlichen Kompositionen heran, doch diese Versuche inspirierten sie, sich aufs Geratewohl selbst an neuen Kreationen zu versuchen.

Wenn ihr damals jemand gesagt hätte, dass sie eines Tages die Möglichkeit haben würde, dem Ursprung dieser Köstlichkeiten so nahe zu kommen, hätte sie es nicht geglaubt.

Diese Welt erschien ihr so kunstvoll und perfekt, dass sie etwas Unwirkliches hatte. Ihr war, als öffnete sich hinter der Ladentheke eine Tür in ein geheimnisvolles Zauberland. Doch nun sollte ihr Traum wahr werden können, der Zugang zu diesem irrealen Reich schien in greifbare Nähe gerückt zu sein.

Wie er es ihr versprochen hatte, lobte Joaquim Albas Virtuosität vor Antonio Escribà in den höchsten Tönen, und der Konditor war einverstanden, sie sonntags als Aushilfe anzustellen. Er mochte den Gedanken, dass die künftige Verkäuferin, die sein

Konfekt anbieten sollte, eine Person war, die etwas vom Backen verstand. Als er und seine Frau, Pepita Serra, Alba zum Vorstellungsgespräch einluden, wurden sie sich daher rasch einig. Alba war froh und dankbar, fortan ein Teil dieser renommierten und mit ihrer Vergangenheit so eng verknüpften Konditorei zu sein, und Escribà sah erfreut, dass in der jungen Frau eine Leidenschaft brodelte, die seiner eigenen so ähnlich war.

Als Alba ihrer Mutter und Großmutter erzählte, dass sie als Verkäuferin eingestellt worden war, herrschte große Freude. Vor allem die Großmutter, die die Anfangszeiten der Konditorei mit eigenen Augen erlebt und ihre Gründer, die Serras, gut gekannt hatte, war begeistert. Sie vermisste ihr früheres Viertel und die Nachbarinnen und Ladenbesitzer, die sie aus den Augen verloren hatte, als sie nach dem Tod ihres Mannes acht Jahre zuvor zu ihrer Tochter und ihrer Enkelin gezogen war.

»Du musst mich einmal sonntags besuchen kommen, *àvia«*, schlug Alba vor. »Señora Josefina wird sich sicher freuen. Das hat ihre Tochter, Señora Pepita, gesagt, die dich schön grüßen lässt.«

»Sie weiß noch, wer ich bin? Das ist doch schon so viele Jahre her.«

»Als ich ihr erzählt habe, dass du ihre Eltern kanntest, weil du früher in der Bäckerei eingekauft hast, und deinen Namen nannte, war sie verblüfft. Sie erinnert sich noch gut an dich und freut sich sehr, dass ich jetzt bei ihnen arbeite. Sie sagte, ihre Mutter käme sonntags zur Bäckerei, da sie an diesem Tag zusammen zu Mittag essen, und dass es sie sicher freuen würde, eine frühere Kundin wiederzusehen.«

»Ich fände es auch schön, sie zu sehen, aber du weißt ja,

meine Liebe, wie schlecht ich zu Fuß bin. Ich bin schon über achtzig, und die Serras sind ein gutes Stück jünger als ich.«

Am ersten Sonntag, an dem Alba nicht als Kundin, sondern als Angestellte durch die Ladentür trat, hatte sie das Gefühl, die Grenze zu einer neuen Welt zu überschreiten. Auf der anderen Seite der Theke erfasste sie ein leichter Schwindel, aber zugleich überkam sie eine eigenartige Sicherheit. Sie war glücklich und strotzte vor Selbstvertrauen.

Wenn sie den Kunden entgegenblickte, fühlte sie sich wie auf einer Bühne, von der aus sie der Welt die exquisitesten Leckerbissen anbot. Zwar war keine dieser Köstlichkeiten ein Produkt ihrer Hände oder ihrer Fantasie, doch allein das Gefühl, der Backstube so nahe zu sein, in der sie hergestellt wurden, erfüllte Alba mit einem eigenartigen Stolz.

Dieser Dezembertag war für sie ein wichtiger Meilenstein, der sich tief in ihre Seele und ihr Gedächtnis einprägte. Sie würde diesen Tag nie vergessen, denn er sollte für ihren weiteren Lebensweg entscheidend sein. Und in dem Stück des Wegs, das sie bis zu diesem Moment bereits zurückgelegt hatte, sah sie nicht eine Folge der Vorsehung. Sie war für sie ein wahres Wunder.

Marzipankranz

Am Vorabend des Dreikönigstags herrschte in der Patisserie Escribà ein solches Gedränge, dass Alba Joaquim nicht gleich bemerkte. Als der junge Anwalt durch die Tür trat, platzte der Laden förmlich aus allen Nähten, und die Kunden standen Schlange, um einen der traditionellen Kranzkuchen zu erwerben, die am nächsten Tag, dem 6. Januar, anlässlich des Festes der Erscheinung des Herrn auf den Tisch kommen sollten.

Der Feiertag wurde besonders von den Kleinsten sehnlichst erwartet, die sich im Wissen, dass die Drei Heiligen Könige sie in dieser Nacht besuchten, unruhig in ihren Betten wälzen würden. Wie an jedem 5. Januar würden Kaspar, Melchior und Balthasar ihre nächtliche Runde durch die Häuser und Wohnungen der Stadt drehen, um den Kindern, die das ganze Jahr über brav gewesen waren, Geschenke zu bringen, und den anderen Kohle. Daher fieberten die Kinder dem nächsten Morgen entgegen, an dem sie erfahren sollten, ob sie das, was auf ihren Wunschzetteln stand, verdient hatten. Später würde die ganze Familie ein besonders opulentes Festmahl genießen, deren Höhepunkt der traditionelle Dreikönigskuchen war.

Um die große Nachfrage nach diesem Zuckerwerk zu stillen, herrschte in der Backstube der Escribàs schon seit Stunden eine emsige Betriebsamkeit, die noch bis weit in den Vormittag andauern sollte. Auch die Verkäuferinnen hatten alle Hände voll damit zu tun, die Kunden zu bedienen, die geduldig darauf warteten, einen der saftigen, mit kandierten, bunten Fruchtstückchen garnierten Kranzkuchen mit Marzipanfüllung mitnehmen zu können.

Alba musste an das angenehme Kribbeln zurückdenken, das sie selbst als Kind erfasst hatte, wenn die in ihren Augen magischste Nacht des Jahres heranrückte.

Für sie setzte der Zauber schon Stunden zuvor ein, wenn sie mit ihrer Großmutter und ihrer Mutter in der Küche den Kuchen backte. Anfangs war sie noch zu klein und half ihnen nur bei den Vorbereitungen, aber nach und nach durfte sie immer mehr Aufgaben übernehmen, bis sie zuletzt selbst die Verantwortung für die Zubereitung hatte, während ihr die beiden munter zur Hand gingen.

Sie erinnerte sich an den heimischen Küchentisch, auf dem sie an diesen Nachmittagen einen Mehlkrater aufhäufte, in den sie etwas Wasser, Zucker und Salz schüttete. Während sie diese Zutaten vermengte, löste ihre Mutter in einer Schale Hefe in Wasser auf, die anschließend zu der Mischung gegeben wurde. Unterdessen hatte ihre Großmutter die Butter cremig gerührt und gab sie zusammen mit einem geschlagenen Ei in den Mehlkrater. Alba verknetete das Ganze sorgsam, indem sie das Mehl portionsweise untermengte, bis sie einen glatten, gleichförmigen Teig daraus bekommen hatte.

Dann war das Marzipan an der Reihe. Während der Teig ruhen musste, mischte sie in einer Schüssel Zucker, gemahlene Mandeln und Eier. Dann walzte sie die Masse zu einer dünnen Rolle, in die ihre Großmutter eine getrocknete Bohne steckte. Ihr Vater hatte ihnen erzählt, dass in früheren Zeiten nicht jeder an der Dreikönigsmesse in der Kirche teilnehmen konnte. Daher hatte es sich eingebürgert, in jeder Familie einen König zu bestimmen. Um ihn auszulosen, wurde eine Bohne in den Kranzkuchen eingebacken, der an diesem Tag traditionell als Nachspeise verzehrt wurde. Wer sie fand, wurde zum König ernannt und ging als Vertreter der Familie in die Kirche. Diese alte Sitte war über die Zeiten überliefert worden, auch wenn ihre religiöse Bedeutung inzwischen längst verloren gegangen war.

Wenn Alba den Teig mit dem Nudelholz ausrollte, musste sie jedes Mal an die Erzählungen ihres Vaters denken. Er war von Geschichte und überlieferten Sitten und Gebräuchen fasziniert gewesen und hatte keine Gelegenheit ausgelassen, sie ihnen ins Gedächtnis zu rufen. Daher wusste Alba, dass Bohnen schon seit Urzeiten zur Auswahl bestimmter Personen dienten und in der Antike zum Weissagen verwendet worden waren. Auch der König der von den Römern gefeierten Saturnalien und der Anführer mancher Feste im alten Griechenland waren auf diese Weise bestimmt worden. Deshalb war es für sie ein so erhebender Moment, wenn die Bohne ins Marzipan gedrückt wurde. Jedes Mal, wenn sie den mit Marzipan gefüllten Kranzkuchen mit geschlagenem Ei bestrichen und mit kandierten Früchten verzierten, spekulierten ihre Mutter, ihre Großmutter und sie, wer diesmal der oder die Auserwählte sein mochte.

Bei Einbruch der Dunkelheit verließen sie das Haus, um den Umzug der Heiligen Drei Könige anzuschauen, bei dem Prunkwagen, geschmückt mit den drei Weisen, durch die Straßen fuhren. Begleitet wurden sie von Pagen, die ihnen in der kommenden Nacht beim Verteilen der Geschenke helfen würden.

An diesem Abend würde Alba die Parade allerdings nicht

besuchen können, doch das störte sie nicht. Die Magie war auch in der Konditorei spürbar, vom emsigen Treiben in der Backstube bis hin zur Ergriffenheit der Kunden, die geduldig und mit glänzenden Augen darauf warteten, ihren Kuchen in Empfang zu nehmen.

Nachdem Joaquim den Laden betreten hatte, hielt er zunächst nach Alba Ausschau, bevor er sich erkundigte, wann er an der Reihe sei. Als er sie erblickte, reichte sie gerade einer üppigen Matrone in einem schwarzen Persianermantel eine Stange Nougat. Da reihte sich der Anwalt in der Schlange ein und wurde zehn Minuten später von der jungen Frau bedient.

»Wie geht es der Königin dieser magischen Nacht?«

»Sehr gut, danke. Und Ihnen?«

»Ich bin von all der Anmut ganz verzaubert … Und damit meine ich nicht die Kuchen.«

Alba wollte sich nicht anmerken lassen, welches Unbehagen diese Schmeichelei in ihr auslöste, und behandelte ihn mit der gleichen Höflichkeit wie die übrigen Kunden.

»Das ist sehr freundlich, Señor Joaquim. Was darf ich Ihnen anbieten?«

»Ich nehme einen mit Creme, wenn du einen hast.«

»Aber natürlich! Die mit Marzipan verkaufen sich besser, aber wir haben auch welche mit Sahne- oder Creme-Füllung.«

»Man sieht, du bist ganz in deinem Element. Gefällt dir die Arbeit?«

»Sehr! Sie ahnen nicht, wie dankbar ich Ihnen bin, dass Sie mir dazu verholfen haben.«

»Und du weißt nicht, wie sehr es mich freut, das zu hören …«, erwiderte der junge Anwalt, während Alba ihm sein Kuchenpaket überreichte.

Schon der Tonfall seiner Worte machte Alba beklommen, doch auf einmal spürte sie, wie sich seine Hände für einen Moment mit einem kräftigen, wohlüberlegten Druck um die ihren schlossen, als er das Paket annahm.

Alba überspielte ihr mulmiges Gefühl mit einem scheinbar sorglosen Lächeln, aber tief in ihrem Inneren hallte die erzwungene Berührung noch lange nach. Sie atmete erst erleichtert auf, als sie sah, wie Joaquim den Laden verließ. An der Miene des jungen Mannes war abzulesen gewesen, dass er offenbar eine Gegenleistung für seinen Gefallen einzufordern gedachte. Dieser Gedanke lastete ihr auf der Seele wie eine Drohung.

Seit Alba ihre Arbeit in der Patisserie Escribà aufgenommen hatte, war Joaquim an jedem Sonntagvormittag dort aufgetaucht. Anfangs hatte sie das nicht weiter bekümmert, denn sie wusste, dass er Stammkunde war. Doch um die Weihnachtsfeiertage musste sie häufiger aushelfen, da sich die Kundschaft zum Fest mit Nougat, Waffeln und Marzipan eindecken wollte, und der junge Anwalt war an jedem ihrer Arbeitstage erschienen.

Aus seinen Komplimenten wurden nach und nach subtile Andeutungen, dass sie ihm die Stelle in der Konditorei zu verdanken habe. Irgendwie fand er immer einen Weg, das Thema anzubringen, und sie hatte sich jedes Mal bedankt. An diesem Abend war ihr jedoch klar geworden, dass er sich mit ihrem Dank allein nicht begnügen würde.

Das Läuten einer Glocke verscheuchte ihre trüben Gedanken. Schon seit einer Weile waren ihr die heiteren metallischen Schläge neben der Ladentür aufgefallen. Dort hing eine

Bronzeglocke, die die Leute beim Verlassen der Konditorei berührten. Alba wusste nicht, was es mit dieser Glocke auf sich hatte, aber sie war bisher zu beschäftigt gewesen, um sich danach zu erkundigen.

Doch um das beklommene Gefühl zu vertreiben, das Joaquim in ihr geweckt hatte, wandte sie sich nun an Señora Pepita, die Inhaberin, die neben ihr die Kunden bediente, und fragte sie danach.

»Das war eine Idee von meinem Vater und mir«, erklärte diese, während sie einen mit kandierten Kirschen, Melonen- und Orangenstücken verzierten Kuchen mit Sahnefüllung wog. »Es ist schon ein paar Jahre her, aber ich erinnere mich noch, als wäre es gestern gewesen. Damals herrschte in Barcelona am Vorabend von Dreikönig dichter Nebel. Das ist hier eher selten, und da die Leute nicht daran gewöhnt sind, wagte sich niemand aus dem Haus. Mein Vater war sehr besorgt, weil keine Kunden in den Laden kamen, denn wir hatten wie immer viele Dreikönigskuchen gebacken. Da ging er auf einmal nach Hause, und als er eine Weile später zurückkehrte, brachte er diese Glocke mit.«

»Es ist eine Schiffsglocke«, bemerkte einer der Kunden, die der Erzählung aufmerksam lauschten, »und sie sieht sehr alt aus.«

»Das ist sie auch. Mein Vater erzählte uns, er habe sie von dem Kapitän des Schiffes geschenkt bekommen, mit dem er nach dem Krieg von Kuba nach Barcelona zurückkehrte. Nach all den Jahren hatte er sie noch! Er hatte sie beiseitegestellt und bis zu diesem Abend nicht mehr an sie gedacht. ›Was hältst du davon, wenn wir den Leuten mit dem Glockenläuten den Weg weisen, Pepita?‹, fragte er mich. Da schlug ich vor, sie draußen, an der Eingangstür, aufzuhängen, da man sie dort viel besser hören könne. Und es funktionierte tatsächlich. Die Nachbarn hörten das Läuten, und am Ende konnten wir alle Kuchen verkaufen. Seit damals ist es in der Patisserie Escribà gute Tradition, am Vorabend von Dreikönig die Glocke zu läuten.«

Während Alba Señora Pepitas Geschichte zuhörte, verschwand die Unruhe, die sie wenige Minuten zuvor noch geplagt hatte. Vor ihrem geistigen Auge entstand das Bild der menschenleeren, nebligen Stadt, die urplötzlich, wie von Zauberhand, durch das heitere Läuten der Glocke zum Leben erweckt wurde.

Auch wenn es sich um eine wahre Begebenheit handelte, kam ihr die Geschichte vor wie eins der Weihnachtsmärchen, die ihre Großmutter ihr früher, als sie klein war, am Ofen vorgelesen hatte. Sie konnte die Gestalten, die sich durch die diesigen, einsamen Straßen tasteten, förmlich vor sich sehen, wie eine Tuschezeichnung auf einem weißen Blatt Papier. Die Wanderschaft der Kunden, die dem leisen Geläut der Konditorei entgegenstrebten, ähnelte auf verblüffende Art der Reise der Weisen aus dem Morgenland, die vom Stern von Bethlehem geleitet wurden. Antonio Escribà war sich dessen sicher nicht bewusst gewesen, doch Alba fand diese Gemeinsamkeit erstaunlich. Auch Señora Pepita, die die Geschichte erzählt hatte, und die Umstehenden schienen die eigenartigen Parallelen nicht zu bemerken und betrachteten das Ganze nur als eine Anekdote.

Aber Alba wusste, wie mächtig die Magie des Süßen war, die sich immer wieder aufs Neue zeigte.

Karamell-Nougat

Weihnachten 1935

Wenige Jahre nach dem magischen Vorabend des Dreikönigsfestes, an dem die Schiffsglocke den Leuten den Weg zur Patisserie Escribà gewiesen hatte, geriet mit einem Schlag die Welt aus den Fugen. Der Ausbruch des Bürgerkriegs stürzte das Land in eine Finsternis voller Angst und Elend, und nichts blieb so, wie es war.

Es waren acht Jahre vergangen, seit Antonio Escribà und seine Frau Pepita geheiratet, und zwei, seit sie das Geschäft übernommen hatten, als sie nichts ahnend das letzte Weihnachtsfest einer Epoche begingen, die bald darauf untergehen sollte.

Am Heiligen Abend 1935 hing über Barcelona ein bleierner, regenfeuchter Himmel. Obwohl sich die Sonne nur kurz mittags zwischen zwölf und eins blicken ließ, war es recht mild. Die Wetterberuhigung lockte die Bewohner der Stadt auf die Straßen und in die Geschäfte, und auch die Konditorei Escribà war gut besucht.

Erst vor Kurzem hatte Antonio Escribà damit begonnen, Nougat mit Karamell-Creme, Mandeln und Marzipan herzustellen, doch dessen erlesener Geschmack hatte die Stammkunden und sogar ein paar neue Kunden längst überzeugt. An diesem Tag war der Laden daher brechend voll.

In der Backstube waren der Konditor und seine Gesellen noch immer dabei, weiteres Weihnachtskonfekt herzustellen, dessen zuckersüßer Duft in alle Räume strömte. Sie hatten bereits Wasser, Glukose und Zucker für den Teig des Karamell-Nougats auf die nötige Temperatur erhitzt. Erst wenn dieser Sirup 110 °C erreichte, durfte er in die Schale mit den gemahlenen Mandeln geschüttet und mit einem Löffel untergerührt werden, während langsam gequirltes Eigelb hinzukam. Auf diese Weise erhielten sie eine Masse, die nicht klebte, sondern bei Berührung an den Fingerkuppen trocknete und daher in die typische Form einer Nougatstange gebracht werden konnte.

An diesem Abend strichen die Konditoren eine Creme auf die Nougatstangen, die sie während des ganzen Tages auf Zimmertemperatur hatten abkühlen lassen. Anschließend bestreuten sie sie mit Zucker, den sie mit einem heißen Metallspatel anbrannten, um den typischen Karamellüberzug zu erzielen.

Für die Zubereitung der schaumigen, gelblichen Masse hatten sie zuerst Wasser und Zucker in einer Kasserolle zum Kochen gebracht, um dies dann zu einer Mischung aus Maismehl, Eiern und Zitrone hinzuzufügen. Dann hatten sie das Ganze mit Butter erneut aufgekocht. Das Ergebnis war eine schmackhafte Creme, die perfekt mit den übrigen Zutaten harmonierte.

Das Nougat, das in diesen Tagen die Backstube der Escribàs verließ, sollte seinen Weg auf viele der weihnachtlichen Festtafeln der Stadt finden. Zwischen zwei und vier Uhr nachmittags waren die Straßen in ganz Barcelona menschenleer, während sich die Leute zu Hause in feierlichem Ambiente an ihrem köstlichen Festtagsmahl erfreuten. Nach dem Mittagessen wurden die Straßen und Plätze wieder belebter. Erst bei Einbruch der Nacht kehrte allmählich Stille ein. Das Treiben verlagerte sich in Theater und Kinosäle, wo viele Leute als Höhepunkt der Feierlichkeiten eine der Vorführungen, die an diesen Tagen geboten wurden, besuchten. Niemand konnte ahnen, dass das Ende einer Ära nahte, und so feierten die Einwohner Barcelonas Weihnachten in diesem Jahr mit derselben heiteren Sorglosigkeit wie sonst auch.

Auf Neujahr folgte wieder der Vorabend des Dreikönigsfestes und damit der Abschluss der Feiertage. Der Alltag mit seiner Routine kehrte zurück, während die Sonne den ewigen Zyklus aus Licht und Jahreszeiten definierte. In diesem Rhythmus lebten die Menschen ihr Leben.

Im Frühsommer schickten die Escribàs ihre Kinder nach La Sénia, wo sie die Ferien bei Verwandten verbringen sollten. Ende Juni sollten die Große, die wie ihre Mutter und Großmutter Josefina hieß, aber Pepitona genannt wurde, und der kleine Toñín ins Dorf in der Provinz Tarragona fahren, wo sie von ihren Familienangehörigen erwartet wurden. Als Pepita die beiden acht- und sechsjährigen Kleinen zur Estació de França brachte, musste sie ihre Rührung verbergen.

»Ihr werdet dort mit euren Cousins und Cousinen viel Spaß haben«, sagte sie zu ihnen, während sie auf die Einfahrt des Zuges warteten. »Im Dorf könnt ihr im Freien herumtollen und Ausflüge machen. Aber ihr müsst euch gut benehmen, hörst du, Toñín?«

Kurz, aber entschieden zog Pepita am Arm ihres Sohnes, um ihn zurückzuhalten, denn dieser wollte sich, überwältigt von der schieren Größe des Gebäudes, von der Hand seiner Mutter losmachen, um die drei Teile des Bahnhofs zu erkunden. Pepitas Geste und Tonfall waren jedoch unmissverständlich, und er nickte, um seine Mutter nicht zu erzürnen. Von klein auf war Toñín ein rastloses Kerlchen gewesen, mit einem unruhigen Geist, der ein Ausdruck seiner unstillbaren Neugier, seines Wunsches, die Welt kennenzulernen, und seines Ideenreichtums war.

Pepitona musste grinsen, als sie die förmliche Miene ihres kleinen Bruders sah, und antwortete an seiner Stelle.

»Keine Sorge, Mutter, wir werden uns gut benehmen.«

»Ihr werdet schon sehen, die beiden Monate vergehen wie im Flug. Noch bevor ihr es merkt, seid ihr wieder zu Hause.«

Im Grunde sprach sich Pepita mit diesen beruhigenden Worten eher selbst Mut zu als den Kindern. Die Kleinen würden sich in wenigen Tagen an das Leben im Dorf gewöhnen, wo es ausreichend Zerstreuung gab, um ihr Heimweh zu vertreiben. Sie selbst würde ihre Kinder hingegen schmerzlich vermissen und die Tage zählen, bis sie wieder heimkämen. Allein das Wissen, dass sie nur wenige Wochen fort waren, machte ihr den Abschied etwas leichter.

Dass ihre Kinder erst fast drei Jahre später zurückkehren sollten, wäre ihr in diesem Moment im Traum nicht eingefallen.

Wenige Tage nach Toñíns und Pepitonas Ankunft in La Sénia putschte das Militär gegen die Regierung der Republik. Der Aufstand breitete sich rasch von Marokko, wo er begonnen hatte, auf die Militärgarnisonen auf dem spanischen Festland aus, doch in vielen Städten wie Barcelona und Madrid gelang es republiktreuen Kräften, ihm Einhalt zu gebieten.

Aus dem gescheiterten Staatsstreich entwickelte sich ein Bürgerkrieg, der das Land in zwei von den jeweiligen Konfliktparteien beherrschte Zonen teilte, das Gebiet der Nationalen, wie sich die Aufständischen selbst nannten, an deren Spitze bald General Franco stand, und das der Republikaner, die die rechtmäßige Regierung verteidigten.

In Barcelona hatten sich die Sturmgarde, die Guardia Civil und die Volksmilizen der Revolte der Militärregimenter entgegengestellt. Diese beiden Tage, an denen eilig auf den Straßen errichtete Barrikaden zum Schauplatz tödlicher Gefechte wurden, sollte Pepita nie vergessen.

Vor ihren Augen wurde die Stadt auf eine Weise verwüstet, die sie mit Furcht und Hoffnungslosigkeit erfüllte. Sie konnte nicht fassen, dass ihre Welt sich von einem Tag zum anderen in einen Albtraum verwandelt hatte. Am meisten setzte ihr allerdings zu, dass sie Pepitona und Toñín nicht bei sich hatte.

»Sie bleiben besser in La Sénia«, hatte ihr Gatte Antonio beschlossen. »Dort ist es für sie sicherer.«

Pepita war einverstanden, aber die Trennung machte ihr schwer zu schaffen.

Fortan mussten die Escribàs mit der beklemmenden Ungewissheit leben, wie es ihren Kindern ging, denn die Nachrichten, die sie aus dem Dorf erreichten, waren äußerst spärlich. Es blieb ihnen nichts anderes übrig, als sich an die Hoffnung zu klammern und daraus irgendwie die Kraft zum Weitermachen zu schöpfen.

Unterdessen stand um sie herum die Welt kopf. Die Arbeiter, die sich an der Niederschlagung des Militäraufstands in Barcelona beteiligt hatten, wollten die Gelegenheit zu einem tief greifenden Umbau der Gesellschaft nutzen. Kaum war nach den Kämpfen das Geschäftsleben wieder in Gang gekommen, begannen sie damit, Unternehmen zu kollektivieren und die Kontrolle über zahllose Firmen und Fabriken zu übernehmen.

Wie in vielen anderen Geschäften der Stadt bestanden die Angestellten auch in der Konditorei auf der Enteignung, und Antonio und Pepita mussten sich in ihr Schicksal fügen. Zum Glück hatten die Escribàs ein gutes Verhältnis zu ihren Mitarbeitern und durften zumindest ihre Wohnung in den Hinterräumen des Geschäfts behalten. Doch Antonio konnte sich nicht lange damit trösten, da er kurz darauf eingezogen wurde.

Für Pepita begann eine harte Zeit. Sie war nicht nur von ihrer Familie getrennt, da ihr Mann an der Front und Toñín und Pepitona in La Sénia waren, sondern hatte auch die Leitung ihrer Konditorei verloren. Obendrein sahen sich die Behörden als Folge des Krieges genötigt, die knapp gewordenen Lebensmittel und Brennstoffe streng zu rationieren.

In ihrer zunehmend prekären Lage blieb Pepita nichts anderes übrig, als auf den Schwarzmarkt auszuweichen. Sie fuhr so oft wie möglich ins Umland der Stadt, wo sie bei Bauern Obst und Gemüse kaufte. Die neuen Eigentümer der Konditorei, ihre früheren Angestellten, drückten ein Auge zu und erlaubten ihr, die Waren unter der Hand im Laden zu verkaufen. Auf diese Weise konnte sie sich und ihre Eltern durchbringen.

Doch Pepita litt sehr unter der Trennung von Antonio, der an der Front kämpfte, und von Pepitona und Toñín, von denen sie seit Langem nichts gehört hatte. In diesen Monaten packte sie viele Male eine abgrundtiefe Verzweiflung, aber sie ließ sich nicht unterkriegen.

Das Elend und die drohende Gefahr wurden von Tag zu Tag größer. Das ehemals heitere Antlitz der Stadt wurde durch

Luftangriffe, Hunger und Zerstörung entstellt, und ihre Bewohner versanken in tiefer Traurigkeit.

Der stetig wachsende Zustrom an Flüchtlingen aus den von den aufständischen Truppen besetzten Gebieten verschlimmerte die Lage der Bevölkerung, die selbst kaum ihren Lebensunterhalt fristen konnte, und schlug den Einheimischen aufs Gemüt. Denn der Strom der Leute, die sich gezwungen sahen, ihr Heim zu verlassen, mahnte daran, wie nah das Heer der Franquisten der Stadt bereits war.

Ende Januar 1939 rückte das Militär in Barcelona ein. Die Soldaten zogen durch die Hauptstraßen der Stadt, in der sie nicht auf Widerstand stießen, da sich die republikanischen Truppen an die französische Grenze zurückzogen und die Zivilisten sich aus Furcht vor möglichen Plünderungen in ihren Häusern verschanzten. Die Bevölkerung war zutiefst demoralisiert und hoffte nur noch auf ein baldiges Ende des Krieges, damit die Luftangriffe aufhörten und die Versorgung der Stadt wieder in Schwung kam.

Kurz nach der Besetzung Barcelonas durch die Franquisten erhielt Pepita die Leitung ihres Geschäfts zurück, und vierundzwanzig Stunden später backte sie bereits wieder Brot. Sie beschäftigte ihre Angestellten weiter, und im Laden kehrte eine gewisse Normalität ein.

Als der Krieg wenige Monate später endete, konnte Pepita Antonio und ihre Kinder endlich in die Arme schließen. Sie verspürte eine so große Erleichterung, als sie ihre Lieben wieder um sich hatte, dass ihr Leid im Nu vergessen war. Aber tief im Inneren war sie nicht mehr dieselbe. Sie ahnte, dass eine ungewisse Zeit auf sie zukam. Rings umher lag alles in Trümmern, und niemand wusste, wie die Menschen in dem völlig zerstörten Land in den Alltag zurückfinden sollten.

In den ersten Nachkriegsjahren räumten die Escribàs dem Ausbau ihres Geschäfts oberste Priorität ein, was angesichts der bitteren Not, die nach den Verheerungen des Krieges im ganzen Land herrschte, nicht einfach war. Und die rigide Wirtschaftspolitik des Regimes, die Autarkie forderte, stürzte die Bevölkerung in Verarmung und Elend.

In der schweren Wirtschaftskrise war in Spanien selbst das Nötigste knapp. Die Escribàs mussten sich vorerst auf die Herstellung und den Verkauf von Brot konzentrieren und konnten mit dem wenigen aufzutreibenden Mehl nur die von der Rationierung definierten Brotlaibe erster, zweiter und dritter Güte backen.

Konfekt konnten sie nur noch selten und nur dank Antonios Sachverstand und Geschick anbieten. Der Mangel an Zucker zwang ihn, all seine Findigkeit einzusetzen, um Kreationen wie Biskuitrollen mit Engelshaar und gemahlenen Mandeln zu schaffen. Noch viele Jahre später sollte sich sein Sohn Toñín erinnern, wie es Antonio sogar gelungen war, aus Weinmost Zucker zu gewinnen. Aber im Alltag war das dunkle Rationierungsbrot das Einzige, was sie ihren Kunden anbieten konnten, von denen manche so bedürftig waren, dass Pepita ihnen zum gleichen Preis einen zweiten Laib zusteckte.

Im Leben des Ehepaars und der beiden Kinder drehte sich alles um ihr Geschäft, das so viel mehr war als eine Backstube: Es galt das Vermächtnis von Mateu und Josefina zu bewahren und ein Auskommen zu haben. Und nicht zuletzt war die Konditorei der Familiensitz, der ihnen immer Zuflucht bot.

So verging die Zeit, und Antonios und Pepitas Kinder wuchsen heran. Ein paar Jahre nach Kriegsende konnten sich die beiden sogar über ein drittes Kind freuen. Joanets Geburt und das unschuldige Glück, das immer mit einem neuen Leben einhergeht, bedeutete für sie in all der Verzweiflung eine unverhoffte Freude. Denn dieses Kind war der Beweis, dass das Leben über jedes Unglück siegt. Allmählich ging alles wieder seinen gewohnten Gang, auch wenn die Zeit noch immer von Einschränkungen geprägt war.

Armut und Hunger währten noch einige weitere Jahre, bis die Not langsam zurückging. Da starb plötzlich am 30. April 1945 Mateu in Tortosa.

Sein Lebensweg hatte ihn schließlich an den Ort geführt, der am Anfang des Erfolges seines Unternehmens gestanden hatte. Von dort kamen die kleinen Kuchen, die ihm gezeigt hatten, welches Potenzial im Feingebäck steckte, das er fortan ins Sortiment seiner Bäckerei aufgenommen hatte. Mateu beendete damit eine Reise, die er siebzig Jahre zuvor begonnen hatte, und hinterließ einen Weg, der noch längst nicht erforscht war.

Unglücklicherweise begnügte sich das widrige Schicksal nicht mit diesem Schlag. Noch bevor sich die Wunde schließen konnte, erkrankte Pepitona, die älteste Tochter der Escribàs, an Tuberkulose und starb fünfzehn Monate später im Alter von nur achtzehn Jahren.

Diese Todesfälle stürzten die Familie in großen Kummer. Sie umgab eine finstere Wolke, die noch dunkler war als das Brot, das sie verkauften. Aber die Toten hatten ein Vermächtnis hinterlassen. Und es gab nichts Besseres, um ihr Andenken lebendig zu erhalten, als es zu bewahren.

Mit sechzehn Jahren begann Toñín im Laden zu arbeiten. 1946 war die wirtschaftliche Lage noch immer prekär, doch es zeichnete sich bereits eine gewisse Beruhigung ab. Daher beschloss Antonio, sehr zum Missfallen seines Sohnes, der nicht nur eine künstlerische Ader besaß, sondern auch ein Nostalgiker war, die ursprüngliche modernistische Fassade und Ladendekoration gegen eine modernere Gestaltung auszutauschen.

Doch dieser Wechsel des Erscheinungsbildes konnte der Patisserie Escribà nichts anhaben. Sie blieb ein Ort der Träume, eng verbunden mit glücklichen Zeiten und festlichen Momenten, und ragte aus all dem Unglück ringsumher heraus wie ein strahlender Funke in der Dunkelheit oder das Läuten einer Glocke inmitten des trüben Nebels.

Coca de llardons

Februar 1948

»Guten Morgen, Alba. Weißt du noch, wer ich bin?«, sprach eine elegant gekleidete Dame Alba an, als diese gerade die Haustür aufschließen wollte.

Die Frau trug einen ockerfarbenen Tweedmantel über einem dunkelbraunen Kostüm und ein kleines, schräg aufgesetztes Hütchen auf dem blonden, gelockten Haar.

Überrascht ließ Alba ihren Blick über die vornehme Kleidung der Dame gleiten. So etwas bekam man in ihrem Viertel nicht häufig zu sehen. Dennoch hatte sie die Frau zunächst nicht bemerkt, als sie auf die Haustür zusteuerte.

»Leider nein, Señora, ich erinnere mich nicht.«

»Das wundert mich nicht, du warst noch klein, als ich fortzog. Vielleicht haben dir deine Eltern von mir erzählt. Ich heiße Cecília und habe lange in der Wohnung neben euch gewohnt.«

Bei diesen Worten regte sich etwas in Albas Gedächtnis. Es stimmte, ihre Eltern hatten ihr von der Frau erzählt, doch auch sie selbst hatte noch Erinnerungen an die frühere Nachbarin. Wenn auch vage und ein wenig durcheinander, hatten sich die Bilder ihrer frühesten Kindheit in ihrem Gedächtnis eingegraben. Fragmente von Momenten, die sie im zartesten Alter erlebt hatte, mischten sich mit den Anekdoten, die ihre Eltern ihr, wie von der Frau richtig vermutet, im Laufe der Jahre erzählt hatten.

Daher wusste sie, dass Cecília die Tochter des Ehepaars war, das in der Nachbarwohnung im selben Stockwerk wie ihre Eltern gelebt hatte. Sie hatten mit ihrer Tochter bereits dort gewohnt, als Adela und Esteve kurz nach ihrer Hochzeit in das Haus einzogen, und schon bald verstanden sich die neuen Nachbarn blendend. Das Mädchen hatte rasch die Herzen des jungen Ehepaars erobert. Vor allem Adela, die gelegentlich auf die Kleine aufpasste, war von ihr begeistert.

Die Beziehung zwischen den beiden wurde im Laufe der Zeit immer enger. Cecília kam häufig nachmittags nach der Schule zu Besuch, um mit Adela in den Geschichten zu schmökern, die Esteve im Unterricht nutzte. Diese innigen Momente weckten in der jungen Ehefrau den Wunsch nach einem eigenen Kind. Dank der Kleinen konnte sie sich gut vorstellen, wie es sein würde, und es gab ihr die Gewissheit, dass sie eine gute Mutter wäre. Manchmal wollte ihr vor Zärtlichkeit und Zuneigung für das kleine Mädchen das Herz in der Brust zerspringen.

Leider mischten sich im Laufe der Zeit Wermutstropfen in ihr Glück. Mit jeder Fehlgeburt verlor Adela ihre Zuversicht, und sie sah ihren Traum, selbst ein Kind zu bekommen, in immer weitere Ferne rücken. Die kleine Cecília wurde in diesem Kummer schließlich zu ihrem einzigen Trost.

Da sich ihre Sehnsucht nach einem eigenen Kind nicht erfüllte, konzentrierte Adela ihre ganze Liebe auf Cecília, die inzwischen zu einem jungen Mädchen herangewachsen war. Als die kleine Alba schließlich zur Welt kam, war es für sie, als hätte sie eine Schwester bekommen.

Cecília besuchte das Baby, sooft sie konnte, und kümmerte sich rührend um Alba. Sie lernte, ihr die Windeln zu wechseln, ihre Koliken zu lindern und sie in den Schlaf zu wiegen. Voller

Freude beobachtete sie Albas erste Schritte und lauschte begeistert ihren ersten Worten.

Doch als Cecília umziehen musste, war es damit auf einen Schlag vorbei.

Es war kurz nach Albas viertem Geburtstag. Die Eltern des jungen Mädchens wollten in eine andere Wohnung ziehen, und sie musste sich fügen. Bei ihrem Auszug versprach sie der Kleinen, dass sie sie oft besuchen kommen würde. Doch obwohl es aufrichtig gemeint war, tat sie es nie.

»Ja, natürlich haben meine Eltern mir von Ihnen erzählt!«, rief Alba erfreut aus, die sich nun wieder an ihre zärtliche Zuneigung zu dieser Frau erinnerte. »Das ist aber eine Überraschung! Bitte kommen Sie herein, meine Mutter ist sicher froh, Sie zu sehen.«

»Es tut mir leid, ich habe nicht viel Zeit. Vielleicht ein andermal.«

»Wie Sie wünschen, Sie wissen ja, wo wir wohnen. Sie wird sich sicher freuen, wenn ich ihr erzähle …«

»Mir wäre es lieber, du würdest ihr vorerst nichts davon sagen. Ich bin gekommen, weil ich mit dir reden muss, Alba. Es geht um ein heikles Thema, und ich möchte, dass du davon erfährst. Anschließend kannst du selbst entscheiden, ob du es ihr erzählen willst oder nicht.«

Cecílias Miene hatte sich verdüstert. Dieser Anblick und die alarmierenden Worte der Frau erfüllten Alba mit Unbehagen.

Sie verstand nicht, was ihr jemand zu erzählen hatte, von dem sie kaum noch etwas wusste. Doch die Wertschätzung, die diese Frau bei ihren Eltern genossen hatte und die zu ihren ältesten Erinnerungen gehörte, veranlasste sie, ihr entgegenzukommen.

»Einverstanden, worum geht es?«

»Nein, nicht hier. Könntest du am kommenden Mittwoch um die gleiche Zeit zu mir nach Hause kommen? Da nimm, das ist die Visitenkarte meines Mannes. Darauf steht die Adresse.«

Alba nickte, während sie das cremefarbene Kärtchen entgegennahm, das ihr die Dame reichte. Unfähig, sich zu rühren, schaute sie ihr nach, als sie um die Straßenecke bog. Da bemerkte sie mit einem Mal, dass die Karte in ihrer Hand noch immer nach Cecílias Parfüm duftete.

Während Alba in der Küche der Vidals Eier mit Öl, Zucker und Hefe, die sie zuvor in lauwarmem Wasser aufgelöst hatte, vermischte, ließ sie ihre Gedanken schweifen. Durch die großen Fenster fiel spärliches Licht herein, das die Wohnung in ein Halbdunkel tauchte. Am hellen Winterhimmel zogen lockere Wolken dahin, die sich später immer weiter ausdehnten und bleigrau über die Stadt legten. Im Halbdunkel knetete Alba mit routinierten Handgriffen Mehl in die übrigen Zutaten ein. In Gedanken war sie derweil bei Cecília. Die Begegnung mit ihr beschäftigte sie noch immer.

Seit sie ihre frühere Nachbarin am Vortag getroffen hatte, grübelte sie in einem fort, was diese ihr wohl erzählen wollte und warum niemand von ihrer Begegnung erfahren sollte. Soweit sie wusste, war die Beziehung zwischen Cecília und ihrer Mutter sehr eng gewesen. Es ergab keinen Sinn, dass sie nun etwas vor ihr verbergen wollte.

Alba hielt inne, um die Flasche Anislikör aus dem Schrank zu nehmen. Es war Altweiberfastnacht, und die Kinder machten an diesem Nachmittag einen Ausflug aufs Land, wo sie ein

Picknick mit Tortilla und dem Schmalzgebäck, das sie soeben zubereitete, machen sollten. Pau liebte das köstlich-knusprige Gebäck, das die Karnevalstage einläutete, und war angesichts des bevorstehenden Ausflugs erfreut in die Schule gegangen.

Nachdem Alba den Anislikör zu den übrigen Zutaten gegossen hatte, fügte sie die zerkleinerten Grieben hinzu. Unterdessen wanderten ihre Gedanken weiter zurück. Für einen Moment drehten sie sich nicht mehr um Cecília, sondern schweiften zu jenen Zeiten, in denen noch in der ganzen Stadt Karneval gefeiert wurde.

In dem Jahr, in dem der Krieg ausgebrochen war, war das ausgelassene Fest zum letzten Mal begangen worden. Fünf Monate vor dem Aufstand des Militärs, der das ganze Land verheeren sollte, ahnten die Menschen noch nicht, welcher Konflikt ihnen bevorstand, und lebten ihren Alltag mit der vertrauensseligen Sorglosigkeit, die die Macht der Gewohnheit mit sich bringt. Und so hatten sich die Einwohner der Stadt auch in jenem Jahr wieder in die Vorbereitungen der Karnevalstage gestürzt, die aus dem Umzug auf dem Passeig de Gràcia ein Fest der Fantasie machen würden.

Ihre Großmutter Elvira hatte in den beiden vorangegangenen Wochen die Verkleidung genäht, um die Alba sie gebeten hatte. Fasziniert von Cecil B. DeMilles Film *Cleopatra*, der etwa ein Jahr zuvor in die Kinos gekommen war, hatte sich das Mädchen gewünscht, als Ägypterin zu gehen. Das Kostüm, das ihre Großmutter nähte, orientierte sich nicht an den tief ausgeschnittenen Kostümen der Hauptdarstellerin des Films, Claudette Colbert, sondern erinnerte an die gefällige Bekleidung der Bewohner des Landes am Nil. Anstelle des dort üblichen Leinens hatte ihre

Großmutter goldenen Satin verwendet, der den Roben der Hollywood-Schauspielerin näherkam und sehr festlich wirkte.

Am Abend des Umzugs erstrahlte der Passeig de Gràcia unter dem dunklen Himmelszelt, das sich über der Stadt wölbte. In der hereinbrechenden kühl-feuchten Abenddämmerung flammte die Straßenbeleuchtung auf und ließ die bunten Farben der Masken und Verkleidungen aufblitzen. Voller Bewunderung für die Kostüme wogte die Menge im hellen Lichterschein durch die sich füllende Straße, während sie der Ankunft der geschmückten Wagen entgegenfieberte.

Alba verfolgte das Geschehen mit großen Augen, mitgerissen von dem magischen Gefühl, nicht mehr sie selbst zu sein. In diesem Augenblick war sie eine echte ägyptische Prinzessin inmitten eines aberwitzigen Hofstaates. Auf dem Boulevard und in den angrenzenden Straßen tummelten sich Harlekins, Flamencotänzerinnen, Schwertkämpfer und allerlei andere maskierte, rätselhafte Wesen.

Ihre Mutter sorgte dafür, dass weder sie noch ihre Schulfreundin Carmencita sich allzu sehr entfernten. Während sie sich durch die Menge schoben, achtete ihre Freundin darauf, nirgendwo mit dem Tüllschleier ihres kegelförmigen Hutes hängen zu bleiben. Carmencitas Verkleidung als mittelalterliche Dame sah ihrer eigenen recht ähnlich. Auch sie trug eine Tunika mit hoher Taille, die allerdings nicht ganz so eng anliegend war. Der größte Unterschied zwischen ihnen war Albas Ägypterinnenperücke mit einem Diadem, auf dem sich eine goldene Schlange aufrichtete.

Lächelnd breitete Alba den Teig auf einem mit Öl bestrichenen Backblech aus. Sie vermisste diese einfachen Zeiten, in denen man noch ohne Argwohn gewesen war und Verkleidungen nur einen fantasievollen Reiz gebildet hatten. Damals war der Karneval ein heiteres Miteinander gewesen. Jetzt galt dagegen alles als verdächtig, als Versuch, etwas zu verbergen, und dieses unausgesetzte Misstrauen führte zu einer bleiernen Furcht und der Sehnsucht nach den vergangenen Zeiten.

Der überraschende Anflug von Nostalgie verging ebenso schnell, wie er gekommen war, und Albas Gedanken kehrten in die Gegenwart zurück. Abermals fragte sie sich nervös, was Cecília von ihr wollte, doch sie kam zu keinem Ergebnis. Um ihr Unbehagen zu vertreiben, zwang sie sich, sich auf die Arbeit zu konzentrieren. Aber in ihrer Unrast bewegte sie die Gabel, mit der sie das Ei verquirlte, viel zu hastig. Als es ihr auffiel, versuchte sie, sich zusammenzureißen und die düsteren Gedanken zu vertreiben. Für den kurzen Moment, in dem sie den Teig mit dem Ei bestrich und eine Handvoll Pinienkerne darüberstreute, gelang es ihr.

Aber dann quälte sie etwas anderes. Sie musste an Enric denken. Sein Schweigen setzte ihr zu. Sie hatten sich elf Tage zuvor zum letzten Mal gesehen, als er sie am Sonntagvormittag in der Konditorei abgeholt hatte. Er hatte sie nach Hause begleitet und war heiter, aber distanziert gewesen. Alba hatte ihr Bedürfnis unterdrückt, eine Erklärung für sein Verhalten von ihm zu verlangen. Sie wusste, dass es sinnlos war. Was auch immer der Grund war, es hatte nichts mit ihr zu tun, das ahnte sie. Und sie musste ihn sein Problem selbst lösen lassen. Dennoch verletzte sie seine Verschwiegenheit, die es unmöglich machte, die gemeinsame Zeit wie früher zu genießen.

Als sie bemerkte, dass der Teig ausreichend geruht hatte und nun bereit für den Ofen war, holte sie tief Luft, um den Druck loszuwerden, der auf ihrer Brust lastete, und ihre Beklommenheit ließ nach.

Ihr Herz klopfte jedoch weiterhin wie wild. Eine Vorahnung sagte ihr, dass etwas Furchtbares auf sie lauerte.

Tarta Sara

Abend für Abend fand Enric schwerer in den Schlaf. Er lag im Bett, das Gesicht zur Wand, und kehrte dem durch die Ritzen der Jalousie hereinsickernden Licht der Straßenlaterne den Rücken zu. Im gelblichen Schein warf der Schrank einen rechteckigen Schatten auf die grauen Bodenfliesen, eine dunkle Stelle, die ebenso düster war wie die Gedanken, die ihm den Schlaf raubten und auf seinem Gewissen lasteten.

Das Rumoren in seinem Kopf setzte nur aus, wenn er auf Geräusche von außen lauschte. Mal war es die Stimme des Nachtwächters, der die voranschreitenden Stunden ausrief, mal das bitterliche Weinen des Säuglings der Nachbarn aus der Wohnung über ihm oder ein Fahrzeug, das noch nach Mitternacht vorüberfuhr. Wenn es später still wurde, vermochte das leise Knirschen der Möbel, ein Echo des unerbittlichen Nagens der Termiten, ihn für wenige Augenblicke aus seinen Gedanken zu reißen. Doch gleich darauf verfiel der junge Mann wieder in die beunruhigende Grübelei, die ihn bis in die frühen Morgenstunden wach hielt.

Schon über ein Jahr quälte ihn diese Schlaflosigkeit. Im Laufe der Monate waren die unendlichen Nächte, in denen die Gedanken revoltierten und ihn nicht zur Ruhe kommen ließen, immer häufiger geworden, doch so arg wie zuletzt war es noch nie gewesen. Im Spätsommer waren neue Ängste dazugekommen und hatten ihm den Schlaf endgültig geraubt. Und das Schlimmste war, dass er keinen Ausweg aus der Situation sah, die ihn seit knapp anderthalb Jahren um seinen Frieden brachte.

Seit dem Tag, an dem sein Vater heimgekehrt war.

Dass er am Leben war, war für die Familie keine Überraschung gewesen. Bereits kurz nach Kriegsende hatten sie von Verwandten aus Espluga de Francolí gehört, die ihn für eine Weile bei sich aufgenommen hatten. Da die Verwandten kein Vertrauen zur Post besaßen, hatten sie seine Mutter höchstpersönlich besucht und ihr erzählt, ihr Mann habe sich auf der Flucht vor der feindlichen Armee, die sie in der Schlacht am Ebro besiegt hatte, in einem tagelangen Fußmarsch bis zu ihrem Bauernhaus durchgeschlagen.

Sie hätten ihn für ein paar Wochen versteckt, aber als überzeugter Kämpfer für die Sache der Republik habe er sie schon bald wieder verlassen, um sich dem Maquis anzuschließen. In diesen Widerstandsgruppen würden sich seit der Niederlage der Republik Flüchtige wie er sammeln und sich in den Bergen und Wäldern verstecken.

Eine Weile nach dem Besuch ihrer Verwandten hatten sie erfahren, dass sich auch Deserteure des franquistischen Militärs, flüchtige Gefangene aus Konzentrationslagern und Zuchthäusern und Leute, die sich aus Furcht vor Repressalien zur Flucht gezwungen sahen, diesen Guerillagruppen anschlossen. Die bewaffneten Freischärler hatten auf der Flucht vor Vergeltung spontan zueinandergefunden, sie waren weder organisiert, noch vertraten sie eine bestimmte politische Gesinnung. Doch sie bauten im Nu eine Guerillabewegung auf, die sich kurze Zeit später im Kampf gegen das Franco-Regime in mehrere Zellen unterteilte.

Die Verwandten hatten ihnen nicht sagen können, welcher dieser Gruppen sich sein Vater angeschlossen hatte, aber sie vermuteten, dass es sich um die Front Nacional de Catalunya handelte, da er Anhänger der zwanzig Jahre zuvor von Francesc Macià gegründeten Partei Estat Català war. Sie wussten, dass ihn das unwiderruflich verdammte, denn seit dem Sieg des aufständischen Militärs mussten all jene mit Repressalien rechnen, die sich nicht mit dem neuen Regime identifizierten.

Schon als sich Anfang 1939 der Sieg abzeichnete, hatten die Franquisten erste Gesetze erlassen, die Mitarbeiter der rechtmäßigen Regierung der Republik oder Gegner des neuen Staates bestraften. Im günstigsten Fall wurde nur ihr Vermögen konfisziert, oder es wurden wirtschaftliche Sanktionen verhängt, doch in schweren Fällen landeten sie im Modelo-Gefängnis oder wurden in der Festung auf dem Montjuïc eingesperrt.

Enric hatte es daher nicht verwundert, dass sein Vater nach dem Krieg in den Untergrund gegangen war, um dort den Kampf fortzusetzen. Als er nach acht Jahren, in denen er Saboteakte auf Eisenbahngleise und Stromleitungen verübt hatte, plötzlich nach Hause zurückkehrte, war die Überraschung allerdings groß gewesen.

Bei seiner Ankunft vor sechs Monaten hatten sie sehen können, was die Niederlage und das unstete Leben der letzten Jahre angerichtet hatten. Die Belastung hatte sich verheerend auf seine körperliche und seelische Gesundheit ausgewirkt. Da er den Bedingungen in den Bergen, die der verdeckte Kampf erforderte, nicht länger standhielt, war er bei Nacht und Nebel zu seiner Familie nach Barcelona zurückgekehrt, und seit jenem Tag hielten sie ihn in der Wohnung verborgen, damit niemand sie denunzieren konnte.

Der Krieg war seit neun Jahren vorüber, doch in der Diktatur waren politische und kulturelle Repressionen an der Tagesordnung. Ihre Institutionen arbeiteten Hand in Hand, um systematisch jeden zu strafen, der ihre ideologischen Grundsätze nicht teilte. Auf die ersten Gesetze zur politischen Säuberung und die Beschlagnahme des Vermögens der Marxisten folgten bald das Verbot der Kommunisten und Freimaurer sowie die Entlassung von Angestellten aus dem öffentlichen Dienst, allesamt Maßnahmen, um mit den sogenannten »Feinden Spaniens«, wie seinem Vater, abzurechnen.

Mit einem Ruck setzte sich Enric in seinem Bett auf. Ganz sicher war er sich nicht, aber er meinte, im Hausflur herrische Stimmen zu hören. Vielleicht war es nur ein böser Traum, aber allein der Gedanke brachte sein Herz zum Rasen. Ein eiserner Ring legte sich um seine Brust. Erst als einen Augenblick später wieder Stille eingekehrt war, beruhigte er sich.

So ging es seit dem Sommer. Seine Sorge wurde immer größer, wie ein Knäuel, das aus einem endlos langen Faden seiner Ängste aufgewickelt wurde. Den Vater zu Hause zu verstecken war ein Risiko und brachte sie alle in Gefahr. Und je mehr Zeit verging, umso schwieriger würde es werden, ihn zu verbergen, denn die Behörden der Franquisten forderten zur Denunziation verdächtiger Regimegegner auf. Mehr als einmal hatte Enric mitbekommen, wie die Bewohner des Viertels von Falangisten oder Polizisten aufgesucht wurden, die sie ermuntern wollten, Namen von ihnen verdächtig erscheinenden Nachbarn oder Bekannten preiszugeben. Wenn jemand sie bei einer solchen Gelegenheit verriet, drohte seinem Vater eine lange Haftstrafe oder Zwangsarbeit, wenn er nicht gleich im Gefängnis Camp de la Bota erschossen würde.

Nachdem Enric sich vergewissert hatte, dass er nur die Unterhaltung einiger Nachbarn gehört hatte, die noch zu dieser nachtschlafenden Zeit unterwegs waren, ließ er sich wieder in die Kissen sinken.

Um seine Befürchtungen zu vertreiben, dachte er an Alba. Ihn plagten Gewissensbisse, doch der Gedanke an sie weckte noch immer tiefe Gefühle in ihm. Er war sich bewusst, dass er sie schäbig behandelte, aber er sah sich außerstande, sein Unbehagen während der gemeinsamen Zeit zu unterdrücken. Deshalb zögerte er die Treffen so weit hinaus wie möglich. Würden sie sich häufiger sehen, würde Alba früher oder später bemerken, dass ihm etwas Sorgen bereitete, und dann bliebe ihm keine andere Wahl, als sie anzulügen, um sie nicht in die Sache hineinzuziehen.

Im Spätsommer wäre es schon einmal fast dazu gekommen, als Alba ihn eines Sonntagabends nach dem Kino auf sein Verhalten angesprochen hatte. Die Beiläufigkeit, mit der sie ihre Frage gestellt hatte, hatte es ihm erleichtert, die Sache herunterzuspielen und ihr vorzugaukeln, alles sei wie immer. Fünf Monate nach diesem Tag vertraute Enric noch immer darauf, dass seine Freundin dank der engen gefühlsmäßigen Bindung, die sie eingegangen waren, bis zu einer Lösung des Problems genügend Geduld aufbringen würde. Er hoffte, dass es nicht mehr allzu lange dauern würde, denn die Situation begann sich nicht nur nachteilig auf seine Beziehung zu ihr auszuwirken, sondern auch auf seinen Seelenzustand.

Bevor sich erneut Beklommenheit in ihm ausbreiten konnte, verscheuchte Enric die belastenden Gedanken und rief sich schöne gemeinsame Erlebnisse ins Gedächtnis. Diese Erinnerungen hatten etwas Tröstliches, denn sie zeugten von echter Freude, gewürzt mit einer Prise Sinnlichkeit. Und zwar nicht nur wegen Albas runden, üppigen Formen, sondern auch wegen ihrer Gabe, die sich in den Gaumen schmeichelnden, kulinarischen Kreationen niederschlug.

Bei einem ihrer letzten Treffen, an einem eiskalten Januarabend, hatte sie ihm ein Stück Torte geschenkt. Sie hatten sich an der Llotja verabredet, da sein Unterricht an diesem Tag früher endete, und Alba hatte ihm ein kleines, leichtes, weiches Päckchen in die Hand gedrückt.

»Ich habe sie heute früh für Núria gebacken«, erklärte sie ihm, noch bevor er sich bedanken konnte. »Sie hat heute Geburtstag, und die Tarta Sara ist ihre Lieblingstorte. Wusstest du, dass sie ihren Namen der Schauspielerin verdankt?«

»Sarah … Mir fällt gerade der Nachname nicht ein, aber du meinst doch diese berühmte französische Schauspielerin?«

»Genau, Sarah Bernhardt. Meine Oma kann sich noch daran erinnern, wie sie vor mehr als fünfzig Jahren in Barcelona auftrat. Sie hat mir erzählt, dass die Konditoren der Stadt die Torte Sarah Bernhardt zu Ehren erfunden haben. Anscheinend schmeckte sie ihr so gut, dass sie sie immerzu bestellte, und so ist die Torte populär geworden. Ich weiß nicht, ob du sie magst …«

»Ich finde alles köstlich, was du backst, das weißt du doch. Aber bekommst du keine Probleme, weil du ein Stück mitgenommen hast?«

Alba begann zu lachen, und ihre Augen blitzten im schwachen letzten Tageslicht.

»Du klingst schon wie meine Oma. Die macht sich auch jedes Mal Gedanken, wenn ich etwas von den Vidals mitbringe. Aber sie sind wirklich sehr großzügig. Sie ermuntern mich immer wieder, etwas von dem, was ich koche oder backe, für mich zu behalten. Du brauchst dir keine Sorgen zu machen!«

Wie er nun zusammengerollt in seinem Bett lag, die Augen geschlossen, versetzte sich Enric noch einmal zurück zu jenem Abend, an dem für wenige Momente alles wieder so gewesen war wie früher.

Hand in Hand ließen sie das eindrucksvolle Gebäude der Llotja hinter sich und spazierten zur Haltestelle der Straßenbahn, die sie in ihren Teil der Stadt bringen würde. Sie hatten keine Eile, sondern ließen sich ebenso gemächlich treiben wie die letzten Spuren des Tageslichts, die noch immer über die Baumwipfel strichen. Unterwegs plauderten sie ohne Unterlass, als wollten sie mit ihren Worten die Zeit der Trennung bannen und die Mauer aus Distanz einreißen, die auf einmal zwischen ihnen stand. Als diese fiel, löste sich im gleichen Moment das Grau in Grau ringsumher auf. Auf einmal gab es nur noch sie zwei.

»Weißt du, was mir Señora Pepita erzählt hat?«, fragte Alba aufgeregt. »Als ihr Sohn Toñín klein war, hat er aus Brotkrumen gern Männchen geknetet, während die Bäcker in der Backstube arbeiteten. Jetzt verstehe ich, warum er sich an der Kunsthochschule in der Llotja eingeschrieben hat!«

»Meinst du Antoni Escribà, den Sohn der Konditoreibesitzer?«

»Ja, sie erzählt oft, wie fantasievoll, unstet und eigenwillig er als Kind war. Sein Vater hat immer mit ihm geschimpft, man dürfe nicht mit Brot spielen, aber er hat sich davon nicht beirren lassen und weiter Figürchen aus Brotkrumen geknetet. Wenn er heutzutage in der Backstube aushilft, macht er mit Vorliebe Experimente mit Baiser und Karamell, und wenn wir einmal Schokolade dahaben, ist er ganz in seinem Element.«

Bei der Erinnerung an Albas Worte musste Enric daran denken, mit welchem Wohlbehagen er wenig später das Stück Torte gekostet hatte. Das zarte Gebäck aus in Sirup getränktem Biskuit bildete einen herrlichen Kontrast zu dem leichten Widerstand, den die Mandelblättchen des Überzugs boten. Das gleiche Wechselspiel aus Nachgeben und Standhaftigkeit gab es, wenn er Alba küssen wollte. Es war ein aus Konventionen errichteter Widerstand, der gegen den wahren Impuls, der sie beide antrieb, machtlos war. Streckte Alba erst einmal die Waffen, erwies sich ihre Haut als ebenso weich und lieblich wie das Innere dieser Torte. An jenem Abend waren seine Lippen unbeirrt von ihrem Mund die sanfte Linie ihres Halses entlanggewandert, was unter all den im Winter erforderlichen Kleiderschichten nicht so einfach gewesen war.

Später hatte Enric sie in eine einsame Ecke geschoben. Die Dunkelheit war ihr Freund, sie verschaffte ihnen die nötige Intimität und verbarg, was gemeinhin als unanständiges Verhalten galt. Wie immer hatte sich Alba seiner Umarmung zuerst entwinden wollen, um schließlich nach wenigen Augenblicken nachzugeben. Dann hatte er seinen Händen freien Lauf lassen können, die ihren Mantel aufknöpften und unter ihre Kleidung glitten. Abermals hatte Alba versucht, ihn daran zu hindern, aber es war vergebens. Er war geschickt, und ihn trieb eine Wollust, die das Produkt jahrelanger Mäßigung war. Er wollte diese Brüste berühren, die sich unter dem Wollpullover abzeichneten, wollte seine Finger über die Oberschenkel gleiten lassen und alle Rundungen erforschen, die er sich, wenn er allein war, so oft vorgestellt hatte.

Und nun, in der friedlichen Stille, die sich zu guter Letzt in seinem Zimmer ausgebreitet hatte, meinte Enric, erneut Albas schnellen Atem hören zu können. Jedes Mal wenn es ihm gelang, ihren ersten Widerstand zu überwinden, entfuhr ihr ein erleichtertes Seufzen, als wäre sie von einer Bürde befreit worden. Denn wie für alle Frauen, war ihre Keuschheit eine schwere Bürde aus Schuldgefühlen und Vorurteilen. Ihr befreites Aufatmen besaß jedoch etwas so Natürliches, dass es sie von jeder Sünde freisprach. Es war nur ein Ausdruck ihrer Sehnsucht nach ihm, die immer stärker wurde und sie drängte, einen Schritt weiterzugehen.

Doch an jenem Abend setzte sich die Vorsicht durch, und er wurde ein weiteres Mal enttäuscht. Auch in ihren Augen war Ernüchterung zu sehen. Auf einen Schlag war um sie herum alles wieder in das übliche Grau getaucht, und ihre Worte nahmen erneut eine grimmige Verbissenheit an.

Abermals stand die Mauer zwischen ihnen.

Windbeutel

Auf dem Weg zum Aufzug rief das Trommeln ihrer Absätze auf dem Marmorboden bei jedem Schritt ein leises Echo hervor. Alba versuchte, ihre Nervosität im Zaum zu halten, die sich beim Betreten des eleganten Gebäudes an der Carrer Diputació noch gesteigert hatte. Sie war nie zuvor in einer so vornehmen Eingangshalle gewesen, und die schiere Größe des weißen, lichtdurchfluteten Raums sorgte dafür, dass sie sich noch kleiner fühlte.

Die Hand, in der sie Cecílias Visitenkarte hielt, zitterte leicht. Nun, da Alba bald Antworten auf die Fragen bekommen sollte, die die Dame zwei Tage zuvor in ihr geweckt hatte, konnte sie ihre Aufregung kaum zügeln. Und die prächtige Umgebung war wenig dazu angetan, ihr Zuversicht einzuflößen.

Nach dem Betreten des Hauses war sie die Marmorvortreppe mit dem schmiedeeisernen Geländer hinaufgestiegen und hatte sich zur Pförtnerloge begeben. Dort hatte Alba der Portiersfrau leise zugehaucht, wohin sie wolle, und war auf ihr Nicken zum Aufzug gegangen. Das Metallgitter quietschte, als sie die Tür öffnete, um in die Kabine zu treten. Wie der Rest des Gebäudes besaß der Aufzug eine noble, altehrwürdige Raffinesse, die Alba an das Haus im Eixample-Viertel erinnerte, in dem ihre Großmutter früher gewohnt hatte.

Sie schloss die Mahagonitür hinter sich und drückte auf den

Knopf des Stockwerks, in dem Cecília auf sie wartete. Mit einem Ruck setzte sich der Aufzug in Bewegung, und Alba atmete tief durch, um ihre wachsende Beklommenheit zu vertreiben.

Einen Moment später kam der Aufzug mit einem leisen Zittern der Scheiben zum Stehen. Bevor sie die Tür öffnete und auf den Treppenabsatz hinaustrat, holte sie noch einmal tief Luft. Sie stellte sich vor, es sei nicht bloß Sauerstoff, was ihre Brust weit werden ließ, sondern Mut. Doch als sie auf den Klingelknopf an der Tür drückte, begannen ihre Hände abermals zu zittern, und in ihrem Bauch machte sich ein leichtes Magenflattern bemerkbar.

Zum Glück wurde ihr rasch geöffnet, und das jugendliche Gesicht der jungen Frau, die in der Tür erschien, hatte eine beruhigende Wirkung auf sie. Aus ihrer schlichten Kleidung und der devoten Art, in der sie sie ansprach, schloss Alba, dass es sich bei ihr um eins der Dienstmädchen des Haushalts handelte.

Sobald sie sich vorgestellt und nach Cecília gefragt hatte, bat die junge Frau sie herein. Alba folgte ihr wortlos durch einen langen Gang, an dessen Ende, wie am Ausgang eines Tunnels, ein helles Licht zu sehen war. Der dunkle Flur endete in einem geräumigen, gemütlichen Wohnzimmer mit großen Fenstern, das in die letzten Strahlen des winterlichen Tageslichts getaucht war.

»Nehmen Sie bitte Platz«, sagte das Dienstmädchen und deutete auf einen dunkelbraunen Ledersessel. »Die Señora kommt gleich.«

Verschüchtert ließ sich Alba auf der Kante des Sessels nieder. Die herrschaftliche Wohnung flößte ihr gewaltigen Respekt ein, und so kauerte sie so steif da, dass sie wirkte wie eine zu dem Möbelstück gehörige Skulptur.

Während sie wartete, betrachtete sie den soliden Buffetschrank an der den Fenstern gegenüberliegenden Wand. Wie die übrigen Möbel war er aus dunklem, lackiertem Holz, das im sanften Abendlicht glänzte. Die Wohnung war noch prächtiger als die ihrer Arbeitgeber, und so rief es in ihr eine leichte Irritation hervor, dass sie als Gast hier war. Genau wie an dem Tag, an dem sie ihre Stelle bei den Escribàs angetreten hatte, war ihr, als hätte sie die Grenze zu einer anderen Welt überschritten, nur dass sie sich diesmal äußerst unbehaglich fühlte.

Die Konditorei dagegen war ein Umfeld, das ihr nicht nur gefiel, sondern auch ihre Kreativität anregte. Die Vielfalt der Köstlichkeiten im Schaufenster war für sie ein ständiger Quell der Inspiration. Es verging nicht ein Tag, an dem sie in diesem Mosaik der Freuden nicht irgendeine neue Nuance, eine innovative Technik oder eine ästhetische Besonderheit entdeckte. Und zwar erst recht, seit der älteste Sohn, der sich nun Antoni nennen ließ, seine in der Llotja erworbenen Kenntnisse aus der Welt der Kunst in die Herstellung von Süßwaren und feinem Gebäck einfließen ließ.

Seine frühere Vorliebe, aus der weichen Brotkrume Figuren zu formen, die seinen Vater so gestört hatte, fand nun in den Experimenten, denen er die verschiedenen Varianten der Backwaren unterzog, einen neuen Ausdruck. Mehl und Wasser wurden zu den Materialien, aus denen der Künstler ungewöhnliche, aber von der Kundschaft mit Bewunderung aufgenommene Kompositionen modellierte. Alba konnte nur darüber staunen, wie der unerschöpfliche Einfallsreichtum des jungen Mannes von der Backstube Besitz ergriff, als handelte es sich um das Atelier eines Künstlers.

Das Geräusch von Schritten riss sie aus ihren Gedanken, und im nächsten Moment tauchte Cecília aus dem Halbdunkel des Flurs auf. Sie trug einen grau melierten Etuirock und eine weiße Bluse mit einer großen Schleife am Dekolleté. Bei ihrem Anblick sprang Alba auf.

»Bleib doch sitzen«, sagte Cecília zu ihr, als sie sie begrüßte und sich auf einem zweiten Sessel niederließ. »Bitte, mach es dir bequem, wir bekommen gleich einen kleinen Imbiss.«

Sie hatte den Satz noch nicht beendet, als das Dienstmädchen mit einem Tablett mit Bohnenkaffee, Milch und einem Teller voller Windbeutel hereinkam. Alba konnte sich nicht mehr erinnern, wann sie das stimulierende Getränk zum letzten Mal zu sich genommen hatte. Sein Duft weckte in ihr angenehme Erinnerungen an eine Zeit, in der es an nichts gemangelt hatte.

Die Hausherrin schenkte ihr eine Tasse der dampfenden, dunklen Flüssigkeit ein und begann zu sprechen: »Ich weiß, du fragst dich sicher, warum ich dich hergebeten habe. Glaub nicht, dass es mir leichtfällt, was ich dir zu sagen habe. Ich weiß nicht, wie du es aufnehmen wirst … Deshalb habe ich einen Ort gewählt, an dem wir unter uns sind.«

»Ich verstehe. Danke für Ihr Vertrauen.«

»Nun, darum geht es nicht. Ich muss es einfach tun, weil ich nicht länger schweigen will. Wie du siehst, habe ich ein gutes Leben, und es fehlt mir, Gott sei Dank, an nichts, da mein Ehemann Direktor einer Bank ist. Aber so war es nicht immer. Ich stamme aus ebenso bescheidenen Verhältnissen wie du. Aber das weißt du ja bereits, denn du hast von mir gehört, auch wenn du dich selbst kaum an mich erinnern kannst. Ich hatte das Glück, meinen jetzigen Mann kurz nach unserem Umzug kennenzulernen, und seither hat es das Leben sehr gut mit uns gemeint.«

Während Cecília sprach, wanderte Albas Blick zu den schillernden Lichtreflexen der Glaskristalle des Kronleuchters. Wie gebannt betrachtete sie das Spiel der Lichter, um sich gegen das, was auch immer Cecília ihr zu eröffnen hatte, zu wappnen und der unbehaglichen Situation zu entfliehen. Ihre Gastgeberin bemerkte jedoch nichts und redete einfach weiter.

»Ich bin bald zwölf Jahre verheiratet. Wie gesagt, ich hatte großes Glück. Wir haben nur leider keine Kinder bekommen, und nun komme ich in ein Alter …«

»Sagen Sie das nicht! Sie sind doch noch jung. Als meine Mutter mich bekommen hat, war sie älter als Sie.«

»Ich weiß, genau darüber wollte ich mit dir sprechen …«

Cecília verstummte. Albas Nervosität hatte plötzlich auf sie abgefärbt. Für einen Moment breitete sich eine unbehagliche Stille zwischen ihnen aus, bis sich Cecília einen Ruck gab und weitersprach. Und als sie es tat, sprudelte es nur so aus ihr heraus.

»Tja, es ist wohl das Beste, wenn ich nicht lange um den heißen Brei herumrede.«

ZWEITER TEIL
Die Magie der Schokolade
(1926–1952)

In der Kunst kann die Hand nie etwas Höheres ausführen als das, wozu das Herz inspiriert.

Ralph Waldo Emerson

Der Tag, an dem Alba zur Welt kam

Während an jenem Weihnachtsmorgen im Jahr 1926 die ersten Schneeflocken in der kalten Winterluft schwebten, nahm Cecília noch einmal all ihre Kräfte zusammen, um ihre Tochter ins Leben zu pressen. Eine Weile zuvor hatte sie einen zunehmenden Druck im Unterleib gespürt, der mit der Zeit immer heftiger wurde, bis sie das Gefühl hatte, es würde sie in der Mitte zerreißen. Zu diesem furchtbaren Druck gesellte sich ein starkes Brennen. In ihrer Scham schien ein Feuerkreis zu lodern, und für einen Moment dachte sie, dass sie es nicht mehr aushalten könnte.

Doch instinktiv verspürte sie den Drang weiterzupressen. In ihrem vor Schmerz benommenen Geist hatte sich die Erkenntnis durchgesetzt, dass dieses Leiden ein Ziel hatte und sie es schon bald geschafft haben würde.

Die Stille des Zimmers wurde nur von ihrem Keuchen durchbrochen. Cecília hörte, wie die Hebamme zu ihr sagte, sie solle pressen. Die Frau sprach mit sanfter Stimme, um sie nicht in ihrer Konzentration zu stören, und berührte sie nicht, um ihre geschwollene, blutüberströmte Scham nicht zu verletzen. Das Brennen steigerte sich, als das Köpfchen des Kindes sichtbar wurde. Die äußere Kälte war gegen dieses intensive Feuer machtlos, das vom Geburtskanal in ihren ganzen Körper ausstrahlte. Zur Linderung gab die Hebamme ihr einen Schluck

Wasser. Aber das Mädchen verspürte erst Erleichterung, als der Schädel des Kindes ausgetrieben war. Dann hatte sie eine letzte Wehe, mit der die Schultern und der übrige kleine, glitschige und gerötete Körper des Neugeborenen beinahe mühelos herausglitten.

Unter anderen Umständen hätte Cecília ihre Tochter in diesem Moment sehen und berühren können, doch stattdessen wurde die Kleine noch vor der Nachgeburt fortgebracht.

Als alles vorbei war, erfasste sie ein bedrückendes Gefühl der Leere. In den letzten neun Monaten hatte das Mädchen mit der Angst gelebt, jemand könne ihren Zustand bemerken, und nun, da die Heimlichtuerei ein Ende haben sollte, wurde sie von einer Welle verschiedenster Emotionen überrollt. Die intensivste Empfindung war eine bodenlose Angst. Und statt Erleichterung keimte tief in ihrem Inneren ein Gefühl der Schuld, als wollte sie den Platz einnehmen, den das Neugeborene eben erst verlassen hatte.

Bis zu diesem Moment hatte Cecília gewusst, was zu tun war. Sie hatte es an dem Tag akzeptiert, an dem sie sich der schweren Aufgabe gestellt hatte, den Eltern ihre Schwangerschaft zu beichten. Geplagt von Gewissensbissen, hatte sie sich folgsam von ihnen den Ausweg aus dieser unerhörten Lage weisen lassen, die nicht nur ihren Zukunftsaussichten, sondern vor allem ihrem Ruf schaden würde.

Für einen Abbruch war die Schwangerschaft bereits zu weit fortgeschritten, und so gab es für sie keine andere Wahl, als das Kind auszutragen. Daher hatte Cecília in den ersten Schwangerschaftsmonaten Normalität vortäuschen und ihr gewohntes Leben weiterleben müssen, als ob nichts wäre. Dank dieser Maskerade konnte sie ihre Ehre bewahren und verhindern, dass irgendwer herausfand, dass dieses sechzehnjährige Mädchen nicht mehr so unschuldig war, wie man annehmen sollte.

Mit dem Vertuschen ihrer Schwangerschaft ging ein Schweigegelübde einher, da sie sich außer ihren Eltern niemand anderem anvertrauen konnte. Weder den engsten Freundinnen noch dem Pfarrer, ja nicht einmal dem Vater des Kindes, mit dem sie auf Druck ihrer Eltern brechen musste.

»Ich will nicht, dass du ihn noch einmal wiedersiehst«, hatte ihr Vater an dem Tag gesagt, an dem sie ihnen ihre Sünde gebeichtet hatte. »Und zu niemandem ein Wort darüber.«

Cecília hatte nicht gewagt, sich dieser Anordnung zu widersetzen. Sie konnte sich glücklich schätzen, dass ihre Eltern sie nicht vor die Tür gesetzt hatten, und wollte nur, dass sie ihr ihren schlimmen Fehler vergaben, auch wenn sie dafür auf die Liebe würde verzichten müssen.

Als die Schwangerschaft nach ein paar Monaten nicht mehr zu übersehen war, wurde sie in aller Stille in das Entbindungsheim und Obdach für Findelkinder der Provinz Barcelona im Stadtteil Les Corts gebracht. Die Einrichtung verfügte über einen Bereich für ledige Mütter, den erst im Jahr zuvor eröffneten Rosa Pavillon, in dem junge Mädchen in einer vergleichbaren Situation sich verbergen konnten, um der sozialen Ächtung zu entgehen.

Während ihres gesamten Aufenthalts dort gelang es Cecília nicht, das Gefühl grenzenloser Hilflosigkeit abzuschütteln, das sie gleich zu Beginn befallen hatte. Die durch die Armut diktierten harten Bedingungen und die unerbittliche Strenge, mit der die wohltätigen Schwestern über die Sittlichkeit wachten, schürten in ihr die Sehnsucht nach ihren Eltern und ihrem Zuhause und verstärkten ihre nagenden Schuldgefühle.

Doch obwohl die Tage deprimierend langsam vergingen, war in der Nacht zum ersten Weihnachtstag endlich der entscheidende Moment da. Erschöpft sah Cecília dem Säugling nach, bevor sie in eine barmherzige Benommenheit sank, die sie empfing wie eine Oase in der Wüste.

Draußen legte sich der Schnee wie eine weiße Decke über Barcelona und verlieh dem Tageslicht einen magischen Schein. Die Einwohner der Stadt waren aus ihren Häusern geströmt, um sich an dem Wunder zu erfreuen, und spazierten vergnügt unter den fallenden Flocken. Unter den Passanten waren auch Adela und Esteve, doch sie interessierte nicht der Schnee. Auf das, was sie bewogen hatte, ihre Wohnung zu verlassen, hatten sie seit Monaten gewartet. Genauer gesagt, seit dem Moment, an dem ihre Nachbarn ihr unrühmliches Geheimnis mit ihnen geteilt hatten.

Es war an einem heißen Sommerabend Ende Juli gewesen. In der vertraulichen Atmosphäre, die sich für gewöhnlich einstellte, wenn sie allein waren, hatte Adela Cecílias Mutter ihr Leid geklagt. Auch wenn sie sich letztlich mit ihrer Kinderlosigkeit abgefunden hatte, musste sie sich von Zeit zu Zeit Luft machen, um ihr Herz von einer zu schweren Bürde zu befreien. Doch diesmal hatte ihr auch die Freundin anvertrauen müssen, welche Last sie mit sich herumtrug, und hatte ihr schließlich von dem Unglück erzählt, das Cecília ihnen eingehandelt hatte.

Das Geständnis der Nachbarin kam so unerwartet, dass Adela verstummte. Doch die Erschütterung währte nicht lange. Mit einem Mal leuchtete ihr Gesicht hoffnungsvoll auf.

»Lasst das Kind nicht im Entbindungsheim«, flehte sie, nachdem die Freundin ihr erzählt hatte, dass sie die Tochter in die Einrichtung in Les Corts bringen würden. »Wir nehmen es auf und kümmern uns um das Kind, als wäre es unser eigenes.«

Der Wunsch kam für die künftige Großmutter überraschend. Sowohl sie als auch ihr Ehemann waren davon ausgegangen, dass sie jede Verbindung zu dem Säugling lösen würden, um die Ehre ihrer Tochter zu bewahren. Doch die Aussicht, einen gewissen Kontakt mit dem Kind halten zu können, war verlockend. Immerhin wusste sie, dass sie auf die Diskretion des benachbarten Paars bauen konnte, das ihrem Enkel eine gute Zukunft ermöglichen würde. Nachdem sie mit ihrem Mann das Für und Wider abgewogen hatte, beschlossen sie daher, die Eheleute, die sie als Teil ihrer Familie betrachteten, glücklich zu machen.

Nach diesem Abend wurde neben Cecílias ein zweites Täuschungsmanöver nötig, um die Nachbarschaft glauben zu machen, Adela sei endlich guter Hoffnung. Das war viel leichter als gedacht. Die Leute nahmen es mit großem Verständnis auf, dass sie mit der Nachricht nicht hausieren gegangen war, bis das Risiko, das Kind erneut zu verlieren, ausgeschlossen werden konnte. Als Cecília eine Weile später verschwand, brachte kein Mensch diese Tatsache mit der fortschreitenden Schwangerschaft der Gattin des Lehrers in Verbindung. Alle glaubten, das Mädchen sei aufs Land gefahren, um einen erkrankten Verwandten zu pflegen, nicht ahnend, dass sich unter Adelas Kleidung nur Kissen verbargen.

Am frühen Weihnachtsmorgen verließ das Ehepaar im Schutz der Dämmerung das Haus. Zu dieser frühen Stunde waren die

Straßen noch nahezu menschenleer, und obwohl sie in der Dunkelheit, für die der bedeckte Himmel sorgte, kaum zu erkennen waren, trugen beide Hüte und verbargen ihre Gesichter in den hochgeschlagenen Kragen der Mäntel, die ihnen Adelas Eltern eigens zu diesem Zweck geliehen hatten.

Kurz zuvor hatten sie die Nachricht erhalten, bei Cecília hätten die Wehen eingesetzt, und sie hatten sich beeilt, um ihr Schauspiel zu einem guten Ende zu bringen. Der letzte Akt der Farce, die sie fünf Monate zuvor begonnen hatten, musste mit der Geburt des Kindes in der Wohnung des Ehepaares enden.

Als Erstes musste der Säugling aus dem Entbindungsheim geholt und zu ihnen gebracht werden, ohne dass jemand etwas bemerkte. Zum Glück war das Mädchen, das sie dort in der Wiege vorfanden, ein ruhiges Kind, das friedlich schlief, als wäre ihm bewusst, dass es nicht mehr in diese nüchterne Umgebung gehörte. Vielleicht hatte es sich deshalb von dem weihnachtlichen Schneezauber einlullen lassen und hatte sich in seinem tiefen, festen Schlaf, der so süß war wie die Zukunft, die auf es wartete, nicht beirren lassen.

Das außergewöhnliche Wetter und die Aufregung der Leute an diesem Festtag trugen dazu bei, dass Esteve mit der in einem Korb voller Lebensmittel sorgfältig versteckten Kleinen unbemerkt ins Haus schlüpfen konnte. Auch Adela, die etwas später in Männerkleidung eintraf, wurde von niemandem erkannt.

Während sich die Nachbarschaft an dem ungewohnten Anblick der Stadt erfreute und sich auf die Weihnachtsfeierlichkeiten vorbereitete, gelangte Alba auf diese Weise in ihr künftiges Heim. Und als wäre sie ein vorgezogenes Geschenk, auch in das Leben ihrer Eltern.

Februar 1948

Cecílias letzte Worte hingen im Raum, als wollten sie der Stille nicht weichen. Sie hallten in Albas benommenem Kopf nach wie ein Echo.

Während sie ihrer Gastgeberin zugehört hatte, hatte sie erleben müssen, wie alle Gewissheiten, auf denen ihr Leben beruhte, ins Wanken gerieten. Anfangs waren ihr die Enthüllungen so weit hergeholt und absurd erschienen, dass sie dachte, es müsse sich um eine Verwechslung handeln. In dem Bericht, der aus ihrer idyllischen Weihnacht eine Farce machte, erkannte sie sich nicht wieder. Es konnte nicht sein. In dieser Posse musste Cecília die einzige Schwindlerin sein.

Dieser Eindruck schwand jedoch, als sie den Ausdruck der Wahrhaftigkeit in der Stimme der Frau ausmachte. Sie hatte keinen Grund, ihr zu glauben, aber Cecílias Worte klangen aufrichtig. Diese Geschichte war unendlich viel einleuchtender als die Mär, die sie tausend Mal gehört hatte. Als sich diese Erkenntnis schließlich durchgesetzt hatte, wurde ihr der Boden unter den Füßen weggezogen.

Alba fühlte sich leer. Die Fundamente ihrer früheren Identität waren fort.

Während Cecílias Stimme noch in ihrem Kopf nachhallte, konnte Alba ihren Blick nicht von dem Teller mit Windbeuteln auf dem kleinen Tisch abwenden. Der Kaffee dampfte nicht mehr, doch sein Aroma hing noch ebenso im Raum wie die letzten Worte von Cecílias Beichte. Unfähig, ihre Aufmerksamkeit auf etwas anderes zu lenken, starrte Alba auf den Zuckerüberzug der hohlen Gebäckkugeln. Deren Leere erinnerte sie an sie selbst.

Dann dachte sie, dass ihre Existenz ebenso flüchtig sei wie der Wind. Es hatte in ihrem bisherigen Leben offenkundig keine Magie gegeben, sondern nur eine Schimäre, die erfunden worden war, um eine Sünde zu vertuschen und für ein Unglück zu entschädigen. Und von da an war ein Schicksal entworfen worden, das sie zur Heldin einer wunderbaren Allegorie machte, die ihr Talent erklärte. Doch in Wahrheit gab es keine Wunder. Ihr Können war nur das Ergebnis dessen, was sie gelernt hatte, und ihre Leistungen waren die Frucht von Beharrlichkeit und Motivation.

»Wir mussten umziehen, weil meine Eltern erkannten, wie lieb ich dich gewonnen hatte.« Cecília begann wieder zu sprechen, als sie den Trancezustand bemerkte, in dem sich Alba befand. »Du warst ein so süßes und hübsches Mädchen … Ich hatte deine Mutter gern, aber ich konnte es nicht ertragen, dich in ihren Armen zu sehen anstatt in meinen. Ich konnte dich zwar oft besuchen, doch es zerriss mir jedes Mal das Herz, wenn ich nach Hause ging und du bei ihnen bliebst. Fortzugehen und dich endgültig zu verlassen war das Schmerzlichste, das ich in meinem ganzen Leben getan habe. Und ich habe es mir nie verziehen.«

Die Zimmerecken lagen in einem schummrigen Halbdunkel, nur auf die Sitzecke fiel Licht und verlieh der Situation einen noch dramatischeren Anstrich. Im letzten Akt fielen die

Masken, und dort, mitten auf der Bühne, ragten die Windbeutel auf wie eine groteske Metapher.

Dass Milch und Butter in einem Topf auf dem Herd erwärmt werden mussten, war die erste Lektion in einer langen Lehrzeit gewesen, die an dem Tag begann, an dem Alba erstmals ihr Interesse fürs Kochen und Backen gezeigt hatte. Als ihr nun diese frühe Erinnerung ins Gedächtnis kam, erschien sie ihr wie ein Hohn des Schicksals. Sie sah sich selbst, wie sie sich auf Zehenspitzen reckte, um eine Prise Salz in den Topf geben zu können. Dieser einfache Handgriff hatte für immer das Band zwischen ihr und dem Wunder geknüpft, aus schlichten, alltäglichen Speisen Momente des Glücks zu schaffen. Huldigungen an die Sinne, an den Gaumen, an die Freude, beisammen zu sein und die Fastenzeit mit einem einfachen Gebäck zu feiern, das nur Blendwerk war.

Als die Milch kochte und die Butter geschmolzen war, hatte Adela gesiebtes Mehl und Zucker hinzugefügt und sie energisch untergerührt, bis die Masse nicht mehr am heißen Topf kleben blieb. Alba verfolgte ihre hypnotisierenden Bewegungen, die wie ein Teil eines Rituals wirkten. Sie prägte sich jeden Schritt und jede Handbewegung ein, weil sie ebenfalls an dieser Liturgie teilhaben wollte, die alle Sinne betörte. Adela zog den Topf vom Herd. Unablässig weiterrührend, gab sie nacheinander die Eier hinzu, bis sich ein glatter, fluffiger Teig bildete. Noch nach so vielen Jahren konnte Alba spüren, wie es sie dazu gedrängt hatte, ihr zu helfen, diese Substanz zu formen. Nur der Wille zur Perfektion zügelte den Elan, mit dem sie sich daranmachen wollte, aus dieser unförmigen Mischung etwas Vernünftiges zu schaffen.

Beim Ausbacken nahmen die kleinen, blassen Teigkugeln einen schönen goldbraunen Ton an. In dem sprudelnd siedenden Öl sahen sie so aus, als tanzten sie und drehten sich um sich selbst. Adela hatte ihr damals erzählt, dieser Tanz, der dafür sorgte, dass sich die Windbeutel von allein umdrehten, sei der Grund, warum sie mancherorts *caragirats* genannt würden, *Wendegesichter*.

Der Moment, in dem sie in Zucker gewälzt wurden, war der Gipfel des Hochgefühls, das Adela in dem Augenblick geweckt hatte, als sie Alba aufgefordert hatte, ihr zu helfen, obwohl sie noch so klein war. Das Mädchen erkannte schon damals, dass diese Geste, mit der sie ein einfaches Gebäck veredelte, der Beginn einer Herausforderung war. Denn ihr wurde bewusst, dass es das war, was sie in Zukunft machen wollte. Das war ihr Weg, ihr Lebenszweck.

Von diesem Tag an hatte Alba in den Zeichen und Wundern in ihrem Leben eine Folge der Magie des Süßen gesehen. Jetzt wurde ihr klar, dass sie nur das Ergebnis von Zufällen und Fleiß waren.

»Ich muss gehen«, sagte sie und sprang auf.

»Du kannst jederzeit wiederkommen.«

Cecília folgte ihr durch den Flur. Alba spürte ihr Unbehagen. Sie wusste, dass die Dame sich zusammenreißen musste, Alba nicht noch für eine Weile zurückzuhalten, vielleicht, um sich endgültig den Kummer so vieler Jahre von der Seele zu reden. Aber sie konnte nicht noch mehr ertragen. Sie wollte nur noch fort, in der hereinbrechenden Nacht verschwinden, um den Schmerz über den Verlust ihrer Wurzeln mit einem Bad in der Anonymität zu lindern.

Die eisige Luft dieses Monats der Besinnung und Buße, die ihr auf der Straße entgegenschlug, machte sie munter. Ein Windstoß erfasste sie plötzlich, als wollte er sie noch schneller zu ihrem ungewissen Schicksal befördern. Alba schlug das Revers ihres Mantels hoch, legte einen Schritt zu und ließ sich ziellos von dem feuchten Windhauch vorantreiben.

Noch einmal musste sie an die Windbeutel denken, dieses Symbol ihrer hohlen Existenz.

Arme Ritter

»Noch ein Stück Kalbfleisch, Quim?«

Mit einem dankbaren Lächeln lehnte der junge Mann Señora Vidals Angebot ab. Joaquim war wieder einmal mit seinen Eltern im Haus des Architekten zum Essen eingeladen, und soeben war der Hauptgang aufgetragen worden.

Tatsächlich wartete der Anwalt nur auf den Nachtisch, um erneut die bezaubernde, junge Köchin der Familie aufsuchen zu können. Aber das erwähnte er natürlich mit keinem Wort. Doch selbst wenn er es angesprochen hätte, hätte niemand verstanden, wieso sich ein gut aussehender junger Mann aus gutem Haus wie er ausgerechnet auf ein einfaches Mädchen vom Personal kaprizierte. Auf eine junge Frau, die ihm keinerlei Anlass gegeben hatte, um ihm derart den Kopf zu verdrehen.

Seit er sie in diesem Haus zum ersten Mal gesehen hatte, hatte ihre Zurückhaltung sein Interesse an ihr noch befeuert. Die Distanz, die die junge Frau zwischen ihnen errichtete, forderte seinen Kampfgeist heraus, und er rannte unermüdlich gegen ihren Schutzwall aus Misstrauen und Gleichgültigkeit an.

Joaquim konnte nicht begreifen, dass sie einen so attraktiven Verehrer seiner gesellschaftlichen Stellung zurückwies. Jede andere Frau hätte an ihrer Stelle versucht, ihn unter Einsatz ihrer körperlichen Reize zu verführen und einzufangen. Sie dagegen ging ihm beharrlich aus dem Weg, und der Anwalt konnte ihr

Unbehagen spüren, wenn der Kontakt unausweichlich war. Es war ihm bewusst, dass die junge Frau nicht aus freien Stücken mit ihm redete, sondern aus reiner Höflichkeit, und dass sie bedauerte, ihm etwas schuldig zu sein, weil er ihr die Stelle in der Patisserie Escribà besorgt hatte.

Doch den jungen Mann störte ihr Widerstreben nicht. Im Gegenteil. Er genoss es, der Köchin seine gesellschaftliche und wirtschaftliche Überlegenheit zu zeigen und sie in seiner Schuld zu wissen. Dieses Machtspiel war noch erregender als die Verführung. Und je mehr er sich darauf einließ, desto forscher wurde er.

An diesem Tag war es ihm jedoch so vorgekommen, als sei die Köchin weniger auf der Hut vor ihm. Als sich ihre Blicke getroffen hatten und er ihr jenes vielsagende Lächeln geschenkt hatte, das sie sonst in Unruhe versetzte, war sie nicht so verlegen geworden wie üblich. Sie hatte seinem Blick für einen Moment standgehalten und dann die Vorspeisen serviert, als ob nichts geschehen wäre. Aber in ihrem Blick hatte eine Herausforderung gelegen.

Diese Haltung verwirrte ihn, und die Mahlzeit fand er überraschend fade. Dabei war der Aufschnitt aus Wurst und Schinken exquisit. Die Qualität der Fleisch- und Wurstwaren bei den Vidals war unbestritten, was bei dem Kartoffelsalat, dem Russischen Salat – oder dem in gewissen Kreisen sogenannten »Nationalen« Salat, um die Feinde des Regimes nicht nennen zu müssen – nicht der Fall war. Es war, als hätten seine Zutaten ihren Geschmack verloren und sich in einem langweiligen Einerlei aufgelöst.

Das überraschte ihn, denn er war im Haus des Architekten an delikate Genüsse gewöhnt. Natürlich konnte derlei in der

Küche schon einmal vorkommen. Er dachte sich nichts weiter dabei, bis er den Braten kostete.

Anders als sonst fand er nicht das harmonische Zusammenspiel von Aroma und Geschmack, das er an Albas Gerichten zu schätzen wusste. Das Kalbfleisch war verkocht und geschmacklos und passte nicht zum Fett und Gemüse. Hätte er nicht gesehen, dass Alba die Teller hereingebracht und das Fleisch serviert hatte, hätte er gedacht, jemand anderer hätte an ihrer Stelle das Abendessen zubereitet.

Bei dieser faden Mahlzeit schien die Zeit förmlich zu kriechen. Und die Unterhaltung der Vidals mit seinen Eltern trug nicht dazu bei, seine Langeweile zu lindern. Die Familienoberhäupter sprachen schon eine Weile über die politische Krise infolge der Spannungen mit der Kommunistischen Partei in der Tschechoslowakei. Dann hatten sie das Thema gewechselt, als Pau erwähnte, er habe vor der Schule eine Schneeballschlacht gemacht. Die niedrigen Temperaturen und eine besondere Wetterlage hatten ihnen an diesem Morgen beim Aufstehen eine Überraschung beschert.

»Habt ihr gesehen, wie weiß der Tibidabo und Vallvidrera sind?«

Auf die Frage des Architekten fingen alle zugleich an zu reden, doch die Stimme von Joaquims Vater setzte sich durch.

»Und ob! Und erst mal der Montjuïc! Zum Glück hat es nicht so viel geschneit wie vor zwei Jahren, wisst ihr noch? Was für ein Durcheinander, weil damals die Landstraßen betroffen waren und Telefonleitungen beschädigt wurden.«

»Ja, so wie heute ist es viel besser. Es ist gerade genug Schnee, dass es schön aussieht und die Kinder spielen können.«

Für einen Moment gelang es dem jungen Anwalt, seine obsessiven Gedanken zu unterdrücken, die ihn darauf lauern ließen, ob die Köchin wieder in der Tür auftauchte. Außer Pau, der mit seinem letzten Stück Kalbfleisch herumspielte, war die ganze Gesellschaft mit dem Hauptgang fertig und wartete auf den Nachtisch. Das Thema der Unterhaltung wechselte erneut und drehte sich nun um den Film *Gilda*, der zwei Monate zuvor in die spanischen Kinos gekommen war und den seine Eltern am nächsten Tag ansehen wollten.

Abermals wanderte Joaquims Blick zur Tür, die auf den Flur und zur Küche führte.

Doch Alba erschien noch immer nicht.

Bei Tagesanbruch war es so kalt, dass die Schneeflocken, die im Morgengrauen gefallen waren, bereits gefroren waren. Als Alba aus dem Haus trat, um zu den Vidals zu gehen, tat sich vor ihr eine bemerkenswerte Winterlandschaft auf, ein Schauspiel farbloser Schönheit. Doch weder der ungewöhnliche Schnee noch der friedfertige Zauber dieser weißen Landschaft konnten ihr eine Regung entlocken.

Es war über eine Woche vergangen, seit sie die Wahrheit über ihre Abstammung erfahren hatte, doch sie befand sich noch immer in einem Zustand betäubter Teilnahmslosigkeit. Nichts von dem, was um sie geschah, vermochte sie zu berühren, sie lebte wie in einer eigenen Welt. Aber es war keine freundliche Sphäre mehr, die zu Erzählungen über Wunderdinge verlockte, sondern ein entzauberter Raum, in dem es keinen Platz gab für Magie, die ja doch nur eine bloße Abfolge geschickter, bewusst eingefädelter Manipulationen war.

Nachdem sie Cecílias Wohnung an jenem Abend verlassen hatte, war sie, unfähig heimzukehren, ziellos durch die Straßen geirrt. Sie hätte es nicht ertragen können, sich der Mär zu stellen, die ihr aufgetischt worden war, und mit ihrem gewohnten, aus einer Lüge entstandenen Leben weiterzumachen, als ob nichts geschehen wäre, oder sich gar mit Antworten konfrontiert zu sehen, die sie nicht hören wollte. Sie wusste, wenn sie das tat, würde ihr Zorn verrauchen, und in diesem Moment war ihr danach, sich voller Inbrunst ihrem Hass hinzugeben.

Als die Dunkelheit noch schwärzer und schwerer wurde als ihr Ärger, ging Alba schließlich doch nach Hause. Dort rechtfertigte sie ihre Verspätung und ihre schlechte Laune mit der Arbeit und ging sogleich zu Bett. Aber die Entrüstung loderte so heftig in ihr, dass sie nicht einschlafen konnte.

Stattdessen betrachtete sie ihre Erinnerungen aufgewühlt durch das Prisma der ihr eröffneten Wahrheit. Im Lichte der Enthüllungen erschien ihr ihre Lebensgeschichte lächerlich, und die Personen, die darin eine Hauptrolle spielten, empfand sie als Heuchler. Es quälte sie maßlos, dass ihr bisheriges Leben nur Lug und Trug gewesen sein sollte. Denn das, was angeblich ein Wunder war, erwies sich bloß als die Folge eines Fehltritts.

In den folgenden Tagen verrauchte ihr Zorn und wich einer tiefen Niedergeschlagenheit. Sie hatte noch immer nicht den Mut, sich mit den Frauen auseinanderzusetzen, mit denen sie zusammenwohnte und die sie fortan nur noch mit größter Mühe Mutter und Großmutter nennen konnte. Im Grunde waren sie es ja, aber dennoch fühlte sie sich unwohl, wenn sie diese Worte aussprach, und zog es vor zu schweigen.

»Was ist los, mein Kind?«, hatte Adela an dem Abend gefragt, bevor es schneite. »Hast du Schwierigkeiten mit den Vidals?«

»Nein, keine Sorge. Ich glaube, ich brüte etwas aus.«

»Du bist schon seit Tagen so niedergeschlagen, mein Schatz. Willst du mir nicht sagen, was los ist?«

»Habe ich doch gerade. Ich habe mich vermutlich bei den Kindern mit der Grippe angesteckt.«

Adela hatte nicht weiter nachbohren wollen, doch Alba war sich bewusst, dass diese Erklärung sie keinesfalls befriedigt hatte. Sie wusste, früher oder später würde sie erneut versuchen, mit ihr zu reden, und sie würde sich nicht ewig so beharrlich in Schweigen hüllen können. Doch den Gedanken schob sie lieber von sich.

Am nächsten Tag kam ihre Arbeitgeberin zu ihr in die Küche und bat sie, zum Nachtisch Arme Ritter zu machen. Sie hatten die Speisenfolge für das Essen mit den Gästen der Familie bereits am Vortag besprochen, doch Señora Vidal wollte den Pudding lieber durch eine zur Jahreszeit passende Nachspeise ersetzen.

»Sie sind genau das Richtige für die Fastenzeit, und du weißt ja, wie gern mein Mann sie isst.«

Alba nickte und machte sich sogleich an die Vorbereitungen der Mahlzeit. Ihr war das eine Dessert so recht wie das andere. Letzten Ende galt es nur, eine Reihe von Regeln zu befolgen, die von Zutaten, Mengen und Garverfahren bestimmt wurden. Daher briet sie das Fleisch lediglich langsam in einer Kasserolle an und überließ der Temperatur den Rest.

Ihre Ernüchterung hatte sie nicht nur der Begeisterung beraubt, mit der sie sich bisher ihrer Arbeit gewidmet hatte. Auch ihre Bewegungen waren verlangsamt und träge, als setzte die Last der Enttäuschung ihren Kräften Grenzen und hinderte sie daran, sich mit Inbrunst auf das, was sie tat, einzulassen. Sogar ihr Sehsinn schien durch ihre neue Schwermut gelitten zu haben, denn nicht einmal das blendende Weiß über der Stadt konnte den dunklen Schleier zerreißen, durch den sie alles um sich herum wahrnahm.

Die Milch, die sie mit einer Zimtstange und Zitronenschale aufgekocht hatte, kühlte gerade ab, als Núria und Pau in die Küche stürmten. Wie gewöhnlich fragten sie, ob sie ihr helfen könnten, doch zum ersten Mal schickte Alba sie fort. Sie fühlte sich nicht imstande, wieder in die Rolle der begnadeten Köchin zu schlüpfen und die Kleinen mit ihrer Fantasie zu bezaubern. Diese groteske Farce mitzuspielen wäre zu schmerzlich gewesen.

Enttäuscht und resigniert zogen die Kinder von dannen, derweil Alba sich erneut ihren Aufgaben widmete. Der Braten war schon fast fertig, und der Kartoffelsalat, der gemeinsam mit Wurstaufschnitt als Vorspeise gereicht würde, wartete bereits in einer Schüssel.

Sie nahm eine Stange trockenen Brotes und schnitt sie in sehr feine Scheiben, die sie in der noch lauwarmen Milch einweichte. Mechanisch badete sie die durchtränkten Scheiben in geschlagenem Ei und briet sie. Dann ließ sie sie abtropfen und bestäubte sie mit Zucker und Zimt. Im trüben Mittagslicht wirkte ihre Umgebung trister, und ihre Lustlosigkeit erstickte Gerüche und Aromen.

Nur einmal sollte ihr betäubtes Herz schneller schlagen, auch wenn der Grund dafür nicht angenehm war. Ihre Herrschaften und deren Gäste hatten sich vor einer Weile zu Tisch begeben, und sie hatte die Vorspeise aufgetragen. Nichts ahnend bediente sie sie, in das ausdruckslose Schweigen gehüllt, in dem sie sich vor neun Tagen eingerichtet hatte. Das Gefühl, beobachtet zu werden, riss sie plötzlich aus ihrer Versunkenheit. Als sie aufschaute, sah sie, wie Joaquim sie unverhohlen anstarrte.

Er lächelte sie auf seine übliche hochmütige Art an, die sie so sehr störte. Abermals stiegen Wut, Ohnmacht und ein giftiger Hass in ihr auf. Mit einem Mal ballte sich ihre ganze Gereiztheit in einer nie zuvor empfundenen Abneigung gegen den jungen Anwalt zusammen. Und zugleich spürte sie in dieser Antipathie doch, wie etwas sie zu ihm hinzog.

Mehr denn je, mehr noch als bei Enric, fühlte sie die Kraft, die sie mit Joaquim verband und sie über all seine Eitelkeit erhaben machte. Sie wusste, dass das, was sie in dem jungen Mann weckte, ihr eine verhängnisvolle Macht über ihn verlieh, und dieses Wissen erregte sie. Glühende Hitze rötete ihr die Wangen und ließ ihre Bewegungen fahrig werden. Ihr wurde so heiß, dass sie fürchtete, er könne es durch ihr Kleid spüren. Doch Joaquim folgte ihr nur mit dem Blick, bis sie den Raum verließ.

In der Küche stützte sich Alba aufgewühlt auf die Marmorarbeitsplatte und versuchte, ihre Fassung wiederzuerlangen. Ihr stiegen die Gerüche der Gerichte in die Nase, die sie an diesem Tag zubereitet hatte und in denen sie sich nicht wiedererkennen konnte. Erneut überkam sie Traurigkeit. Doch zugleich brannte in ihr die sengende Erregung, die sie wenige Minuten zuvor empfunden hatte.

Sie hatte sich noch nicht gefasst, als sie mit dem Hauptgang ins Esszimmer zurückkehren musste. Diesmal musterte Joaquim sie nicht ganz so unverfroren, aber seine Ungeduld war mit

Händen zu greifen. Alba versuchte, jeden Blickkontakt mit ihm zu vermeiden, und starrte auf das Tablett mit dem Braten. Ihre Hände zitterten leicht. Sie holte tief Luft, um ihre Unruhe zu vertreiben. Es gelang ihr, ihre Verwirrung etwas zurückzudrängen, während sie die Mahlzeit auftrug, doch sobald sie konnte, hastete sie in die Küche zurück.

Abermals lehnte sie sich an den Herd und schnappte nach Luft. Sie fühlte sich außerstande zu unterdrücken, dass sie sich von Joaquim unwiderstehlich angezogen fühlte. Allerdings konnte sie nicht begreifen, wie die Verachtung, die der junge Mann bisher bei ihr ausgelöst hatte, urplötzlich in eine solch starke Faszination hatte umschlagen können. Verwirrt von den widerstreitenden Empfindungen, die in ihr tobten, fühlte sie sich hilflos. Gebeugt von der Last einer Realität, die ihr bisheriges Leben ins Lächerliche zog. Beherrscht von einer gewaltigen Wut. Und plötzlich von einem Impuls gelenkt, der sie zu dem Anwalt zog.

Es kostete sie so große Anstrengung, ihre Gefühle in Schach zu halten, dass sie das Dessert nicht gleich servieren konnte. Als sie sich schließlich dazu anschickte, stieß sie in der Tür des Esszimmers fast mit Señora Vidal zusammen, die nach ihr sehen wollte.

»Ich hatte schon gedacht, es gäbe ein Problem mit den Armen Rittern …«

»Nein, Señora, bitte entschuldigen Sie. Ich fühle mich nicht gut und musste mich für einen Moment hinsetzen.«

»Was ist denn mit Ihnen?«

»Sie wissen schon … Frauenangelegenheiten.«

Die Hausherrin nickte ihr zu, und Alba stellte den Teller mit den Armen Rittern, so schnell sie konnte, auf den Tisch, um Joaquims durchdringendem Blick auszuweichen. Ihr selbst jedoch kamen ihre Bewegungen unendlich langsam vor, so wie die Stimmen der Tischgesellschaft stockend und von weit her zu ihr zu dringen schienen.

Zurück in der Küche, hatte sie noch immer das unwirkliche Gefühl, hinter einem unsichtbaren Vorhang ganz allein im Scheinwerferlicht auf einer Bühne zu stehen.

Dieser Eindruck währte nicht lange. Als sie zwanzig Minuten später aufräumte, zerriss der Schleier, und der Scheinwerfer richtete sich auf den Anwalt, der urplötzlich in der Küchentür stand.

Erschrocken wich Alba zurück. Abermals schoss ihr die Hitze in die Wangen, und ihr Herz geriet so sehr aus dem Takt, dass sie zu zittern begann. Sie versuchte, etwas zu sagen, wollte ihre Haltung wiedererlangen und eine höfliche Frage formulieren, aber ihr Körper gehorchte ihr nicht. Es war, als hätte sich ein fremder Wille ihrer bemächtigt und sie gelähmt. Sie konnte nur rückwärtstaumeln, wohl wissend, dass es keinen Ausweg gab. Und zugleich erfüllte sie diese Gewissheit mit einer seltsamen Erregung.

Als sie an die gekachelte Wand stieß, blieb sie für einen Augenblick regungslos stehen. Ihr Herz raste, und ihr Brustkorb hob und senkte sich im Rhythmus ihres heftig gehenden Atems. Dieses Mal wich sie seinem Blick nicht aus. Nichts konnte die beiden fiebrigen Augenpaare mehr ablenken, in denen das Begehren zu erahnen war, das unter der Kleidung pochte.

Alba stand mit dem Rücken zur Wand und sah, wie Joaquim auf sie zukam. In wenigen Sekunden war er bei ihr. Er drückte seinen Körper fordernd an sie, und sie konnte die Wärme seiner Haut spüren. Dann strich sein Atem ihren Hals entlang, und seine Lippen suchten die ihren. Während er sie mit seinem Körper festsetzte, packte Joaquim ihr Kinn, damit sie ihr Gesicht nicht abwenden konnte. Dann presste er seine Lippen auf die ihren, und Alba hörte auf, sich zu wehren. Ihre Spannung wich einer fügsamen, aber leidenschaftlichen Hingabe.

Die Zeit schien sich in dieser ungestümen Umarmung zu verlangsamen. Wortlos waren sie beide in einem Moment außerhalb von Raum und Zeit gefangen. Alba legte ihren Kopf in den Nacken und spürte, wie seine Zunge in ihren Mund vordrang, während seine Hände ihr Gesäß packten. Erstaunlicherweise antwortete ihr Körper auf seine Berührungen. Erregt drängte sie sich gegen sein Becken.

Aber schließlich siegte der Verstand. Die Gefahr, entdeckt zu werden, war zu groß.

Joaquim ließ von ihr ab und musterte sie ein letztes Mal. Dann ging er schweigend davon.

Sein Blick ließ keinen Zweifel daran, dass ihre Schuld noch nicht beglichen war.

Katalanische Crème

»Komm herein, Enric«, sagte Adela. Sie hielt die Tür auf und machte mit der freien Hand eine einladende Geste. »Warte bitte einen Moment im Esszimmer, ich habe Milch aufgesetzt.«

In der Luft lag ein Duft von Zimt und Zitrone, der noch intensiver wurde, als Enric die Wohnung betrat. Nachdem er wochenlang versucht hatte, sich mit Alba zu verabreden, hatte er seinen Mut zusammengenommen und beschlossen, sie zu Hause aufzusuchen. Dreimal hatte er sie sonntags von der Patisserie Escribà abgeholt, und jedes Mal hatte sich seine Freundin damit entschuldigt, dass ihre Großmutter krank sei und sie ihre Mutter nicht mit ihr allein lassen könne. Anfangs hatte er es geglaubt, aber ihr Ausweichen hatte seinen Verdacht erregt. Daher hatte er sich vorgenommen, sich bei seinem Besuch beiläufig nach der alten Dame zu erkundigen, um zu sehen, ob sie ihm die Wahrheit gesagt hatte.

Enric war zum ersten Mal bei Alba, doch Adela hatte er schon kurz vor Weihnachten kennengelernt. Sie waren sich eines Abends an der Haustür begegnet, als er Alba nach dem Kino nach Hause brachte. Die Begegnung war kurz, aber trotz der Umstände nicht unangenehm gewesen. Das umgängliche Wesen der Mutter seiner Freundin hatte die Situation entschärft und ihm das Gefühl vermittelt, zur Familie zu gehören, als sie ihn einlud, irgendwann einmal nachmittags zum Kaffee zu kommen.

»Es wurde aber auch Zeit, dass du mal kommst«, hörte er sie in der Küche sagen. Gleich darauf sah er sie mit einem Küchentuch in der Hand auftauchen. »Entschuldige, zum heutigen Josefstag mache ich gerade eine Crema catalana, und Alba hat mir nicht gesagt, dass du kommen würdest.«

»Nun ja, ich habe es ihr nicht gesagt. Wir haben uns schon seit Tagen nicht gesehen, und ich wollte nur kurz vorbeischauen und sie begrüßen. Wie geht es übrigens Ihrer Mutter?«

»Recht gut für ihr Alter, wir können uns nicht beklagen. Sie hilft mir bei der Crema. Normalerweise macht Alba sie, aber dieses Jahr wollte sie nicht, da sie schon den ganzen Tag bei den Vidals in der Küche steht. Ich sage ihr Bescheid, dass du da bist.«

Enric nickte, während er die Tatsache zu verdauen suchte, dass seine Freundin ihm, wie vermutet, aus dem Weg ging. So krank war ihre Großmutter offenbar doch nicht, wenn sie sich in der Küche zu schaffen machte, anstatt im Bett zu liegen. Sicher war es Alba leid geworden, wie er sie in der letzten Zeit behandelte, und sie hatte beschlossen, es ihm mit der gleichen Münze heimzuzahlen. In gewisser Weise fand er es logisch, aber verletzend war es dennoch.

Er hatte diese Erkenntnis noch nicht ganz verarbeitet, als Alba sich mit verärgerter Miene vor ihm aufbaute.

»Was fällt dir ein, einfach herzukommen?«

»Da du deine kranke Großmutter nicht allein lassen kannst, hielt ich es für das Beste, dich zu besuchen.«

»Na schön, jetzt hast du ja gesehen, dass es ihr besser geht. Aber ich traue der Sache nicht, sie ist sehr alt und muss auf sich aufpassen.«

»Alba, lass bitte die Ausflüchte.«

Die Augen der jungen Frau funkelten empört. Urplötzlich wurde die nach der Creme duftende Luft eiskalt.

»Das sagt der Richtige!«

»Du hast recht. Ich weiß, mein Verhalten dir gegenüber ließ in den letzten Monaten zu wünschen übrig, und es tut mir leid. Aber wir können so nicht weitermachen. Es ist absurd. Wie wäre es damit? Ich bin dir gegenüber aufrichtig, und dann erzählst du mir, was mit dir los ist.«

Alba schnaufte. In ihrem Inneren tobte ein Kampf, ob sie sich ihm anvertrauen oder ihren verletzten Stolz mit einer weiteren Dosis Groll nähren sollte. Enric verstand ihren Zwiespalt sofort und beschloss, mit gutem Beispiel voranzugehen.

Er begann, von seinem Vater zu sprechen, wie sehr ihm der Verlauf des Krieges zugesetzt habe und vor allem dessen Ende und die gnadenlose Unterdrückung, die darauf folgte. Er beichtete ihr, dass sein Vater dem Maquis angehört hatte, bis ihn die körperliche und seelische Entkräftung zur Heimkehr gezwungen hatte. Und zu guter Letzt erzählte er ihr von der Lage bei ihm zu Hause, wie sie sich bemühten, den Vater zu verstecken und zu verhindern, dass jemand ihn verriet.

Alba hörte Enric in der ganzen Zeit aufmerksam und erschrocken zu. Das Leid ihres Freundes und seiner Familie dauerte sie, doch es erfüllte sie zugleich mit Unruhe, nun in dieses Geheimnis eingeweiht zu sein. Zuletzt überwog das Mitleid, und sie versprach ihm zu schweigen.

»Es tut mir sehr leid, Enric, auf so etwas wäre ich nie gekommen … Du kannst unbesorgt sein, ich werde niemandem ein Wort darüber sagen, nicht mal meiner Mutter. Danke, dass du es mir erzählt hast, auch wenn ich der Ansicht bin, dass du mir hättest vertrauen sollen, anstatt mich hinzuhalten.«

»Ich hatte große Angst, Alba, und die habe ich noch. Und ich wollte dich nicht in die Sache hineinziehen. Aber du hast recht, es tut mir leid, dass ich dir wehgetan habe. Von nun an soll es keine Geheimnisse mehr zwischen uns geben.«

»Ja, das ist besser so.«

»Dann musst du mir jetzt sagen, was mit dir los ist.«

»Meine Geschichte ist komplizierter und länger als die, die du mir erzählt hast.«

»Ich habe es nicht eilig. Wenn sie allerdings sehr lange dauert, würde ich mich über ein bisschen Crema catalana freuen, um keinen Schwächeanfall zu erleiden.«

Alba musste lächeln, zum ersten Mal seit einem Monat. Der winzige Freudenausbruch half ihr, sich zu entspannen, und in dieser vertraulichen Stimmung begann sie mit ihrem Bericht.

Je länger Enric zuhörte, desto mehr wich der aufmerksame Ausdruck in seiner Miene blanker Überraschung. Er unterbrach sie nicht ein einziges Mal, sondern ließ Alba sich die Bitterkeit, die ihr die Luft abschnürte, von der Seele reden.

»Die ›Magie des Süßen‹ gibt es nicht«, schloss sie verdrossen. »Ich bin die ganze Zeit einem Betrug aufgesessen.«

»Wolltest du deshalb nicht die Crema catalana machen?«

»Genau. Und auch nicht die Pastissets de Tortosa, die ich sonst jedes Jahr mache. Das kann doch jeder, man braucht nur die Zutaten und das Rezept.«

»Aber sie werden bei niemandem so gut wie bei dir.«

»Das ist eine Frage der Übung. Ich habe von klein auf gekocht und gebacken, Erfahrung ist alles.«

»Das stimmt nicht. In der Kunst gibt es einen Funken Magie, der nichts mit Technik oder Praxis zu tun hat. Und Kochen ist ebenso kreativ wie Malerei oder Bildhauerei. Du hast immer diese ›Magie des Süßen‹ besessen.«

Alba schwieg für einen Augenblick. Insgeheim wusste sie, dass Enric recht hatte, aber ihre Wut war zu lebendig, um sich durch vernünftige Argumente besänftigen zu lassen. Als er sich dessen bewusst wurde, ergriff er ihre vor Entrüstung glühenden Hände und sagte: »Es ist logisch, dass du so aufgebracht bist. Denk nicht, ich würde dich nicht verstehen. Was dir passiert ist, ist sehr schlimm, und vor allem dass du es auf diese Weise erfahren musstest … Aber du darfst dein Leben nicht davon bestimmen lassen, du bleibst derselbe Mensch.«

»Das kann ich nicht sein, ich bin nicht die, die man mir weisgemacht hat!«

»Aber dein Wesen hat nichts damit zu tun, was dir gesagt wurde oder was du geglaubt hast. Lass nicht zu, dass wir einfachen Sterblichen deshalb auf deine Köstlichkeiten verzichten müssen. Bitte!«

Abermals umspielte ein Lächeln Albas Lippen, aber sofort nahm sie wieder ihre Habachthaltung ein. Enric machte einen erneuten Versuch, sie aufzumuntern.

»Und wie haben deine Mutter und Großmutter reagiert?«

»Ich habe es ihnen nicht gesagt.«

»Du hast sie nicht darauf angesprochen? Du musst mit ihnen reden, Alba. Du darfst nicht ewig wütend bleiben!«

»Ich mache es, wenn der richtige Moment gekommen ist.«

Enric schwieg. Keines seiner Worte würde ihre Einstellung ändern können, solange sie sich hinter ihrem Ärger verschanzen wollte. Höchstwahrscheinlich würde er es nur noch schlimmer machen. Also drängte er nicht weiter, sondern begnügte sich damit, eine Weile unbefangen mit ihr zu plaudern, bis Adela und Großmutter Elvira ihnen die Crema catalana brachten und sie gemeinsam aßen.

An diesem Abend konnte Alba lange nicht einschlafen. Doch zum ersten Mal nagte nicht der Betrug über ihre Herkunft an ihr. Ihr ging vielmehr im Kopf herum, was Enric über seinen Vater erzählt hatte. Jetzt, da sie wusste, warum ihr Freund derart auf Abstand gegangen war, fühlte sie sich schuldig. Obwohl sie noch immer der Ansicht war, dass er ihr sein Herz bereits viel früher hätte ausschütten sollen, gelang es ihr nicht, die Gewissensbisse abzuschütteln, die ihr ihre neuen Gefühle für Joaquim bereiteten.

Nach der hitzigen Begegnung in der Küche wenige Wochen zuvor, waren sie einander ein paar Mal begegnet. Gleich am nächsten Tag tauchte er in der Patisserie auf, wie er es oft sonntags tat. Sie hatte versucht, ihre Nervosität zu überspielen und seinem Blick auszuweichen, während sie eine Kundin bediente, aber sie hatte in ihrer Aufregung nur noch reizvoller auf ihn gewirkt. Er hatte sich darauf beschränkt, sie mit einem vielsagenden Lächeln zu grüßen und seine Augen nicht von ihr abzuwenden, während er bedient wurde. Diese angespannte Situation hatte sie innerlich aufgewühlt, obwohl sie kein Wort gewechselt hatten.

Wenige Tage später hatte der junge Anwalt sie jedoch auf der Straße angesprochen, als sie aus dem Haus der Vidals kam. Dieses Mal beschränkte er sich nicht auf Gesten und Blicke.

»Schon Feierabend, meine Liebe?«

»Ja, ich gehe jetzt nach Hause.«

»Soll ich dich fahren?«

»Das ist sehr freundlich von Ihnen, aber ich nehme lieber die Straßenbahn.«

Obwohl es schon dunkel war, war zu spüren, wie schwer die Wolken in der feuchten Luft am Himmel hingen. Es war wie eine unsichtbare Bürde, die auf Alba zu lasten und ihre Bewegungen zu bremsen schien. Sie wollte schnellstens weg, aber zugleich genoss sie es, bei ihm zu sein.

»Siezt du mich immer noch? Würde es dir vielleicht gefallen, wenn ich mich noch vertrauter zeigen würde …«

»Das gebietet mir meine Kinderstube.«

»Wie schnippisch! Vor ein paar Tagen warst du nicht so. Ich erinnere mich daran, dass du bedeutend nachgiebiger warst.«

»Ich komme zu spät, entschuldigen Sie mich.«

Ihr pochendes Herz flößte ihr eine Tatkraft ein, die sie auf einmal von dem Druck befreite, der auf ihr lastete. Sie ging schneller, um Joaquim hinter sich zu lassen und ihre brennende Scham zu verbergen. Doch auch er beschleunigte seine Schritte, um an ihrer Seite zu bleiben.

»Du kannst noch so sehr tun, als ob, ich weiß genau, dass ich dir gefalle. Du brauchst gar nicht so ein Theater zu machen, was ist schon dabei? Hässlich bin ich doch nicht, nicht wahr?«

»Bitte lass mich in Ruhe, ich habe einen Freund.«

»Ah, schon besser, jetzt duzen wir uns also … Dann kann sich der junge Mann glücklich schätzen, aber ich denke nicht daran, mich geschlagen zu geben. Du gefällst mir, Alba.«

Dieser letzte Satz hatte sich ihr ins Gedächtnis eingebrannt. Wann immer sie an ihn denken musste, fielen ihr diese Worte ein. Das Ganze lag nun schon zwei Wochen zurück, doch sie war noch immer verwirrt. Obwohl die Spannungen zwischen Enric und ihr nun beigelegt waren, musste sie noch immer an Joaquim denken.

Nach einem Abend, an dem sie sich Enric wieder so nah gefühlt hatte wie in den Anfangstagen, an den Anwalt zu denken erschien ihr wie Verrat. Aber sie fühlte sich außerstande, die mächtigen Gefühle zu unterdrücken, die er in ihr hervorrief.

Denn sie war sich nur zu bewusst, dass er recht hatte. Er hatte nur in Worte gefasst, was sie sich selbst nicht eingestehen wollte. Und je mehr sie es zu überspielen suchte, desto deutlicher wurde ihr, dass es umsonst war. Sie fühlte sich unwiderstehlich zu ihm hingezogen. Und sie wusste, es stimmte, was er gesagt hatte: Er würde nicht aufgeben.

Krokantkuchen

Seit einem Monat waren die Sonntage nicht mehr wie zuvor. Die Aufregung, die Alba schon beim Aufstehen verspürt und die das morgendliche Ritual zu etwas Besonderem gemacht hatte, war in den letzten vier Wochen verschwunden. Es schien eine Ewigkeit her zu sein, dass sie mit der Aussicht auf einen neuen Arbeitstag in der Patisserie Escribà frohgemut aufgewacht war. Inzwischen ging sie notgedrungen in die Konditorei.

Seit ihre Arbeit dort für sie nur eine weitere ihrer wöchentlichen Verpflichtungen war, hatte sich die Freude, mit der sie sich früher in den Laden begeben hatte, in Luft aufgelöst. Und die Tatsache, dass aus dem ursprünglichen Reiz eine lästige Pflicht geworden war, trug nicht dazu bei, die Wunde heilen zu lassen, die noch immer in ihrem Inneren klaffte, seit sie hatte feststellen müssen, dass es keine »Magie des Süßen« gab.

In ihrer Anfangszeit bei den Escribàs hatte sie sich nur zu gern vom Duft des Zuckerwerks davontragen lassen, der sie in die glücklichen Zeiten versetzte, in denen ihr klar geworden war, dass sie ein Teil dieses sinnlichen Kosmos war. Doch seit sie die Wahrheit über ihre Geburt erfahren hatte, empfand sie die Arbeit in der renommierten Konditorei nicht mehr als persönlichen Erfolg. Sie redete sich ein, dass es zwischen ihr und den Süßwaren keinerlei Verbindung gab und dass nicht mehr als Fleiß und glückliche Zufälle sie an diesen Punkt gebracht hatten.

Auf eine raffinierte Art bestrafte sie sich mit dieser Überzeugung selbst. Denn auch wenn sie ihren Eltern die Verantwortung für den Betrug gab, plagten sie insgeheim doch heftige Schuldgefühle, weil sie sich durch die fantasievollen Geschichten über ihre Geburt hatte täuschen lassen. Wenn sie diese nun von sich wies, distanzierte sie sich damit nicht nur von jenen, die das Lügenmärchen in die Welt gesetzt hatten, sondern bestrafte sich obendrein für ihre eigene Naivität.

Während Alba sich mühsam in ihre neue, jeglichen Zaubers beraubte Sicht des Lebens schickte, schob sie die Auseinandersetzung mit ihrer Mutter und Großmutter, den Moment, in dem sie ihnen das jahrelange Schweigen vorwerfen würde, weiterhin vor sich her. Sie fühlte sich dem emotional nicht gewachsen, und das Gefühlschaos, das Enric und Joaquim in ihr ausgelöst hatten, tat sein Übriges, um sie noch zusätzlich zu verwirren.

Sie hatte Enric nicht wiedergesehen, seit er zwei Tage zuvor bei ihr gewesen war. Obwohl sie Enrics Lage verstand, gelang es ihr nicht, den Argwohn abzuschütteln, den die monatelange Kälte und Distanziertheit in ihr hatten erwachsen lassen.

Auch Joaquim hatte sie nicht mehr gesehen, doch sie fürchtete, dass er jeden Moment zur Tür hereinkommen könnte. Diese Ungewissheit ließ sie in einer Habachtstellung verharren, die sie aufgrund ihrer inneren Unruhe kaum verbergen konnte. Eine Mischung aus Furcht und Begehren machte ihre Bewegungen fahrig und führte dazu, dass sie nicht bei der Sache war.

Doch Albas Versunkenheit war mit einem Mal wie weggeblasen, als einer der Gesellen in Begleitung des Chefs aus der Backstube kam. In diesem Moment herrschte in der Konditorei rege Betriebsamkeit, aber während sie einer Kundin eine Blätterteig-Sahnetorte verkaufte, konnte sie dennoch hören, was Antonio Escribà zu seinem Angestellten sagte.

»Mach dir keine Sorgen. Geh nach Hause, wir schaffen das schon.«

»Aber nächste Woche ist schon Ostern, und es gibt noch so viel zu tun ...«

»Sei unbesorgt, das bekommen wir hin. Mach dir keine Gedanken und erhol dich. Wenn es dir besser geht, kommst du wieder.«

Alba wandte sich zu einer der Verkäuferinnen um, die gerade eine Dame in einem zu engen Wollmantel bedient hatte. Die Kollegin erklärte ihr, dass der Bäcker heimgehen musste, weil er unter starken Bauchschmerzen litt.

»Weil sie zurzeit so viel Arbeit haben, um die Kuchen für Ostern vorzubereiten, hat er so lange ausgehalten, bis Señor Escribà ihm gesagt hat, er solle Schluss machen und besser zum Arzt gehen.«

»Das ist wirklich ein ungünstiger Moment, um krank zu werden«, bestätigte Alba. »Ein Glück nur, dass er bloß ein Geselle ist und keiner der Meister, aber trotzdem fehlt jetzt ein Paar Hände.«

»Hoffen wir, dass es nichts Schlimmes ist und er morgen wiederkommt.«

Die guten Wünsche der Kollegin sollten sich jedoch nicht erfüllen. Noch am selben Abend klingelte es an Albas Wohnungstür, während sie beim Essen saß. Dass jemand um diese Zeit zu Besuch kam, war ungewöhnlich, und so öffnete sie erschrocken die Tür. Vor ihr stand einer der Angestellten der Escribàs im Hausflur. Sie war so überrascht, dass sie ihn nicht einmal grüßte.

»Entschuldige, dass ich um diese Uhrzeit herkomme, aber es ist ziemlich wichtig.«

Alba hatte Mühe, ihre Fassung wiederzuerlangen, doch schließlich bat sie ihn herein.

»Das ist nicht nötig, danke. Ich wollte dich nur fragen, ob du morgen in die Konditorei kommen könntest. Señor Escribà möchte mit dir reden.«

»Mit mir?«

»Ja, aber keine Sorge, es ist nichts Schlimmes. Du weißt sicher, dass einer der Gesellen krank geworden ist?«

»Ja, ich habe gesehen, wie er gegangen ist. Wie geht es ihm?«

»Er musste am Blinddarm operiert werden. Deshalb will Don Antonio dich sehen. Wir müssen irgendwie die Kuchen für Ostern vorbereiten, und die Zeit rennt uns davon.«

Als Alba sagte, um welche Zeit sie in der Konditorei sein würde, verabschiedete sich der Mann und stieg die Treppen hinab. Die ganze Unterhaltung hatte gerade einmal zehn Minuten gedauert. Obwohl der Angestellte ihr gesagt hatte, sie brauche sich keine Sorgen zu machen, war Alba beunruhigt. In den letzten Wochen war einfach zu viel geschehen, da war es nicht leicht, die Ruhe zu bewahren. Sie war überzeugt, dass auch das, was Señor Escribà ihr zu sagen hatte, ihr Leben auf den Kopf stellen würde.

Und damit sollte sie recht behalten.

So früh war Alba noch nie aus dem Haus gegangen. Die Dunkelheit, die in den Straßen herrschte, erschien ihr noch undurchdringlicher als in der Nacht, auch wenn sie natürlich wusste, dass hinter dieser Finsternis, in der am Himmel noch die Sterne funkelten, bereits der neue Frühlingstag erwachte.

Auf dem Weg zur Straßenbahnhaltestelle fiel Alba auf, dass sich die Stadt bereits für ihre kommende Geschäftigkeit rüstete. Obwohl es noch ruhig war, eilten schon viele Leute zur Arbeit, genau wie sie. Ihre raschen Schritte und die Grüße, die manche von ihnen wechselten, hallten in der Stille ebenso nach wie das Geräusch der wenigen Fahrzeuge, die schon unterwegs waren.

Die Kirchenuhr schlug Viertel vor sechs, als Alba in die Straßenbahn einstieg. Manche Fahrgäste, die noch nicht ganz wach waren, dösten auf den Sitzbänken vor sich hin. Sie dagegen schaute sich mit großen Augen um. Sie war so aufgeregt, dass sie sich nicht der behaglichen Umarmung der Müdigkeit überlassen konnte, obwohl sie in der Nacht kaum ein Auge zugemacht hatte.

Seit ihrem Treffen mit Antonio Escribà hatte Alba Hummeln im Hintern. Ihr tiefer Kummer war schlagartig einem Hochgefühl gewichen, als hätte sie gewissermaßen das Gegenstück zu dem erlebt, was bei ihrem Besuch bei Cecília geschehen war. Als sie sich zu dieser morgendlichen Stunde auf den Weg zur Konditorei machte, stand sie noch ganz unter dem Eindruck des Geschehens am Nachmittag zwei Tage zuvor. Das Ganze war so plötzlich und unerwartet gekommen, dass sie es noch immer nicht ganz glauben konnte.

Sie wusste jedoch noch genau, was sie beim Betreten der Backstube empfunden hatte. Sie war nicht zum ersten Mal dort, doch sonst war es immer sonntags während ihrer Arbeitszeit gewesen. An einem Werktag hatte sie die Konditorei noch nie besucht, und an diesem Montag war es im Verkaufsraum besonders ruhig. Daher überraschte sie das hektische Hin und Her vor den beiden Öfen und die Vielzahl der kunstvollen, mit Krokant bestreuten Kuchengebilde auf den Marmortischen. Dann fiel ihr ein, wie wenig Zeit noch bis Ostern blieb und dass die Konditorei ihr übliches Sortiment an Kuchen anbieten musste. Da sie keine Backformen besaßen, weil während des Krieges sämtliche Behältnisse aus Metall konfisziert worden waren, um Waffen daraus zu schmieden, war das keine leichte Aufgabe.

Vor lauter Verblüffung über die fantasievollen Kreationen, die die Konditoren in Ermangelung von Schokolade mit Krokant herstellten, konnte Alba ihren Chef nicht gleich entdecken. Schließlich trat er auf sie zu und lud sie in sein Arbeitszimmer ein, das sich gleich neben seiner Wohnung befand.

Um sich zu beruhigen, wiederholte Alba innerlich die Worte, die der Angestellte, der zu ihr gekommen war, gesagt hatte: Sie solle sich keine Sorgen machen, es handele sich nicht um etwas Schlimmes. Doch es half nichts. Glücklicherweise kam Señor Escribà gleich zur Sache und beschwichtigte sie.

»Wie Sie wissen, hatte einer unserer Gesellen eine Blinddarmentzündung und musste operiert werden. Er wird ein paar Wochen lang ausfallen, und wir müssen seine Stelle so schnell wie möglich besetzen, da wir in diesen Tagen alle Hände voll zu tun haben. Da wir jemanden mit Erfahrung brauchen, der sich rasch einfindet, haben wir gleich an Sie gedacht. Ich weiß, Sie haben noch nie in einer Backstube gearbeitet, aber Sie können für den Hausgebrauch kochen und backen, und wie mir gesagt wurde, haben Sie ein echtes Händchen dafür.«

»Ich? Als Konditorsgesellin?«

»Vorerst als Lehrling. Sehen Sie, wir sind mit Ihrer bisherigen Arbeit bei uns sehr zufrieden, und es würde uns freuen, wenn wir auch über den Verkauf hinaus mit Ihren Fähigkeiten rechnen könnten. Sie sollen nicht nur als Notnagel in der Backstube einspringen, daher biete ich Ihnen an, dass Sie zunächst mit einer Ausbildung anfangen. Ich bin überzeugt, dass Sie schon nach kurzer Zeit als Gesellin arbeiten könnten.«

Alba spürte, wie mit einem Mal die bittere Enttäuschung von ihr abfiel, die sie während des ganzen letzten Monats belastet hatte. Señor Escribàs Vorschlag verbannte ihre trüben Gedanken, so wie nach dem Sturm ein Sonnenstrahl die Wolken aufzureißen vermag. Plötzlich sah sie klar. Dass man ihr anbot, in der Backstube zu arbeiten, ging weit über einen Zufall, Fleiß oder Glück hinaus. Es war ein neues Wunder. Denn dass eine Frau in der traditionellen Männerwelt einer Konditorei eine Lehre beginnen sollte, war höchst unüblich. Es konnte daher nur der Beweis sein, dass ihr Lebensweg auch weiterhin dem Kurs des Süßen folgte. Und dass ihre wahren Wurzeln noch immer eng mit der magischen Kraft des Naschwerks, die sie zeitlebens begleitet hatte, verbunden waren.

Alba lauschte aufmerksam den Einzelheiten von Señor Antonios Angebot, hatte jedoch zugleich das Gefühl, dass nicht sie diese Frau war. Ihr war, als wäre sie die Zuschauerin eines Theaterstücks, deren Hauptdarstellerin sie selbst war. Erst als sie das Arbeitszimmer verließ, verschwand dieses irreale Gefühl.

Auf dem Heimweg ließ sie Revue passieren, was geschehen war und welche Folgen dieser neue Kurs für ihr Leben mit sich bringen würde. Zunächst einmal würde sie nicht länger bei den

Vidals arbeiten können. Sie hatte zwar nur ein gutes Jahr in ihren Diensten verbracht, doch sie wusste, dass es ihr schwerfallen würde, bei der Familie des Architekten zu kündigen. Sie hatte bei ihnen ihr Talent entfalten dürfen und die beiden Kinder sehr lieb gewonnen, die sie sicher vermissen würde. Außerdem würde sie mit ihrer Mutter und ihrer Großmutter reden müssen. Das wäre der richtige Moment, um auch ihr Treffen mit Cecília und deren Enthüllungen zur Sprache zu bringen. Es hatte wenig Sinn, es weiter aufzuschieben.

Sie musste sich der Sache endlich stellen, um ihre neue Lebensetappe frei von allem, was ihr das Herz oder den Verstand schwer machte, antreten zu können.

Es hatte noch nicht zu dämmern begonnen, als Alba zu Hause eintraf. Der noch junge Frühling machte sich durch sehr viel angenehmere Temperaturen und das zunehmende Tageslicht bemerkbar, das Adela und Großmutter Elvira nutzten, um zu nähen. Sie hoben kaum den Kopf, um Alba zu begrüßen, doch als diese ihnen verkündete, ihr sei eine Arbeit in der Backstube der Escribàs angeboten worden, legten sie sofort überrascht und erfreut die Handarbeiten zur Seite.

»Ich fange morgen schon an«, erklärte Alba den beiden. »Ich habe mit Señor Escribà vereinbart, dass ich vorerst nur frühmorgens für ein paar Stunden und an den Wochenenden dort arbeite, solange ich noch nicht bei den Vidals gekündigt habe. Aber sobald ich bei ihnen aufhöre, werde ich ganztags in der Konditorei anfangen.«

»Fantastisch, Alba! Also, damit hätte ich gewiss nicht gerechnet … eine Konditorin! Ich wüsste nicht eine Frau, die diesen Beruf ausübt.«

»Erst mal bin ich Lehrling, Mutter. Es wird sicher lange dauern, bis ich richtig in dem Beruf arbeiten kann.«

»Ja, natürlich. Aber du bist doch schon auf einem guten Weg. Ich habe immer gewusst, dass du es einmal weit bringen würdest. Ich bin sehr stolz auf dich, mein Kind! Ich hoffe nur, dass du dich mit zwei Arbeitsstellen am Ende nicht aufreibst. Um wie viel Uhr musst du in der Backstube sein?«

»Um sechs, obwohl Señor Escribà und ein Teil der Angestellten schon um fünf Uhr früh anfangen. Aber sobald ich bei der Familie des Architekten gekündigt habe, habe ich mehr Ruhe, auch wenn ich länger in der Konditorei arbeite.«

Erfreut darüber, dass Alba das beharrliche Schweigen abgelegt hatte, in das sie sich in den letzten Wochen gehüllt hatte, löcherten Adela und Großmutter Elvira sie mit weiteren Fragen. Keine der beiden ahnte, dass sie den Grund für ihre Verschlossenheit gleich erfahren sollten.

»Es gibt noch eine weitere Neuigkeit, über die ich mit Ihnen reden muss. Ich weiß es schon eine ganze Weile, habe aber bisher noch nicht den richtigen Zeitpunkt gefunden, um es anzusprechen, weil das Thema nicht sehr angenehm ist. Vor einem Monat habe ich Cecília getroffen.«

In Sekundenschnelle zeigte sich in den Mienen der Mutter und der Großmutter Unsicherheit und Bestürzung. Von der erfreuten Rührung, die noch einen Moment zuvor in ihren Augen gefunkelt hatte, war nichts mehr zu sehen. Stattdessen verdunkelte ein trüber Schatten ihre Blicke.

»Ja, genau, die Tochter der Nachbarn, die früher auf unserer Etage gewohnt haben. Sie hat sich mir vorgestellt, denn ich konnte mich natürlich nicht mehr an sie erinnern. Ich war ja noch ganz klein, als sie fortzogen. Jedenfalls hat sie mich zu sich eingeladen und mich gebeten, euch erst davon zu erzählen, nachdem sie mit mir geredet hat. Aber ich war anschließend wie gelähmt und hatte bisher nicht die Kraft, euch darauf anzusprechen.«

Nach einer angespannten Pause, in der die Zeit stillzustehen schien, brachte Adela mühsam ein paar Worte heraus.

»Alba … ich … Es tut mir so leid … Du hast jedes Recht, wütend zu sein, aber …«

»Das bin ich nicht. Nicht mehr. Ich wollte nur, dass Sie Bescheid wissen, um mich von dieser Last zu befreien. Das Ganze hat mir sehr zugesetzt.«

»Es tut mir in der Seele weh, mein Kind. Die Sache ist unentschuldbar. Ich weiß, dass ich es dir längst hätte sagen müssen, aber ich konnte den Gedanken nicht ertragen, dich traurig zu machen, und hatte Angst vor deiner Reaktion, wenn du die Wahrheit erfahren würdest. Ich weiß, was dir die Geschichte bedeutet, die wir dir über deine wundersame Geburt erzählt haben, und das Letzte, was ich wollte, war, dich zu enttäuschen. Am Ende habe ich sogar mir selbst etwas vorgemacht und an die Geschichte geglaubt.«

Adela ließ den Kopf hängen, unfähig, weiterzureden. Sie wirkte zerbrechlich, als ein leichtes Beben sie erfasste. Elvira, ihre Mutter, rückte an sie heran und legte ihr die Hand auf die Schulter, als wollte sie ihr ein wenig von der Kraft übertragen, die sie trotz ihres hohen Alters noch besaß. Dann wandte sie sich an ihre Enkelin.

»Wir sind deine Familie, Alba. Es ist egal, wie du zu uns gekommen bist, wir haben dich vom ersten Moment an geliebt und werden es auch in Zukunft immer tun. Es stimmt, es war nicht richtig von uns, die Wahrheit vor dir geheim zu halten, aber ich hoffe, du kannst uns eines Tages vergeben.«

»Das habe ich bereits, *àvia.* Es ist mir nicht leichtgefallen, denn ich fühlte mich betrogen und kam mir ungeheuer einfältig vor, weil ich nichts bemerkt hatte. Aber nach dem, was heute in der Konditorei geschehen ist, habe ich verstanden, dass sich die ›Magie des Süßen‹ auf vielerlei Arten zeigen kann und meine Geburt tatsächlich ein Wunder war. Ich bin überzeugt, dass nichts ohne Grund geschieht.«

In dieser Nacht lag Alba lange schlaflos da. Es waren zu viele Eindrücke gewesen, die sie in nur wenigen Stunden hatte verarbeiten müssen, und sie fühlte sich tief in ihrem Inneren noch immer überwältigt von den starken Gefühlen.

Doch vor allem belebte sie eine aberwitzige Freude. Endlich würde sie den Weg einschlagen, der sich für sie schon seit Langem abgezeichnet hatte.

Georgskuchen

April 1948

Joaquim konnte seine Enttäuschung kaum verhehlen, als er die junge Frau erblickte, die den Kaffee servierte. Der Anwalt war früher als erwartet aus einer Unterredung mit einem Klienten gekommen und hatte den Vidals kurzerhand einen Besuch abgestattet. Er unterhielt sich soeben mit dem Hausherrn, als die junge Frau mit dem Nachmittagsimbiss in den Raum trat. Normalerweise gehörte dies zu Albas Aufgaben, und dass sie den Kaffee diesmal nicht brachte, sagte ihm, dass etwas geschehen war.

Während der Architekt ihm seine Ansichten über den Ausgang der Wahl in Italien tags zuvor unterbreitete, stellte Joaquim insgeheim allerlei Mutmaßungen an, was hinter der Abwesenheit der Köchin stecken mochte, die er schon seit einer geraumen Weile nicht mehr gesehen hatte. Er fragte sich, ob seine Irritation allzu offensichtlich würde, wenn er sich nach ihr erkundigte, aber schließlich siegte seine Neugier über seine Befürchtungen.

»Habt Ihr zusätzliches Personal eingestellt?«

»Nein, kein zusätzliches. Unsere Köchin hat vor ein paar Wochen aufgehört, und wir mussten eine neue einstellen. Sehr schade, denn Albas Desserts waren köstlich.«

»Das stimmt! Ganz große Klasse! Und wieso ist sie gegangen?«

»Sie hat eine Stelle in der Backstube der Patisserie Escribà angeboten bekommen.«

»In der Backstube? Als Konditorin?«

Joaquim war fassungslos. Es war schon überraschend, dass Alba ihre Stellung in einem Haushalt wie dem der Vidals aufgegeben hatte, aber dass sie es getan hatte, um ganztags bei den Escribàs zu arbeiten, fand er unerhört.

»Ja, wir haben uns auch gewundert. Das ist keine Arbeit für eine Frau, aber man muss anerkennen, dass sie für Gebäck und Süßwaren ein Händchen hat.«

Mit Señor Vidals letztem Kommentar war das Thema vom Tisch, doch die Gedanken des jungen Anwalts drehten sich weiterhin um die unerhörte Neuigkeit. Er hätte sich nie träumen lassen, dass es Albas Schicksal sein würde, zur Riege der Konditoren der Patisserie Escribà zu gehören, in der er ihr eine Stellung verschafft hatte, damit sie sich etwas nebenher verdienen konnte. Stattdessen war er immer davon ausgegangen, die Köchin würde ihre Arbeit eines Tages aufgeben, um zu heiraten, immerhin erhofften sich das alle Frauen ihres Alters von der Zukunft. Es war ihm unerklärlich, wie es ihr gelungen war, in der Backstube akzeptiert zu werden, oder warum sie unbedingt einen Beruf ergreifen wollte. Aber er wollte es herausfinden. Und zwar so schnell wie möglich.

Aus diesem Grund schlug Joaquim den Weg zur Avenida de José Antonio Primo de Rivera, die im Volksmund Gran Via genannt wurde, ein, sobald er das Haus des Architekten verlassen hatte. Ein Blick auf die Uhr verriet ihm, dass es schon spät geworden war, denn es war bereits sieben Uhr vorbei, die Zeit, zu der die Konditoren gewöhnlich zu arbeiten aufhörten. Also beeilte er sich, um Alba auf ihrem Heimweg abzupassen.

Es war nicht leicht, da in den Straßen ungewöhnlich viele Menschen unterwegs waren und er nicht so rasch vorankam. Seit dem frühen Morgen waren an den Straßen des Stadtzentrums Bücherstände aufgebaut worden, um den 23. April, den Tag der Bücher zu begehen, der zugleich auch der Namenstag des heiligen Georg, des Schutzpatrons der Katalanen, war. Doch es herrschte eine andere Stimmung als früher in seinen Kindertagen, als an Amtsgebäuden und Balkonen die Flaggen Kataloniens und der Republik hingen.

Diese Insignien waren schon vor Jahren von den Gebäuden verschwunden, so wie auch die Blumensträuße, die die zahllosen Blumenhändler feilboten, nicht länger die Farben der Republikaner und der Katalanen hatten. Auf der Plaça de Sant Jaume wartete bereits eine Menschenmenge darauf, dem Palast der Generalitat den traditionellen Besuch abzustatten. Die Sitte, dieses Gebäude, das nun Sitz des Provinzialrats war, zu besichtigen, hatte sich ebenso erhalten wie die Stände, die den Leuten, die vor dem Palast Schlange standen, Blumen anboten. Auch die traditionellen Straßenstände der Buchhändler gab es noch, wo es allerdings heute nur noch Werke zu kaufen gab, die vor den Augen des Regimes Gnade fanden.

Der Anwalt hatte für die festliche Stimmung ringsumher keinen Blick. Er drängte sich durch die Menge und ließ die Stände mit Blumen und Büchern hinter sich. Es war zwar nicht mehr so hell wie früher am Tag, doch noch weigerte sich das Licht, dem Abend zu weichen.

Er hatte die Konditorei fast erreicht, da sah Joaquim Alba

in Begleitung eines jungen Mannes die Straße hinabschlendern. Im ersten Moment versetzte ihm die Eifersucht einen Stich, doch das konnte ihn nicht aufhalten. Nun, da er sah, dass Alba das Ziel der Begierde eines anderen war, reizte es ihn mehr denn je, ihre Aufmerksamkeit zu gewinnen. Dass sie einen Verehrer hatte, machte die Eroberung noch lohnenswerter. Außerdem fand er es erregend, wenn er sie in eine delikate Lage zwingen konnte, so wie damals, als sich ihre Blicke im Esszimmer der Vidals trafen. Durch das damit einhergehende Risiko besaß das Spiel einen besonderen Reiz, es war eine weitere Herausforderung für sein Streben nach Sicherheit und Macht.

Als Alba und ihr Freund vor einem Bücherstand stehen blieben, nutzte der Anwalt die Gelegenheit, um sich ihnen zu nähern. Er tat, als wäre er einer der Interessenten, der in dem ausgelegten Angebot an Büchern stöbern wollte, und zwängte sich zwischen den Leuten durch, bis er neben ihr stand. Im ersten Moment bemerkte Alba nicht, dass der Mann, der sich an sie drückte, Joaquim war, aber da er ihr beharrlich auf den Leib rückte, wandte sie sich um, um dem Fremden einen bitterbösen Blick zuzuwerfen. Doch kaum erkannte sie ihn, da gefror ihre Miene, und sie fühlte sich wehrlos.

Während er sie schamlos musterte, blieb sie regungslos stehen und lauschte auf das beschleunigte Pulsieren des Blutes in ihren Adern. Ihr wurde heiß, und sie hatte mit einem Mal das Gefühl, der feine Stoff des Hemdblusenkleides, das sie für diesen Frühlingstag gewählt hatte, stünde in Flammen.

»Fühlst du dich nicht gut? Du bist ganz blass.«

Enrics Stimme riss sie aus ihrer Erstarrung.

»Mir ist ein bisschen schwindlig von der Wärme … Hier sind zu viele Leute.«

Dank dieser Ausrede konnte sie Reißaus nehmen, doch den Schreck konnte sie nicht so einfach hinter sich lassen. Ihr Herz klopfte noch immer verzweifelt, während ihr in der Schwüle nun tatsächlich ganz schwach zumute war. Sie wagte nicht, sich umzudrehen, um zu sehen, ob Joaquim ihr folgte. Allein diese Möglichkeit ließ ihre Angst noch größer werden. Sie wurde das Gefühl nicht los, beobachtet zu werden, und zwang sich, den Blick stur geradeaus zu richten. Der Himmel zog sich allmählich zu, und es kam eine kühle, feuchte Brise auf.

Die Abkühlung half ihr, die Fassung wiederzuerlangen und ein bisschen munterer zu werden. Doch sie musste unaufhörlich an den Anwalt denken. Wie konnte er es wagen, sie derart zu bedrängen? Wie weit wollte er es in seiner Unverfrorenheit noch treiben? Eine nie gekannte Unruhe stieg in ihr auf. Das Verhalten des jungen Mannes erschien ihr ebenso unberechenbar wie gefährlich, aber sie hatte keine Ahnung, was sie dagegen unternehmen sollte.

Ganz offensichtlich gedachte er nicht zu vergessen, dass sie ihm einen Gefallen schuldete.

Seit sie ihre Arbeit in der Backstube der Escribàs angetreten hatte, hatte Alba nicht eine Nacht mehr schlaflos daliegen müssen. Der Ärger und die Enttäuschung, die sie überkommen hatten, als sie von ihrer wahren Abstammung erfuhr, waren verraucht, sobald ihr bewusst wurde, dass die Magie des Süßen ihr nach wie vor treu war. Vor Aufregung, dass sie tatsächlich Konditorin werden konnte, waren all ihre Sinne hellwach, doch das konnte sie nicht um ihre Ruhe bringen, da sie es als eine tröstliche Befriedigung empfand, ihr Ziel erreicht zu haben.

In dieser Nacht jedoch ließ ihre andauernde Verwirrung nach Joaquims plötzlichem Auftauchen sie nicht in den Schlaf finden. Sein provozierendes Lächeln tauchte immer wieder vor ihrem geistigen Auge auf, sosehr sie sich auch bemühte, es zu vertreiben. Je mehr sie es versuchte, desto deutlicher kehrte das Bild seiner Miene und das nicht zu greifende Gefühl einer Bedrohung zurück.

Bis zu diesem Tag war Alba der Überzeugung gewesen, der Anwalt habe sie vergessen. Seit sie nicht mehr bei den Vidals arbeitete, war sie ihm nicht mehr begegnet, da sie nun in der Konditorei nicht mehr im Verkauf tätig war. Und während die Zeit verstrich und sie in ihrer neuen Arbeit aufging, waren die Gefühle, die Joaquim in ihr geweckt hatte, verblasst. Dafür war ihre Beziehung zu Enric inzwischen wieder auf dem richtigen Weg. Seit er sich geöffnet und ihr sein Geheimnis anvertraut hatte, trafen sie sich öfter, und er hatte die Mauer des Misstrauens eingerissen, die sie getrennt hatte.

Sie hatte Sant Jordi, dem Tag des heiligen Georg, ebenso entgegengefiebert wie jener Johannisnacht, in der sie einander nähergekommen waren. Trotz der Hektik in der Backstube träumte Alba schon im Morgengrauen von dem Moment, da ihr Freund sie abholen würde, um mit ihr gemeinsam den Tag der Bücher zu begehen, der traditionell auch der Tag der Verliebten war. Sie stellte sich vor, wie er, im besten Anzug, an der Tür der Konditorei auf sie warten würde, zum Zeichen seiner Liebe mit einer leuchtend roten Rose in der Hand, für die sie sich stolz und schüchtern zugleich bedanken würde.

Wie ein Film liefen diese Bilder während der Arbeit immer wieder vor ihrem geistigen Auge ab. Am Vormittag hatte sie bei der Zubereitung der Georgskuchen helfen sollen. Die *Pastissos de Sant Jordi* waren erst vor Kurzem erfunden worden, doch sie hatten sich bereits als typisches Süßgebäck dieses besonderen Tages durchsetzen können. Alba hatte zugesehen, wie sie aus zwei rechteckigen Biskuitböden hergestellt wurden, die schichtweise mit Trüffelcreme bestrichen und aufeinandergelegt wurden, bis sie aussahen wie ein Buch, dessen Einband aus karamellisierter Creme bestand und mit den vier Streifen der katalanischen Flagge und einer Rose aus Zuckerwerk verziert wurde.

Alba mochte die Vielseitigkeit des dünnen, duftigen Biskuitteigs, aus denen auch Biskuitrollen und anderes Gebäck hergestellt wurden. In ihrer kurzen Zeit in der Backstube hatte sie bereits gelernt, die Rührmaschine zu bedienen, mit der Eier, Zucker, Salz, Mehl und Hefe zum passenden Teig vermengt wurden. Anschließend musste dieser sorgfältig auf einem Blech ausgerollt werden, das in einen der beiden großen Gewölbeöfen im hinteren Teil der Backstube geschoben wurde. Nach dem Backen war aus der Mischung ein zarter Biskuitboden geworden, der erst abkühlen musste, bevor er zu den verschiedensten Kuchen weiterverarbeitet wurde.

An diesem Morgen waren die Biskuitböden, die aus dem Ofen kamen, in gleichgroße Stücke geschnitten worden, die die Seiten eines Buches darstellen sollten. Danach wurden sie mit einem mit Cognac angereicherten Zuckersirup getränkt und mit einer *Ganache* aus Schokolade und Sahne bestrichen.

Die verschiedenen Aufgaben bei der Zubereitung des Kuchens hatten einen guten Teil von Albas Arbeitstag in Anspruch genommen, auch wenn es nicht die einzigen gewesen waren. Zum Sortiment der Konditorei gehörte eine breite Auswahl an Zuckerwerk, bei deren Zubereitung sich die Meister und Gesellen von Alba und den übrigen Lehrlingen zur Hand gehen ließen. Währenddessen wurden im zweiten Ofen Brote und Brioches für den Laden gebacken. Ein ganzer Schwarm an Fachleuten arbeitete Hand in Hand. An den Marmortischen der Konditoren und den Holztischen der Bäcker entstanden die Köstlichkeiten, die sich im reichhaltigen Sortiment der Patisserie Escribà hervortun würden.

Trotz der Aufregung, die sie verspürte, seit sie frühmorgens aus dem Haus gegangen war, verging die Zeit wie im Flug. Als der Feierabend näher rückte, wurde sie wieder von Vorfreude ergriffen, und sie zupfte eilig ihre Kleidung zurecht, um sich vor ihrem Freund im besten Licht zu präsentieren. Nachdem sie den Arbeitskittel und das Mützchen ausgezogen hatte, kämmte sie ihr Haar und band sich die Locken zu einem Zopf zusammen. Unter der Arbeitskleidung trug sie ein tailliertes, geblümtes Hemdblusenkleid mit Plisseerock. Sie überlegte, ob sie ein paar Spritzer aus dem kleinen Flakon Eau de Cologne in ihrer Handtasche auflegen sollte, doch dann fiel ihr ein, dass Enric es mochte, wenn sie nach Verlassen der Backstube nach Konfekt duftete. Daher kniff sie sich in die Wangen, um ihnen ein bisschen Farbe zu geben, und trat, eingehüllt in eine leichte Duftwolke nach Zuckerwerk, auf die Straße.

Unweit der Tür erblickte sie Enric, der das Schaufenster der Konditorei betrachtete. Wie vermutet, trug er seinen Sonntagsanzug, ein zweireihiges graues Jackett mit breitem Revers und eine Hose in der gleichen Farbe mit scharfer Bügelfalte und einem Umschlag am Saum. Auch hatte er eine Rose dabei, wie sie gehofft hatte.

Nach ihrer Begrüßung verlief zunächst alles so, wie sie es sich zuvor ausgemalt hatte. Und sie hätte einen so heiteren Abend erleben können, wie sie ihn sich in der Backstube vorgestellt hatte, wenn Joaquim nicht gewesen wäre. Sein Anblick in der Menge hatte sie plötzlich in einen beunruhigenden inneren Aufruhr versetzt, den sie nur mühsam unterdrücken konnte. Dieser kurze Augenblick hatte ausgereicht, um ihre Gefühle blitzschnell aufwallen zu lassen.

Fieberhaft versuchte sie, den Gedanken an Joaquim zu verdrängen, während sie mit Enric durch die Straßen streifte, doch es war vergebens. Weder die Betriebsamkeit in den Straßen noch das Stöbern in den Büchern oder die Begleitung ihres Freundes vermochten sie von der Frage abzulenken, warum Joaquim so unerwartet aufgetaucht war. Er hatte sie gesucht und sich nicht davon abhalten lassen, dass sie in Begleitung war, das lag auf der Hand. Es beunruhigte Alba, denn sie hatte immer geglaubt, er wolle sie in aller Stille verführen. Diesmal jedoch hatte er ihr in aller Öffentlichkeit nachgestellt, und es hatte ihm scheinbar nichts ausgemacht, dass es ihn kompromittierte, wenn er um eine Frau herumschlich, die gesellschaftlich unter ihm stand.

Als Alba zu Bett ging, regten sich ihre Zweifel und Ängste erneut. Die Stille der Nacht begünstigte Grübeleien, und sie stellte allerlei Mutmaßungen an.

Und eine wie die andere waren sie höchst beunruhigend.

Meringue

Während Adela das mit einer Prise Salz gewürzte Eiweiß schlug, wanderten ihre Gedanken zurück zu den Nachmittagen, an denen sie gemeinsam mit Alba nach Schulschluss gebacken hatte. Seltsamerweise kam es ihr vor, als lägen die Szenen, die ihr ins Gedächtnis kamen, noch gar nicht so lange zurück. Sie konnte sich noch fast wörtlich an die Gespräche mit ihrer Tochter erinnern, wenn diese ihr bei der Zubereitung der Speisen half. Jedes Mal, wenn sie zusammen in der Küche hantierten, bemühte sie sich, das jeweilige Gericht mit irgendeiner Anekdote auszuschmücken. Adela hatte sich von der pädagogischen Leidenschaft ihres Mannes anstecken lassen, der ebenfalls jede Gelegenheit nutzte, um die Kleine auf anregende Weise zu belehren.

»Es heißt, die Königin Marie Antoinette habe für Baisers geschwärmt und sie im Petit Trianon, ihrem kleinen Zufluchtsort im Park des Palastes von Versailles, sogar selbst zubereitet. In diesem Schlösschen konnte sie sich vor dem Leben am Hofe zurückziehen und sich angenehmen, entspannenden Dingen wie dem Kochen und Backen widmen.«

»Dann hat also sie die Baisers erfunden, Mutter?«

»Oh nein, das geschah schon einige Jahre vorher. Offenbar hat ein italienischer Patissier sich diese ausgedacht, der in einem kleinen Schweizer Dorf namens Meiringen lebte, weshalb das Gebäck auch Meringue genannt wird. Aber einer anderen

Geschichte zufolge gehen sie auf den Koch eines polnischen Königs zurück, der sie für dessen Tochter backte. Die Prinzessin war offenbar ein kleines Leckermaul. Als sie später einen französischen König geheiratet habe, seien die Meringues in Frankreich in Mode gekommen, heißt es.«

»Und dann hat Marie Antoinette sie kennen und lieben gelernt, nicht wahr?«

Schon von klein auf hatte sich Alba nicht nur für die Zubereitung der süßen Speisen interessiert, sondern auch für alles, was mit ihnen zu tun hatte. Trotz ihrer Jugend verstand sie, dass die jeweilige Entstehungsgeschichte ihnen einen unverwechselbaren Stempel aufgedrückt hatte. Dieser besondere Charakter hatte sie durch die Zeiten bis in die Gegenwart geprägt und so ihre ureigene Form, ihren Duft und ihren Geschmack hervorgebracht.

Als sich aus dem Eiklar ein fluffiger Eischnee gebildet hatte, ließ Adela ein paar Tropfen Zitronensaft und etwas Zucker hineinrieseln. Sobald sie dies untergeschlagen hatte, goss sie in einem Strahl den Zuckersirup hinzu, den sie in einem kleinen Stieltopf hatte aufkochen lassen, bis das Ganze die gewünschte Konsistenz hatte. Dann teilte sie die Baisers portionsweise ab, setzte sie in Papierförmchen und bestäubte sie mit Streuzucker, bevor sie sie zum Bräunen in den Ofen schob.

Die Zubereitung der Meringues weckte widersprüchliche Gefühle in ihr, zum einen angenehme Erinnerungen an die gemeinsamen Erlebnisse mit ihrer Tochter und zum anderen die Reue darüber, sie im Stich gelassen zu haben. Obwohl Alba ihnen zugesichert hatte, sie habe ihnen verziehen, dass sie ihr nicht die Wahrheit über ihre Abstammung gesagt hatten, konnte Adela ihre bohrenden Schuldgefühle nicht abschütteln. Am liebsten hätte sie die Zeit zurückgedreht und Alba selbst eröffnet, wie sich alles zugetragen hatte. Aber sie konnte es nicht und würde mit diesen Gewissensbissen leben müssen.

Sie backten schon seit Langem nicht mehr zusammen, da Alba nur noch selten zu Hause war und es für Adela nicht immer leicht war, die nötigen Zutaten zu bekommen. Doch wann immer es ihr möglich war, machte sie sich in der Küche zu schaffen, um, wie bei den Baisers, in Erinnerungen schwelgen zu können. Nur zu gern spürte sie dem Band des süßen Zuckerwerks nach, das sie vereinte und das vielleicht mächtiger war als Blutsbande, weil es nicht erzwungen, sondern aus einer gemeinsamen Leidenschaft erwachsen war. In Momenten, in denen sie sich schuldig und bedroht fühlte, gaben ihr die gemeinsamen Erlebnisse, die Alba mit Cecília fehlten, Hoffnung.

Seit sie wusste, dass Alba ihre leibliche Mutter kennengelernt hatte, drängte sich ihr immer wieder der Gedanke auf, das Mädchen wolle womöglich die verlorene Zeit zurückholen und eine Verbindung zu Cecília aufbauen. Diese Furcht war stetig gewachsen, seit Adela eines Abends bei der Heimkehr von der Messe, die sie mit ihrer Mutter besucht hatte, gemeint hatte, Cecília aus dem Haus kommen zu sehen. Sie hatte sie schon seit vielen Jahren nicht mehr gesehen, aber sie hätte die Hand dafür ins Feuer gelegt, dass die Dame, die die Straße hinabging, einst das junge Mädchen gewesen war, das sie hatte aufwachsen sehen und das sie geliebt hatte wie eine Tochter. Doch in diesem Moment verspürte sie nur heftige Eifersucht.

Zum Glück hatte Großmutter Elvira nichts bemerkt. Aber sie selbst hatte den beklemmenden Gedanken nicht mehr abschütteln können, diese Frau könne ihr die Zuneigung ihrer Tochter stehlen.

Die salzige Meeresbrise vertrieb Albas Anspannung und erfüllte sie mit innerem Frieden. Sie saß im Sand und ließ sich von dem sanften Geräusch der Wellen wiegen.

Sie war schon lange nicht mehr nachmittags am Strand gewesen. Als Enric ihr einige Tage zuvor vorgeschlagen hatte, am kommenden Sonntag nach ihrem Feierabend einen Ausflug dorthin zu machen, war sie von der Idee angetan gewesen. An den Wochenenden war in der Backstube immer viel zu tun, und ein mittägliches Bad im Meer stellte sie sich angenehm belebend vor.

Bei ihrer Ankunft in Barceloneta schien das Viertel in tiefem Schlaf zu liegen, als wäre es verwunschen worden. Die schmalen Gassen, die aufs Meer zuführten, waren praktisch menschenleer, und es hatte sich der hypnotische Sog der Siesta breitgemacht, der auch die entlang des Strandes gelegenen Restaurants erfasste. An den Tischen auf den Holzterrassen im Sand saßen kaum noch Gäste.

Auf dem Weg zu diesen Strandbuden fiel Alba ein, wie sie einmal mit ihren Eltern dort gewesen war, und sie erzählte Enric, was Esteve ihr seinerzeit gesagt hatte.

»Als ich noch klein war, erinnerte mich mein Vater immer daran, dass hier schon Ende des letzten Jahrhunderts die ersten Gasthäuser standen. Damals hatten die Fischer die Idee, einen Teil ihres Fangs noch an Ort und Stelle zuzubereiten und den Leuten gleich am Strand Mahlzeiten zu verkaufen.«

»Wenn sie gewusst hätten, welchen Erfolg sie damit haben würden … Seit geraumer Zeit ist es hier immer brechend voll.«

Die Sonne hatte bereits ihren Höchststand überschritten und tauchte den Sand und das Wasser in ein goldenes Licht. Das Paar schlenderte zwischen den Badenden hindurch, die ihre Sonnenschirme am Saum der Brandung aufgestellt hatten.

Unter ihrem dünnen, durchgeknöpften und mit einem Gürtel zusammengebundenen Streifenkleid trug Alba ihren Badeanzug, aber sie hatte sich noch nicht dazu entschließen können, sich auszuziehen. Und auch Enric trug, anders als die leicht bekleideten Strandbesucher ringsumher, noch immer sein weißes Hemd und seine Hose.

»Habe ich dir eigentlich erzählt, dass Cecília vor ein paar Tagen bei mir war?«, fragte Alba, während sie den Strand entlangspazierten.

»Die Frau, die dich zu sich eingeladen hat, um dir die Sache über deine Geburt zu erzählen?«

»Ja, genau. Sie ist einfach abends bei mir zu Hause aufgetaucht. Zum Glück waren meine Mutter und meine Großmutter gerade in der Kirche. Vielleicht ist sie absichtlich um diese Zeit gekommen, um mich allein anzutreffen.«

»Und was wollte sie?«

»Zuerst hat sie gesagt, sie mache sich Sorgen, weil ich damals so aufgewühlt aufgebrochen sei, und da sie seither nichts mehr von mir gehört habe, hätte sie beschlossen, mich zu besuchen. Ich habe ihr gesagt, dass es mir gut geht, sie bräuchte sich keine Sorgen zu machen. Aber sie ist einfach nicht gegangen. Es war offensichtlich, dass sie mit mir reden wollte. Allerdings hatte ich dazu, offen gestanden, keine Lust, denn ich will nicht noch mehr in der Vergangenheit wühlen.«

Enric hatte sein Handtuch herausgeholt, während sie sprach,

und breitete es nun dicht neben dem feuchten Saum der heranrollenden Wellen aus. Alba tat es ihm gleich, ohne in ihrem Redefluss innezuhalten.

»Am Ende kam sie dann auf die glorreiche Idee, mich einzuladen. Sie würde sich sehr darüber freuen, wenn ich sie besuchen käme, hat sie gesagt. Ich habe mich höflich bedankt, aber ihr war wohl gleich klar, dass ich nicht vorhatte zu kommen. Da hat sie gesagt, sie wolle die verlorene Zeit nachholen.«

»Und was soll das heißen?«

»Ach, Enric, sie möchte wohl, dass wir uns nahestehen wie Mutter und Tochter, oder zumindest so ähnlich. Sie tat mir leid, denn es war ihr anzumerken, wie schlecht es ihr geht und wie sehr ihr Gewissen sie belastet. Immerhin war sie noch ganz jung, als sie in den ganzen Schlamassel geraten ist.«

»Stimmt, aber jetzt ist es nun mal, wie es ist.«

»Das habe ich ihr auch gesagt. Die Dinge geschehen nicht ohne Grund, und sie hatte Glück, dass sie eine gute Partie gemacht und es im Leben zu etwas gebracht hat. Und dann habe ich ihr versichert, dass ich ihr nichts nachtrage, sondern Verständnis für sie habe und dass ich jetzt sehr glücklich mit meinem Leben bin.«

»Das hast du gut gemacht, Alba. Man muss nach vorn schauen.«

Mit einem Nicken zog Alba ihr Kleid aus und faltete es zusammen. Als sich mit der Meeresbrise feiner, feuchter Sand auf ihre Haut legte, schauderte sie. Sie setzte sich neben Enric und dachte an die Begegnung mit Cecília. Auch wenn sie es ihm nicht hatte sagen wollen, war der Besuch damit noch nicht beendet gewesen.

Während sie sich unterhielten, hatte Alba Mitleid mit der Frau empfunden, die mit all ihrem Reichtum ihren Verlust nicht hatte wettmachen können. Die Verzweiflung, die sie in ihren Augen las, sprach von langjähriger Reue, aber Alba würde ihr Leben nicht ändern, um Cecílias Gewissen zu entlasten. Vermutlich ahnte die ihre Gedanken, denn noch im gleichen Moment änderte sie ihre Strategie. Als ihr Kummer nicht die gewünschte Wirkung zeigte, versuchte sie, Alba mit ihrer gesellschaftlichen Stellung zu locken.

»Ich freue mich, dass es dir so gut geht«, hatte sie gesagt. »Aber ich könnte sicher etwas tun, damit es dir noch viel besser geht. Mein Ehemann kennt viele Leute, er kann dir Türen öffnen, und wir können dir alles geben, was du brauchst.«

»Vielen Dank für das Angebot, aber das ist nicht nötig. Ich verlasse mich lieber auf meine eigenen Verdienste.«

»Aber sicher, Alba, du bist sehr tüchtig. Verzeih, falls ich dir zu nahe getreten sein sollte. Ich wollte damit sagen, dass du es mit deinen Fähigkeiten und unserer Unterstützung weit bringen kannst.«

»Nehmen Sie es mir nicht übel, aber mir ist es lieber, ich erreiche es aus eigener Kraft. Hören Sie, ich weiß, dass Sie wegen dem, was Sie getan haben, ein schlechtes Gewissen haben, aber es mit Gefälligkeiten wettmachen zu wollen ist nicht die Lösung. Ich glaube nicht, dass Sie sich dann besser fühlen. Es tut mir leid, wenn ich unhöflich bin, aber es behagt mir nicht, wenn Sie urplötzlich hier auftauchen und versuchen, mein ganzes Leben umzukrempeln. Bitte vergessen Sie, was gewesen ist. Wie gesagt, ich trage Ihnen nichts nach. Sie brauchen sich mir gegenüber nicht schuldig zu fühlen.«

Alba starrte auf das Meer. Sie konnte sich noch genau an den verzagten Ausdruck erinnern, der sich bei ihren Worten in Cecílias Miene gezeigt hatte. Ihre Hilflosigkeit war fast mit Händen zu greifen gewesen. Und die Feststellung, dass sie kapituliert hatte, erfüllte Alba mit Traurigkeit.

Himmelsspeck

»Es war doch nicht nötig, dass du etwas mitbringst, meine Liebe.«

Enrics Mutter nahm das Päckchen, das Alba ihr entgegenstreckte, und legte es auf den Wohnzimmertisch. Dann setzten sich die beiden auf das Sofa, während Enric und sein Vater in zwei Sesseln zu beiden Seiten Platz nahmen.

Mit einem schüchternen Lächeln wartete Alba darauf, dass die Frau das Päckchen auswickeln würde. Es überraschte sie, wie zierlich und schlank Enrics Mutter war, die viel jünger wirkte, als sie war. Nur ihre grauen, zu einem Knoten zusammengesteckten Haare straften diesen Eindruck Lügen.

Als die Frau das Einwickelpapier aufriss und leuchtend gelbe *Flamets*, kleine Puddings aus Eigelb und Zuckersirup, sichtbar wurden, sagte Alba: »Bitte probieren Sie diesen Himmelsspeck. Wir machen ihn für Kuchen- und Gebäcksortimente, er ist wirklich köstlich.«

»Bestimmt ist er das, die Patisserie Escribà hat einen sehr guten Ruf. Du bist bestimmt froh, dort zu arbeiten, da du doch so gern backst.«

»Und wie! Ich kann dort sehr viel lernen.«

Enrics Mutter wusste nicht nur über ihre Arbeit in der Backstube Bescheid, sondern zeigte sich auch hocherfreut über das Geschick ihrer künftigen Schwiegertochter beim Kochen und Backen. Sie schätzte dieses Talent und freute sich, Alba endlich kennenzulernen, die bereits seit über einem Jahr mit ihrem Sohn ausging.

Sein Vater wirkte dagegen wenig interessiert. Er saß in seinem Sessel und sah sie mit leerem Blick an, schien der Unterhaltung aber nicht zu folgen. Der Untergang seiner Ideale und die lange Zeit, in der er das Haus erzwungenermaßen nicht hatte verlassen können, hatten ihren Tribut gefordert. Er war abgezehrt, bleich und kraftlos, als wäre das innere Feuer, das ihn in früheren Jahren angetrieben haben mochte, erloschen.

Schon als Enric sie eingeladen hatte, seine Eltern kennenzulernen, hatte er sie vorgewarnt, sein Vater würde nur für eine Weile dabei sein und dass sie alle Vorhänge des Esszimmers zuziehen müssten, um ihn vor den Blicken der Nachbarn zu verbergen. Normalerweise verbrachte er den ganzen Tag im Schlafzimmer, wo es sicherer war.

In den angenehm milden Temperaturen dieses spätsommerlichen Sonntagnachmittags kündigte sich bereits der Herbst an. Doch in der Wohnung war die Luft abgestanden, da sie aus Furcht vor zudringlichen Blicken und gespitzten Ohren nur selten gelüftet werden konnte. Die stickige Atmosphäre strahlte etwas Mutloses aus. Ohnmacht lag über der ganzen Familie, die in einer permanenten Alarmbereitschaft lebte. Dennoch fühlte sich Alba bei Enrics Eltern wohl. Seine Mutter lobte den köstlichen Himmelsspeck, den sie mitgebracht hatte.

»Die Nachbarin aus dem dritten Stock ist aus Andalusien. Sie sagt, es sei typisch für ihre Gegend.«

»Das stimmt. Himmelsspeck wurde im Mittelalter von Nonnen aus Jérez de la Frontera erfunden.«

»Ach, das wusste ich gar nicht. Ich bin so an den Anblick in den hiesigen Konditoreien gewöhnt, dass ich dachte, die *Flamets* stammten aus Katalonien.«

»Sie erfreuen sich schon seit Langem überall großer Beliebtheit, aber ursprünglich stammen sie von dort. Die Nonnen verwendeten Eiweiß zum Klären von Wein. Also kamen sie auf die Idee, aus dem übrig gebliebenen Eigelb Nachspeisen zuzubereiten, und erfanden die *Tocinillos de cielo*, wie sie auf Spanisch heißen. Ich glaube, der Name Himmelsspeck spielt auf die Ordensschwestern an.«

Für einen Moment vermochte der lockere, anekdotenhafte Ton der Unterhaltung die bedrückende Spannung im Raum zu lösen. Alba war es gelungen, die Aufmerksamkeit ihrer künftigen Schwiegereltern zu gewinnen und sie für einen Augenblick ihre lauernde Vorsicht vergessen zu lassen. Die samtige Süße der *Flamets*, die tief unter der lastenden Furcht begrabene Empfindungen weckte, tat ihr Übriges. Alba wusste, welche Freude ein köstliches Mahl spenden konnte, und erkannte, dass sie mit ihrem Gastgeschenk ins Schwarze getroffen hatte. Die gehaltvolle Mischung aus Eigelb und Zucker hauchte Enrics Vater neue Lebenskraft ein. Aufmerksam richtete er sich in seinem Sessel auf.

»Ich kann mich nicht daran erinnern, wann ich die das letzte Mal gegessen habe«, sagte er, während seine Gattin ihnen Malzkaffee eingoss. »Das war sicher vor dem Krieg. Es muss also mindestens zwölf Jahre her sein. Und du hast sie selbst gemacht?«

»Ich habe dabei geholfen. Ich bin noch Lehrling, aber manchmal machen wir sie auch zu Hause.«

»Ist das nicht schwierig?«

»Nein, gar nicht. Das Komplizierteste ist die richtige Konsistenz des Sirups.«

Enrics Mutter bat Alba kurzerhand, ein andermal wiederzukommen, um ihr die Zubereitung zu zeigen. Höflich stimmte Alba zu. Ihr war bewusst, dass dieser Vorschlag in der gelösten Stimmung des Moments geboren war. Doch wenn es irgendwann einmal ernst gemeint wäre, würde sie der Einladung mit Freuden folgen, denn sie wusste nur zu gut, dass es keine magischeren Begegnungen gab als solche in der Wärme einer Küche.

Es war lange her, seit sie das letzte Mal zusammen mit ihrer Mutter Himmelsspeck zubereitet hatte, aber sie konnte sich noch genau an jeden einzelnen Handgriff und das unsagbare Hochgefühl erinnern, das sie beide dabei erfasste. Es begann in dem Moment, in dem sie den Läuterzucker aufkochen ließen, und setzte sich fort, während sie, darauf bedacht, dass sich kein Schaum bildete, vorsichtig das Eigelb schlugen. Damals wurde die Küche zum wichtigsten Ort der Welt, und während die Zuckerlösung im Topf blubberte, spürten sie, wie ihre Sinne munter wurden.

Wenn sie den Sirup zubereiteten und die Formen mit einer kleinen Menge dieser Mischung ausstrichen, versank alles um sie herum. Die Zeit schien einem neuen Rhythmus zu folgen, ja stehen zu bleiben, wenn sie das geschlagene Eigelb in den Sirup gaben und es gleichmäßig, aber zielstrebig unterrührten. Erst wenn sie die Mischung in die Formen füllten, schienen die Uhrzeiger wieder in ihren gewohnten Takt zurückzukehren, während sie die Mischung für eine Viertelstunde im Wasserdampf garten.

Fünfzehn Minuten später war die Masse geronnen, und heraus kamen glänzende, gallertartige Flans. Die Zufriedenheit von Mutter und Tochter wurde zu einem strahlenden Glücksgefühl.

So würde es mit Enrics Mutter nicht sein, doch es würde ein Band zwischen ihnen knüpfen. Denn Alba würde ihr ihre Welt zeigen können und es ihr so ermöglichen, sie besser kennenzulernen, als es bei zehn weiteren Einladungen zum Nachmittagskaffee denkbar wäre.

Als Enric sie an diesem Abend nach Hause brachte und sie sich über den guten Eindruck unterhielten, den beide Seiten voneinander gewonnen hatten, wusste sie, dass eine neue Phase begonnen hatte. Doch trotz ihrer unbändigen Freude befiel sie ein Gefühl der Panik. Natürlich war es ganz normal, vor der Zukunft Angst zu haben, die sich nach der Begegnung mit seinen Eltern vor ihr auftat. Ab diesem Moment würde alles anders werden. Enric meinte es offensichtlich ernst, da er ihre Beziehung offiziell gemacht hatte. Wenn alles so weiterlief, wäre sie in wenigen Jahren verheiratet, und ihr Leben würde eine einschneidende Wendung nehmen. Allerdings hatte sie nicht vor, bloß Hausfrau zu sein. Sie dachte nicht daran, auf der halben Strecke stehen zu bleiben, jetzt, da die Erfüllung ihres Traums zum Greifen nah war.

»Enric …« Sie musste ihren Zweifel ansprechen. »Du freust dich doch, dass ich in der Konditorei arbeite, nicht wahr?«

»Natürlich! Viel mehr als über deine Stelle bei den Vidals. Nicht, dass es dort schlecht gewesen wäre, aber bei den Escribàs lernst du ungeheuer viel und kannst dein begnadetes Talent fürs Backen entfalten.«

»Ich möchte gern weiter bei ihnen arbeiten. Ich will nicht dort aufhören müssen, wenn ich heirate.«

»Fragst du deshalb?« Enric blieb mitten auf der Straße stehen, legte seine Hände um ihr Gesicht und schaute ihr tief in die Augen. »Kaum zu glauben, dass du mich nach all der Zeit noch immer nicht kennst. Ich bin auch Künstler. Ich weiß, was es heißt, eine solche Leidenschaft zu besitzen wie du. Außerdem weißt du doch, dass ich zusammen mit Antoni Escribà studiere. Er wird sicher einmal Großes leisten, denn er ist außergewöhnlich talentiert. Ich freue mich, dass du das aus nächster Nähe erleben und von ihm und seinem Vater lernen kannst. Wenn du dir darüber Sorgen machst, ich könnte von dir verlangen, mit dem Arbeiten aufzuhören, wenn wir heiraten, kannst du beruhigt sein. Das werde ich nicht.«

Am liebsten hätte Alba Enric auf der Stelle geküsst. Doch sie folgte ihrem Impuls nicht. Zärtlichkeiten in der Öffentlichkeit waren nicht nur als unschicklich verpönt, sie hätten dafür sogar bestraft werden können. Daher lächelte sie nur und dankte ihm aus tiefstem Herzen. Wie an jenem Tag, an dem sie sich gegenseitig ihre Geheimnisse offenbart hatten, knüpfte dieses Gespräch das Band zwischen ihnen wieder ein Stück enger. Die Gewissheit, dass Enric sie nicht nur verstand, sondern sie obendrein unterstützen würde, bestärkte Alba, dass es richtig war, ihn zu wählen und nicht Joaquim.

Jetzt blieb nur noch zu hoffen, dass ihre jüngste Begegnung mit dem Anwalt endgültig die letzte gewesen war.

»Wir trinken nur eine Horchata. Was ist schon dabei?«

Alba war von klein auf eingetrichtert worden, immer einen guten Eindruck zu hinterlassen, da das Leben viele Wendungen nehmen könne. Daher hatte sie Joaquims Einladung zu guter

Letzt angenommen, als er sie im Juli eines Abends nach der Arbeit auf der Straße vor der Backstube bestürmt hatte. Sie hoffte darauf, ihm bei der Gelegenheit klarmachen zu können, dass es mit Enric etwas Ernstes war, und wollte ihn so verbindlich wie möglich bitten, sie nicht länger zu bedrängen. An einem öffentlichen Ort würde ihr das leichterfallen als unter vier Augen, wo sie sich nahekommen und die starke Anziehung, die sie noch immer empfand, wiedererwachen konnte.

Als sie sich jedoch in einem kleinen Café niederließen, flammte die Nervosität, die sie bei seinem Anblick empfunden hatte, wieder auf. Joaquim gab sich wie der perfekte Kavalier und sah in seinem marineblauen Anzug und der wenige Nuancen helleren Krawatte auf dem weißen Hemd besser aus denn je. Seine Eleganz stand im krassen Widerspruch zu Albas schlichtem, kurzärmeligen Blumenkleid mit Herzausschnitt, aber sie war zu aufgeregt, um sich darüber Gedanken zu machen.

»Du hast also weiterhin vor, in der Patisserie zu arbeiten?«

»Ja, es gefällt mir dort sehr gut, ich lerne viel. Ich will Konditorin werden.«

»Ist das dein Ernst? Wozu soll das gut sein, wenn du doch aufhören musst, sobald du heiratest? Oder hast du dich etwa von deinem Verehrer getrennt?«

»Nein, wir wollen uns bald verloben. Aber wir sind noch jung. Bis wir heiraten, kann es noch ein paar Jahre dauern.«

»Vermutlich verdienst du dort besser als bei den Vidals. Dann kannst du mehr für deine Hochzeit sparen.«

»Es geht mir nicht ums Geld. Ich mache es, weil mir die Arbeit gefällt. Ich weiß, es ist verrückt zu denken, eine Frau könne

Konditorin werden, aber es würde mir wirklich großen Spaß machen.«

»Das ist doch Unsinn, was du da redest. Schön und gut, dass du etwas lernen willst, weil dir die Erfahrung hinterher am heimischen Herd nützlich sein wird, aber Ehefrauen gehören nach Hause, sie tragen die Verantwortung für ihren Haushalt. Dein Verehrer wird dir dasselbe sagen.«

»Du kennst ihn nicht. Nicht alle Menschen sind wie du.«

Albas provozierende Worte schreckten Joaquim auf. Er rückte näher und fragte: »Und wie bin ich? Schöner? Reicher? Unwiderstehlicher?«

»Sarkastischer. Und erheblich arroganter.«

»Trotzdem gefalle ich dir besser.«

»Mit dir kann man nicht reden, ich gehe lieber.«

»Ach, werd doch nicht gleich böse, Alba. Aus mir spricht nur die Eifersucht.«

»Ich werde nicht böse. Mir gefällt nur die Art nicht, wie du mich behandelst. Ich bin lediglich mitgekommen, um dir ein für alle Mal klarzumachen, dass ich mit einem Mann verlobt bin, den ich dafür mag, wie er ist und wie er sich mir gegenüber verhält. Deshalb hör bitte auf, mir nachzustellen.«

»Na schön, ich tue, was du willst. Aber dann hör auch du auf, mich zu provozieren.«

»Ich? Wann soll ich das getan haben?«

»Ständig. Spiel nicht die Überraschte. Seit wir uns bei den Vidals kennengelernt haben, machst du mir schöne Augen. Es ist sehr einfach, nachher das Unschuldslamm zu spielen.«

»So wie du es darstellst, war es nicht.«

»Nein, natürlich nicht. Du betrachtest alles nur aus deiner

Perspektive, und das muss dann die Wahrheit sein, oder? Ich habe aus meinen Absichten nie einen Hehl gemacht. Es ist etwas anderes, ob dies das ist, was du willst.«

»Ich kann nicht glauben, was du da sagst. Entschuldige bitte, falls ich bei dir einen falschen Eindruck hinterlassen haben sollte. Das wollte ich nicht. Lassen wir es dabei bewenden, es ist besser so.«

Sie hatte den letzten Satz noch nicht beendet, als Joaquim aufstand und zur Theke ging, um zu bezahlen. Alba hoffte, er würde zurückkommen und sich für das, was er ihr an den Kopf geworfen hatte, entschuldigen. Doch sobald er die Rechnung beglichen hatte, nickte er kurz zum Abschied und ließ sie zu ihrer Verblüffung sitzen.

Schokoladeneier

April 1949

Sie konnte sich am Schaufenster der Patisserie Escribà nicht sattsehen. Obwohl sie jeden Tag daran vorüberkam, musste Alba immer für einen Moment stehen bleiben und die ausgestellten Osterkuchen betrachten.

In diesem Jahr hatten sie etwas mehr Schokolade beziehen können, und Antoni, der Sohn der Inhaber, hatte sich bei der Gestaltung kunstvoller Leckerbissen aus dieser Mischung von Kakao und Zucker mit dem größten Vergnügen einiger der in der Llotja erlernten Bildhauereitechniken bedient. Ein Großteil der fantasievollen Palette an Figuren, die die Passanten im Vorübergehen in der Konditorei bewunderten, stammte von ihm. Die traditionellen Osterkuchen aus Biskuit wurden von einer Reihe origineller Kreationen gekrönt, die von Ostereiern oder Frühlingmotiven inspiriert wurden.

Als Alba im Vorjahr ihre Stelle in der Backstube antrat, hatte der älteste Sohn der Inhaber bereits erste Erfahrungen mit Schokolade bei einem der renommiertesten Patissiers Barcelonas machen können, dem Meister-Chocolatier Lluís Santapau, der wie Antoni eine künstlerische Ader besaß und schon auf mehrere Malereiausstellungen in der Stadt zurückblicken konnte. Nun lebte er seine Kreativität in der Werkstatt der Confiserie Mora aus, wo er aus Schokolade verspielte Figürchen formte. Antoni Escribà hatte bei diesem großen Künstler viel gelernt, der im

Laufe der Zeit den Ruf als Vater des Schokoladenkuchens erhalten sollte. Später wollte er seine Ausbildung unbedingt bei dessen Nachfolger Joan Giner, dem Chef derselben Werkstatt, fortsetzen. Bei ihm konnte er nicht nur seine Kenntnisse erweitern, sondern ließ sich obendrein vom Streben des Meisters nach größtmöglicher Perfektion anstecken.

Lluís Santapau und Joan Giner zeigten dem jungen Konditor, wie die Schokolade am besten temperiert wurde und wann der Moment erreicht war, in dem sie am besten verarbeitet werden konnte. Und vor allem vermittelten sie ihm die Grundlagen, um sie modellieren zu können. Doch seine ersten Lehrmeister waren Señor Fariñas, der Chef der heimischen Backstube, und sein Vater gewesen, sein wichtigster Mentor.

Solange er zurückdenken konnte, hatte ihn sein Vater Schritt für Schritt in die Methoden und Verfahren der katalanischen Konditortradition eingeweiht. Dieses Vermächtnis wurde um das 1933 erschienene *Praktische Rezeptbuch des Konditors* von Ramon Vilardell und Josep Jornet erweitert, das er ihm vererbte und das künftig das bevorzugte Nachschlagewerk des jungen Mannes werden sollte.

Die soliden Grundlagen, die er mit den Techniken der großen Meister zur Vollkommenheit brachte, ermöglichten es dem jungen Escribà, neue, kreative Horizonte zu erforschen. Die jüngste Frucht dieser Experimente waren die Osterkuchen, an denen Alba sich nicht sattsehen konnte.

»Das Ei ist etwas Mythisches«, hatte er ihnen erklärt, während er ein Stück Schokolade zum Ei formte. »Es ist ein Symbol der Erneuerung. Vögel legen im Frühjahr ihre Eier, um Nachwuchs zu bekommen. Jahrhundertelang wurden in dieser

Jahreszeit in kürzester Zeit besonders viele Eier gegessen, weil es noch keine Kühlschränke gab wie heutzutage. Daher stammt die Tradition, sie zu Ostern anzumalen und zu verschenken.«

Antoni Escribàs Wissensdurst ging über das Erlernen neuer Techniken und das Experimentieren mit den verschiedenen Möglichkeiten, die die Zutaten boten, hinaus. Ihn interessierte alles, was mit den einzelnen Backwaren zu tun hatte, und das betraf auch ihre Geschichte. Er wollte wissen, was zur Erfindung eines Kuchens oder eines Konfekts geführt haben mochte, da die Empfindungen, die sie beim Verzehr hervorriefen, eng mit diesen Beweggründen verknüpft waren. Geschmack, Aroma und Aussehen mussten zu einer ganzheitlichen Erfahrung werden, die die Summe aller Elemente war.

»Ich habe vor Kurzem gelesen, dass Archäologen in Mesopotamien viertausend Jahre alte bemalte Eier gefunden haben. Und in China werden sie auch schon seit mehreren Jahrhunderten bemalt. Aber von der Symbolkraft und Tradition einmal abgesehen, ist ihre Form einfach perfekt. Das Oval hat Handwerker, Architekten und Maler gleichermaßen inspiriert. Sogar Walt Disney greift in seinen Zeichnungen darauf zurück! Habt ihr bemerkt, dass die Komposition aller seiner Figuren eiförmig ist?«

»Stimmt, jetzt, wo du es sagst.«

Der Chef der Backstube war genauso verwundert über diese Beobachtung wie Alba und ihre Kollegen.

»Allerdings! Seine Figuren haben tatsächlich die Form eines Eis! Aus einer Konditorei sind Eier natürlich nicht wegzudenken, um Cremes, Flans, Biskuittorten, Magdalenas oder allerlei Kuchen herzustellen, aber ich wäre nie auf die Idee gekommen, dass sie bei Zeichentrickfilmen nützlich sein könnten.«

Das Thema der Unterhaltung wechselte von Eiern zur *mona*, dem Osterkuchen, als Antoni Escribà ihnen erzählte, dass schon im Alten Rom Körbe, die sogenannten *munda*, mit Brot und Gebäck verschenkt worden seien. Später hätten die Leute Emiren und Würdenträgern Opfergaben in geschmückten Körben, den *muna*, dargebracht.

Da überraschte sie der Chef der Backstube mit einer Anekdote, die die Herkunft des Wortes anders erklärte.

»Also mir hat man gesagt, die Bezeichnung käme von einem Konditor in der Carrer Ferran, der auf seine Kuchen zum guten Schluss immer einen Affen aus Wolle auf einer Palme setzte. Seither heißen sie *mona*.«

»Der Konditor, den du meinst, war Agustí Massana. Er kam als Erster auf die Idee, die hart gekochten, bemalten Eier auf dem Osterkuchen durch solche aus Schokolade zu ersetzen. Er wurde dafür berühmt. Und für Figuren, die Persönlichkeiten seiner Zeit darstellten, etwa einen Ratsherrn, den er aus Marzipan, Fondant und Krokant gestaltete. Manche dieser Figuren konnten mit dem Kopf nicken, weshalb man sie ›Ja-Sager‹ nannte. Das Geld, das er bei seinem Tod hinterlassen hat, floss übrigens in die Gründung der Kunstschule, die seinen Namen trägt, die Escola Massana.«

»Wo du es sagst … Das mit den Schokoladeneiern habe ich auch gehört, stimmt. Bei der Zubereitung der Osterkuchen hat sich viel verändert. Damals, als ich als frischgebackener Lehrling in der Backstube anfing, kamen gerade Biskuitkuchen auf und lösten solche aus süßem Brioche-Teig ab. Zu der Zeit gab es nur rechteckige Formen. Also verzierten wir sie mit Krokant- oder Kandiszuckereiern und ein paar hart gekochten, bemalten

Hühnereiern. Wir haben auch Häuschen und andere Gegenstände aus Ambrosiakeksen geformt und mit Zuckerguss dekoriert. Später, in den Dreißigerjahren, etwa um die Zeit, als du geboren wurdest, kamen die ersten Eierformen aus Metall auf. Mit denen haben wir dann angefangen, Schokoladeneier herzustellen.«

»Wir Konditoren aus Katalonien und Valencia waren immer schon Künstler. Ihr werdet sehen, schon bald zieht der Osterkuchen in unseren Schaufenstern alle Blicke auf sich. Und das ist erst der Anfang!«

»Du hast absolut recht, Antoni. Daran hat uns nicht mal der Krieg, in dem uns fast nichts geblieben ist, die Freude nehmen können.«

»Und jetzt haben wir sogar endlich wieder Schokolade! Nur schade, dass wir keine Formen für Figuren haben, aber wir behelfen uns einfach mit denen in Eiform, obwohl sie nicht sehr groß sind. An Tatendrang und Einfallsreichtum soll es jedenfalls nicht mangeln.«

Antoni Escribàs Überschwang steckte die übrigen Konditoren und Gehilfen an, die den jungen Mann für seinen Elan und Scharfsinn bewunderten. Niemand hatte in diesem Moment Zweifel, denn er war ein würdiger Schüler seiner Meister, und sie wussten, dass er es mit seinen Kreationen weit bringen würde. Die Verbindung dessen, was er in der Llotja lernte, mit der Ausbildung, die er durch erfahrene und innovationsfreudige Patissiers erhielt, hatte bereits in diesen Tagen zu aufsehenerregenden, kunstvollen und originellen Osterkuchen geführt.

Alba ahnte, dass sie Zeugin eines bedeutenden Moments wurde, und fühlte sich privilegiert, aus nächster Nähe daran teilhaben zu dürfen. Es ging nicht nur um das Renommee der Konditorei, das gefestigt wurde. Sie war sich sicher, dass der junge Escribà einen Weg beschritt, der die Welt der Konditorkunst revolutionieren würde. Und das wollte sie unter keinen Umständen versäumen.

Nach mehr als einem Jahr wunderte sich Alba noch immer darüber, wie es ihr gelungen war, tatsächlich in der Backstube zu arbeiten. Vor noch gar nicht allzu langer Zeit hatte sie noch für die Vidals gekocht und sich ihren Tagträumen hingegeben, eines Tages eine eigene Konditorei zu haben. Mochten die anderen es für ein Hirngespinst halten, wenn sie sich ihre Zukunft ausmalte, so konnte sie es förmlich vor sich sehen. Sie hatte nie die Geschichte vergessen, wie Mateu Serra nach Barcelona gekommen war oder wie es ihm gelungen war, seine eigene Bäckerei zu eröffnen. Ihn hatte sicher auch niemand ermutigt, als er noch Kohlenjunge war, und trotzdem war er seinem Weg unbeirrt gefolgt und hatte sein Ziel nicht aus den Augen verloren. Alba war sich sicher, dass er seins genauso klar und deutlich vor sich gesehen hatte wie sie das ihre.

Sie hatte noch viel zu lernen, aber sie wusste, ihre Lehrmeister gehörten zu den besten, und das war für sie eine Art Garantie. Deshalb wollte sie ihre Ausbildung in der Patisserie Escribà unbedingt fortsetzen. So würde sie den Beruf in all seinen Facetten erlernen und zugleich alle Innovationen kennenlernen, die Antoni Escribà austüftelte.

Die Osterkuchen, die der junge Mann in der Karwoche hergestellt hatte, hatten ihr Bewunderung abgenötigt. Doch sie hatten ihr auch gezeigt, wie weit er es mit seinem Genie bringen konnte. Der junge Konditor besaß Fähigkeiten, die weit über seinen Beruf hinausgingen, und sie freute sich darauf zu erfahren, worin sie sich in Zukunft niederschlagen würden.

Dieses Geschick war auch den übrigen Mitarbeitern in der Backstube nicht entgangen, die sich, wie Alba, in besonderer Weise angespornt sahen, dem jungen Mann bei seinen Experimenten zu folgen. Im Sommer hatte er die Zeit genutzt, in der er nicht zur Llotja ging, und seine Ausbildung bei Meister-Patissiers und -Chocolatiers fortgesetzt, während er gleichzeitig in der eigenen Backstube weiterexperimentierte.

Alba empfand diese Erfahrung als unbezahlbares Geschenk. Jeden Tag lernte sie Neues, und die Zeit bei den Escribàs war immer für eine Überraschung gut, wenn auch nicht alle mit dem Konditorhandwerk in Verbindung standen. Dazu gehörte vor allem die Schwangerschaft ihrer Chefin Señora Pepita, die zehn Jahre nach der Geburt ihres jüngsten Sohnes Joanet erneut guter Hoffnung war. Diese späte Empfängnis rief Alba die Legende ihrer eigenen Geburt ins Gedächtnis, aber diesmal konnte sie voller Zärtlichkeit daran denken. Sie verspürte keinerlei Groll mehr bei der Erinnerung an jenen Mythos, denn sie wusste, mit wie viel Liebe er in die Welt gesetzt worden war.

Auch die Schwangerschaft, die sie nun mit eigenen Augen miterleben konnte, war in Zuneigung und Erinnerungen gehüllt. Denn sie verwandelte die Trauer über Pepitonas vier Jahre zurückliegenden Tod in die Freude über ein neues Leben.

Neben all den turbulenten Ereignissen hatte Alba sich nur mit einer gewissen Trägheit um ihr Leben außerhalb der Backstube gekümmert. Ihre Beziehung zu Enric war immer inniger geworden, und gegen Jahresende hatten sie beschlossen, sich zu verloben. Nachdem sie nun schon seit mehr als zwei Jahren miteinander ausgingen und die jeweiligen Familien kennengelernt hatten, war es der nächste logische Schritt. Alba war nun dreiundzwanzig und damit in einem Alter, in dem die meisten Frauen nicht nur verheiratet, sondern längst Mütter waren. Ihre Freundin Elisa etwa war seit knapp einem Jahr unter der Haube und hatte vor Kurzem ihr erstes Kind bekommen. Es war daher unvermeidlich, dass sich in ihrem Umfeld auf einmal alle Welt mit Nachdruck für ihre Heiratsabsichten zu interessieren begann.

Für Alba war das ganz in Ordnung. Sie hatte sich längst daran gewöhnt, dass nur wenige Menschen ihre Zukunftspläne guthießen. Aber Mateu Serra war ihr ein leuchtendes Beispiel, dem Weg, den sie eingeschlagen hatte, weiter zu folgen. Die innige Verbundenheit mit Enric, der ihre Liebe zur Kunst teilte, ermutigte sie dazu, ihrer Beziehung einen offiziellen Rahmen zu geben. Dass er sie verstand und ihr Potenzial erkannte, spielte bei ihrer Entscheidung allerdings eine größere Rolle als die Liebe. Sie liebten sich, natürlich, aber die brennende Leidenschaft ihrer Anfangszeiten war inzwischen einer kameradschaftlichen Zuneigung gewichen.

Für Alba war die Verlobung eine reine Formsache, die es mit sich brachte, sonntagnachmittags auszugehen und gelegentlich die beiden Familien zu besuchen. Das einzig Ungewöhnliche an dieser Routine war die Heimlichkeit um Enrics Vater. Auch wenn in der abgestandenen Luft in der Wohnung von Enrics Eltern noch immer die finstere Bedrohung lastete, fand sie, dass der Mann besser aussah als damals, als sie ihn kennengelernt hatte. Möglicherweise hatte sie sich nur an seinen

Anblick gewöhnt, doch er hatte ganz sicher zugenommen und zeigte mehr Interesse an dem, was um ihn herum vorging. Um sich die langen Stunden des Eingesperrtseins zu erleichtern, las er sich ein ums andere Mal durch den Bücherschrank der Familie. Manche Bücher hatte er dabei so oft gelesen, dass er schon ganze Passagen auswendig konnte.

Die Monate verstrichen, und beinahe unbemerkt steckte Alba mitten in den Hochzeitsvorbereitungen. Es hatte sich einfach so ergeben, wie schon die Verlobung eine logische Folge von Gewohnheiten und dem Verlauf der Zeit war. Nicht, dass es ihr missfiel, aber ihr war auch nicht zum Jubeln zumute. Um ihre berufliche Zukunft machte sie sich keine Sorgen, denn Enric würde sie nach der Hochzeit auch weiterhin in der Backstube arbeiten lassen. Was sie beschäftigte, ging tiefer als die üblichen Zweifel, die Veränderungen mit sich bringen. Sie hatte Angst, sie würde Joaquim nie vergessen können.

Seit ihrer letzten Begegnung war mehr als ein Jahr vergangen, aber die Erinnerung an jenen Frühlingstag brachte noch immer ihr Blut in Wallung. Und zwar nicht vor Leidenschaft, sondern vor Entrüstung. Sie fühlte sich noch immer gekränkt, weil er sie so ungerecht behandelt hatte und ihr die Verantwortung dafür gegeben hatte, dass er sich von ihr angezogen fühlte, nur um seine fortgesetzten Belagerungen zu rechtfertigen. Aus ihrer ersten Verblüffung war rasch ein heiliger Zorn geworden. Doch unter dieser Wut nagten Schuldgefühle an ihr.

Sie hätte ihn wohl bedeutend energischer in seine Schranken verweisen müssen und nicht zulassen dürfen, dass er mit ihr flirtete. Und dass er sie in der Küche auf diese Art geküsst hatte, schon gar nicht. Stattdessen hätte sie sich an den Rat ihrer Mutter und ihrer Freundinnen halten müssen, die sie stets vor der leicht entflammbaren Natur der Männer gewarnt hatten. Sicher hatte ihr Blickkontakt ihn dazu ermuntert, so weit zu gehen, und auch wenn sie nicht damit begonnen hatte, fühlte sie sich doch verantwortlich.

Glücklicherweise war der Anwalt nicht wieder aufgetaucht, und das beschwichtigte ihr schlechtes Gewissen. Dennoch konnte sie nicht aufhören, an ihn zu denken.

Manchmal hatte sie gemeint, seine Stimme im Laden zu hören, und hatte sich zusammenreißen müssen, um nicht aus der Backstube zu kommen und sich zu vergewissern, ob er es tatsächlich war. Ihr gesunder Menschenverstand hatte sie zum Glück zurückgehalten. Sie war sich bewusst, dass ihr Verhalten unverständlich, ja ungesund war, da die Wunde auf diese Weise nicht vernarben konnte. Dennoch weigerte sich etwas in ihr, ihn loszulassen.

Jeden Abend vor dem Einschlafen tauchte die Erinnerung an ihn auf. Sie mochte noch so sehr versuchen, sie in die hinterste Ecke ihres Gedächtnisses zu verbannen, es war umsonst. Am nächsten Tag war sie wieder da und quälte sie erneut.

Es setzte ihr zu, denn sie wollte mit einem reinen Gewissen in ihre neue Lebensphase eintreten. Die Geschichte ihrer wahren Abstammung hatte sie leicht verkraften können, ohne dass es sie in ihrem Wesen verändert hätte, aber dabei war es nur um die Geheimnisse anderer Leute gegangen, nicht um ihre eigenen. Joaquim jedoch förderte in ihr verborgene Seiten zutage, die aus den tiefsten Abgründen ihrer Seele stammten.

Ein ebenso mächtiger innerer Drang zog sie zu ihm, wie sie ihn bei der Magie des Süßen verspürte.

Hochzeitstorte

September 1950

Im üppigen Schatten der Bäume war die Hitze, die trotz der vorgerückten Stunde noch immer herrschte, etwas erträglicher. In diesem Teil des Retiro-Parks, mit dem dichten Grün der Eichen und Ulmen, war es angenehm kühl.

Alba und Enric waren am Abend zuvor in Madrid eingetroffen und nun dankbar für dieses ruhige Plätzchen, das im Anschluss an all den Trubel, den die Hochzeit mit sich gebracht hatte, endlich ein wenig Ruhe versprach. Ihre Reise, die sie in mehrere spanische Städte führen sollte, war nach monatelangen Vorbereitungen der Höhepunkt der Hochzeitsfeierlichkeiten.

Während sie die Pappelallee um den kreisförmigen Teich, der auch unter dem Namen *Estanque de las Campanillas* bekannt war, entlangschlenderten, kam es Enric so vor, als läge der Morgen, an dem er in Sants die Pfarrkirche Santa Maria betreten hatte um zu heiraten, schon eine Ewigkeit zurück. Vielleicht lag es daran, dass sie so weit weg waren, oder, wahrscheinlicher noch, an den intensiven Erlebnissen der letzten Stunden. Nach der fiebrigen Aufregung der letzten Wochen war diese Oase der Stille eine Wohltat.

Als sich Alba auf einer Bank am Teich niederließ, nahm Enric neben ihr Platz. Er spürte, wie seine Anspannung nachließ, während er auf den Gesteinsbrocken in der Mitte des Teichs blickte, aus dem in winzigen Kaskaden Wasser hervorsprudelte.

Die Tage vor der Vermählung waren für ihn ungeheuer anstrengend gewesen. Mal war seine künftige Schwiegermutter in der Wohnung seiner Eltern aufgetaucht, um Details zu besprechen, mal hatten Nachbarn an der Tür geklingelt, um ihm zur Hochzeit zu gratulieren. Diese unverhofften Besuche brachten ein immenses Risiko mit sich, dass sein Vater entdeckt würde. Daher hatten sie beschlossen, in einem möglichst diskreten Rahmen zu feiern und nur direkte Familienmitglieder und enge Freunde einzuladen. Dennoch hatte ihm die Angst vor einem dummen Zufall erneut den Schlaf geraubt, so wie in der Anfangszeit. Erst im Zug nach Madrid war das bange Gefühl langsam verschwunden.

Bei Alba, die sich bis dahin fast genauso gesorgt hatte wie er, die Vorsichtsmaßnahmen einzuhalten, um den Schwiegervater zu verbergen, hatte sich die Anspannung bereits ein wenig früher gelöst. Bereits nach der kirchlichen Zeremonie war die Nervosität von der Braut abgefallen. Beim Festessen im Restaurant des Hotels Diagonal hatte sie vor Glück gestrahlt, als hätte das Ambiente sie beflügelt, wie immer, wenn kulinarische Genüsse im Spiel waren.

Als die Kellner ihnen zur Vorspeise eine Auswahl von Wurstwaren brachten, bemerkte Enric, wie die Augen seiner frischgebackenen Ehefrau vor Lebensfreude blitzten. Ihm dagegen wurde bei dem Gedanken an seinen Vater, der allein in der Wohnung festsaß, während sie sich gratinierte Cannelloni und Hähnchen mit Kartoffellocken schmecken ließen, das Herz schwer.

Um die trüben Gedanken zu vertreiben, versuchte Enric, sich in Albas schlichte, grazile Anmut zu versenken. In ihrem mit Spitze besetzten, taillierten Kleid mit dem herrlich üppigen Glockenrock sah sie wirklich bezaubernd aus. Als dann die Hochzeitstorte aufgefahren wurde, ein Geschenk der Escribàs, das von ihren Kollegen hergestellt worden war, stand ihr die Rührung ins Gesicht geschrieben.

Beim Anblick der mehrstöckigen, mit Baiser überzogenen und mit Zuckermargeriten dekorierten Torte verstummten die Gäste schlagartig. Auch Enric war erstaunt, wie originell der Kuchen war, der mit den kunstvoll gesetzten gelben und grünen Akzenten der Blüten auf schlichtem Weiß spielte. Es waren die gleichen Blumen wie im Brautstrauß.

»Das ist Gioconda-Biskuit«, erklärte Alba, nachdem sie die Torte, der Tradition entsprechend, gemeinsam angeschnitten und die Kellner es übernommen hatten, die Stücke an die Gäste zu verteilen. »Er ist leichter als herkömmlicher Biskuitteig und viel schmackhafter, weil er Mandeln enthält.«

»Die Margeriten sind gut getroffen. Sie sehen tatsächlich echt aus!«

»Ja, sie werden mit einer Zuckerpaste hergestellt, die sich ziehen lässt, ohne zu brechen. Damit lassen sich alle möglichen Details formen, nicht nur Blumen, sondern auch Volants und Bänder zum Beispiel. Hast du bemerkt, dass der Biskuit mit Creme gefüllt ist? Genauso wie du es gernhast!«

»Das stimmt! Sie ist köstlich!«

»Das ist sicher Antonis Werk. Er hat sich von meinem Brautstrauß inspirieren lassen und eine Torte entworfen, die zu meinem Kleid passt und deine Vorlieben berücksichtigt. Ich finde, sie ist fantastisch geworden.«

Albas überschäumende Freude hatte für Enric etwas Beruhigendes. In den letzten Monaten hatte er bei ihr eine Unruhe bemerkt, die weit über die übliche Nervosität vor der Hochzeit und die bange Sorge über die heikle Lage seines Vaters hinausging. Schon vor ihrer Verlobung war ihm aufgefallen, wie getrieben sie war, und er hatte sehnsüchtig an die Alba, die er zwei Jahre zuvor kennengelernt hatte, zurückdenken müssen. Nun wirkte sie oft abwesend. Das war nicht die Alba, die er kannte. Anfangs dachte er noch, ihre Apathie käme von ihrer Erschöpfung, weil sie sich so pflichteifrig in ihre Arbeit in der Backstube stürzte, aber nach einer Weile keimte in ihm der Verdacht auf, dass es dafür andere, ihm verborgene Gründe geben müsse.

Wenn sie allein waren, loderte zwischen ihnen nicht mehr dasselbe Feuer. Die Glut, die sie früher zueinander getrieben hatte, war von einer zärtlichen Wärme abgelöst worden. Ihre sanften Küsse sprachen nicht mehr von Begehren, sondern waren flüchtige, geschwisterliche Zeugnisse der Zuneigung. Dennoch fühlte sich Enric wohl in ihrer Gegenwart. Alba, das spürte er, war die Frau seines Lebens. Daher nahm er ihr neues Verhalten hin, es war wohl die natürliche Entwicklung einer Beziehung, die auf einer solideren Basis fußte als der körperlichen Anziehung. Ihre gemeinsame Zukunft durfte nicht auf so etwas Unbeständigem und Launenhaftem wie dem gegenseitigen Reiz aufgebaut werden. Sicher war diese gereifte Zuneigung eine Garantie für den künftigen Erfolg ihrer Verbindung.

In dieser Überzeugung hatte er den Dingen ihren Lauf gelassen. Die Hochzeitsnacht war eine langsame, bereitwillige Hingabe gewesen, die ihn nicht überrascht hatte. Auf seine bedächtigen, von sanften Liebkosungen begleiteten Küsse hatte Alba sofort reagiert. Im dunklen Hotelzimmer fanden sie gleich zueinander, und es gab keinen Widerstand wie bei den früheren flüchtigen Momenten der Nähe im Schutz eines schattigen Hauseingangs. In dieser Nacht hatten sie keine Eile, sondern konnten genießen, wie sich die Zeit mit ihrer Bedachtsamkeit verbündete.

Als Enric spürte, dass seine Liebkosungen Albas Anspannung vertrieben hatten, ließ er sich behutsam zwischen ihre Schenkel gleiten. Die sanfte Berührung ihrer Hüften elektrisierte ihn, obwohl sie ihm im Innersten ferner denn je zu sein schien.

Bei der Rückkehr nach Barcelona empfand Alba Erleichterung. Gewiss, so hätte es nicht sein dürfen, hieß es doch im Allgemeinen, die Hochzeitsreise und die erste Zeit des gemeinsamen Lebens seien das Beste an der Ehe, doch Alba war froh, wieder in ihrer Heimatstadt zu sein.

Die Reise, die sie nach Madrid, Toledo, Sevilla und Valencia geführt hatte, hatte ihr natürlich gefallen, das war es nicht. Doch nach den vierzehn Tagen vermisste sie ihre tägliche Routine. Es erfüllte sie daher mit tiefer Zufriedenheit, als sie an der Estació de França eintrafen und sie wusste, dass bald alles wieder seinen normalen Gang gehen würde. Einen alltäglichen Gang, passend zu ihrem neuen Familienstand, denn sie war nun eine verheiratete Frau.

Allerdings war es noch zu früh, um wirklich ermessen zu können, wie das Leben sich von nun an entwickeln würde, denn in den letzten Monaten war so viel passiert. Die Hochzeitsvorbereitungen, die Feier selbst und schließlich die Reise hatten ihren Alltag aus den Angeln gehoben. Aber sobald sie sich in ihrem neuen Heim eingerichtet hätten, einer kleinen Mietwohnung in der Carrer Vallespir, würde sie leicht in einen neuen Rhythmus finden, in dem sie sich wieder wohlfühlte.

Enric machte es ihr leicht, sich einzugewöhnen. Ihrem ängstlichen Zaudern kurz vor der Hochzeit war er mit Verständnis begegnet. Vielleicht hatte es ihm ja geholfen, eigene Zweifel zu zerstreuen, wenn er sich ihr gegenüber als so geduldig erwies. Doch was immer der Grund dafür sein mochte, Enric hatte während der langen Vorbereitung ihrer Vermählung ihr Bedürfnis, in sich zu gehen, respektiert und hatte ihr nie Vorwürfe gemacht oder Erklärungen gefordert. Das hatte ihr geholfen, ihre Unruhe zu überwinden, die nicht nur mit dem neuen Lebensabschnitt zu tun hatten, sondern auch mit Joaquim.

Obwohl sie ihn schon monatelang nicht mehr gesehen hatte, hatte sie ihn nicht aus ihren Gedanken verbannen können. Das Eingeständnis, dass sie ihn vermisste, erfüllte sie mit heiligem Zorn, denn sie wusste nur zu gut, wie widersinnig diese Empfindungen nach seinem Verhalten bei ihrer letzten Begegnung waren. Letztlich war in Alba die Ansicht gereift, dass sie ihre Gedanken an den Anwalt betrachten müsse wie eine Krankheit. Vielleicht würde das Leiden ja mit der Zeit verschwinden, und sie würde ihn endlich vergessen können.

Enric hatte ihr in all der Zeit so viel Verständnis entgegengebracht, dass er ihr noch mehr ans Herz wuchs. Bei keinem anderen hätte sie diese innige Verbundenheit finden können, die mit ihm zu guter Letzt entstanden war. Deshalb war sie am Tag der Hochzeit wirklich glücklich gewesen, und nach der Trauung waren bei der Feier im Restaurant plötzlich tiefe Gefühle in ihr aufgekeimt.

Als sie den Saal im Hotel Diagonal betrat und auf den Tisch

am Kopfende des Hochzeitsbanketts zusteuerte, sah Alba den Beginn ihres gemeinsamen Lebensweges mit Enric vor sich. Ihr wurde bewusst, wie viel Zeit vergangen war, seit sie die ersten Schritte auf diesem Pfad unternommen hatten. Drei Jahre zuvor hatten sie sich zum ersten Mal an kulinarischen Genüssen erfreut, die ihm zeigten, wer sie war, und ihn in den Bann der Magie schlugen, die schließlich ein Band zwischen ihnen geknüpft hatte.

Dieses Bewusstsein und die Überzeugung, an seiner Seite immer die nötige Unterstützung finden zu können, hatten ihre Ängste zerstreut.

Im Zug nach Madrid war das Empfinden, sich am Beginn eines Weges zu befinden, das sie während des Festessens überkommen hatte, noch stärker geworden. Es verursachte ein angenehm wohliges Kribbeln in ihrem Bauch, dem sich Alba erfreut überließ, während der Zug über die stählernen Gleise ratterte. Sie hatte schon so lange keine Atempause mehr gehabt, dass es ihr nun merkwürdig vorkam, zwei Wochen Urlaub zu haben. Doch sie war fest entschlossen, diese Zeit auszukosten, um mit frischem Schwung ihr neues Leben zu beginnen.

In der folgenden Nacht musste sie ihre Überschwänglichkeit jedoch zügeln. Es war so weit, sie würden einander endlich näherkommen. Jetzt, da sie Mann und Frau waren, bräuchte sie Enrics Fordern nicht länger zurückzuweisen. Sie müsste ihn nur machen lassen. Sich auszuziehen war ihr peinlich, auch wenn das Licht verlöscht war. Doch seine Liebkosungen waren so zärtlich, dass sie ihre Verlegenheit vergaß und sich genussvoll hingab. Während sie sich seinem Begehren überließ, schweiften ihre Gedanken ab, und sie musste daran denken, wie anders ihre heimlichen Begegnungen gewesen waren, als sie selbst vor Erregung gebebt hatte – bei Enrics Berührungen, bei der Entdeckung ihrer eigenen Sinnlichkeit und der Feststellung, welche Lust sie in ihm zu wecken vermochte.

Später war diese fiebrige Erregung immer mehr versandet, und an ihre Stelle war die unvernünftige Glut getreten, die Joaquim in ihr entfachte, eine irrationale Anwandlung, entstanden aus einer absurden Anziehung, die sie selbst nicht verstehen konnte. Doch sie war noch immer da und erwachte, wenn Enrics Hände über ihre Haut glitten.

Während sie es geschehen ließ, musste sie an die hitzige Begegnung mit Joaquim in der Küche denken. Der animalische Trieb, den sie in diesem Moment verspürt hatte, war mit ihrer jetzigen Hingabe nicht zu vergleichen. Was sie damals empfunden hatte, war nicht bloß ein angenehmer Schauder gewesen, sondern die Erkenntnis, dass eine Macht ihnen einen unvergleichlichen, dauerhaften Genuss verhieß.

Als sie wenige Wochen später wieder zu arbeiten begann, wollten ein paar ihrer Kolleginnen pikante Details über diese Nacht hören. Hätten sie erfahren, dass sie an einen anderen gedacht hatte, wären sie sicher entsetzt gewesen. Niemand konnte ahnen, dass die frisch vermählte Alba nicht die glücklichste Frau der Welt war, die nur darauf wartete, so schnell wie möglich ein Kind zu bekommen.

»Warte nur ab, wenn du Montserrat zum ersten Mal siehst«, schwärmte eine der Verkäuferinnen in der Konditorei von der neugeborenen Tochter von Antonio Escribà und seiner Frau Pepita. »Sie ist ein süßes, kleines Ding. Und die beiden sind so glücklich, nach dem, was sie wegen ihrer ältesten Tochter durchmachen mussten …«

Pepitonas Tod war für die ganze Familie Escribà noch immer eine schwärende Wunde, doch die Geburt der Kleinen hatte ihr Andenken versüßt. In der ganzen Konditorei war die große Freude zu spüren, die die Eltern des kleinen Mädchens empfanden, und ihre Angestellten hatten sich gern von diesem neuen Geist anstecken lassen.

Alba jedoch verspürte nicht den natürlichen Drang, in eigenen Kindern fortzuleben. Wenn sie schon eine Form von Ewigkeit anstrebte, dann gewiss nicht diese. Sie war sich nur zu bewusst, dass ein Kind zu diesem Zeitpunkt die Verwirklichung ihrer beruflichen Pläne enorm kompliziert hätte. Aber sie hatte keine Ahnung, wie sie es hinauszögern konnte.

Blätterteigkränze und Profiteroles

Überrascht stellte Alba fest, dass Enric bereits angekleidet war, als sie aus dem Bad kam. Sie stand immer als Erste auf, da sie um sechs Uhr früh in der Backstube sein musste. Sonst schlief er noch, wenn sie das Haus verließ.

»Ich bringe dich zur Arbeit. Ich möchte nicht, dass du bei dem Chaos allein gehst, das zurzeit herrscht.«

»Meinst du wegen der Erhöhung der Straßenbahnpreise?«

»Ja, es werden Flugblätter verteilt, dass keiner die Straßenbahn nehmen soll. Ich mache mir Sorgen, was unterwegs los sein könnte.«

»Ist es wirklich so schlimm? Ich habe viele Leute klagen gehört. Es ist ja auch einiges mehr, auf einmal siebzig anstelle von fünfzig Cèntims zahlen zu sollen. Dann meinst du also, es könnte etwas passieren?«

»Ganz sicher. Die Leute sind aufgebracht, weil die Fahrkarten in Madrid nach wie vor vierzig Cèntims kosten. Es sind schon Steine auf die Scheiben der Straßenbahnen geworfen worden. Sicher bleibt es nicht dabei.«

Enric hatte recht. Nach mehr als zehn Jahren Verelendung und Unterdrückung seit Kriegsende hatten die Einwohner Barcelonas Anfang des Jahres die niederschmetternde Nachricht erhalten, dass die Straßenbahnpreise erhöht werden sollten. Dennoch waren sie zunächst gelassen geblieben und hatten den neuerlichen Schlag resigniert eingesteckt. Doch sobald bekannt wurde, dass der Preis in der Hauptstadt unverändert bei vierzig Cèntims blieb, schlug die Stimmung in offene Wut um.

Mitte Februar tauchten erste Flugblätter auf, die die Bevölkerung zum Boykott der Straßenbahn aufforderten. Wenige Tage später schlossen sich die Studenten mit Demonstrationszügen dem Protest an. Es kam zu ersten Zusammenstößen zwischen den Aufrührern und der Polizei.

An der Haltestelle, an der Alba jeden Morgen die Straßenbahn zur Gran Via nahm, warteten bedeutend weniger Leute als gewöhnlich. Alba wollte stehen bleiben, doch Enric ergriff ihre Hand und zog sie fort.

»Lass uns langsam weitergehen. Wir können diese Frechheit nicht einfach so hinnehmen.«

»Aber du musst doch in einer Stunde in der Molkerei sein, und bis zur Konditorei brauchen wir mindestens dreißig Minuten.«

»Ich komme schon pünktlich. Und wenn nicht, macht es nichts. Es ist für eine gute Sache.«

Also gingen Alba und Enric zu Fuß. Am nächsten Tag, dem 1. März, machten sie es ebenso und konnten beobachten, dass alle Leute zu Fuß zur Arbeit gingen, während die Straßenbahnen ohne Fahrgäste umherfuhren. In ihnen saßen nur der Fahrer, der Schaffner und die Polizei. Die Spannung in der Stadt war mit Händen zu greifen, aber Enric flößte Alba ein Gefühl der Sicherheit und die Überzeugung ein, das Richtige zu tun. Es sei an der Zeit, sich Gehör zu verschaffen, erklärte er.

An jenem Sonntag verzichteten auch die Anhänger des FC

Barcelona nach dessen Heimspiel im Camp de les Corts darauf, die Straßenbahn zu nehmen, und machten sich zu Fuß auf den Heimweg, obwohl es in Strömen regnete. In dem spontan entstandenen Boykott begann sich der ganze Unmut über die Diktatur Ausdruck zu verschaffen.

Auch in der folgenden Woche ging Alba zu Fuß zur Arbeit, stets begleitet von Enric, der anschließend zu seinem Arbeitsplatz in der Molkerei weitermarschierte. Am zwölften Tag, nachdem sie aufgehört hatten, die Straßenbahn zu nehmen, wurde aus dem Protest der Bürger ein Generalstreik.

An diesem 12. März war Alba zu Hause, da sie montags ihren freien Tag hatte. Weder die beißende Kälte noch der tief verhangene Himmel konnte die Streikposten, die sich frühmorgens an den Fabriken und Werkstätten einfanden, und auch nicht die Tausenden von Streikenden, die sich auf der Plaça de Catalunya versammelten, abhalten. Alba wusste nicht, wie massiv die Arbeitsniederlegungen im ganzen Stadtgebiet waren und welche Unruhen es gab, als die Streikenden das Stadtzentrum besetzten. Sie erfuhr davon erst von Enric, der ihr abends nach seiner Heimkehr davon berichtete.

»Barcelona ist vollständig zum Stillstand gekommen. Im Zentrum herrscht Chaos. Das Hotel Ritz wurde mit Steinen attackiert, und angeblich sollen ein paar Straßenbahnen in Brand gesteckt worden sein.«

Der Streik sollte noch zwei weitere Tage andauern, bis die Guàrdia Civil einschritt und ihn blutig niederschlug. Tote, Verletzte und Hunderte von Verhaftungen waren die Folge. Doch das kollektive Aufbegehren führte letztlich dazu, dass die Fahrpreiserhöhung zurückgenommen wurde. Es war ein kleiner

Sieg, den die Menschen als Hoffnungsschimmer für die Zukunft nahmen.

»Sagt mal, sieht das nicht toll aus?«

Alba wollte sich nach ihrer Schicht gerade auf den Heimweg machen, als die Unterhaltung der Verkäuferinnen sie aufmerken ließ. Sie sah, wie eine der jungen Frauen ihren Kolleginnen eine Zeitschrift zeigte.

»Und wie! Unglaublich, dass er es auf die Titelseite gebracht hat!«

»Hast du das gesehen, Alba?«

Beim Anblick ihrer verwunderten Miene streckte ihr die Verkäuferin das Magazin entgegen. Es handelte sich um die Zeitschrift *Destino*, ein Wochenblatt über Politik und Gesellschaft, das seit Kriegsende in Barcelona verlegt wurde. Alba erkannte auf dem Titelblatt sofort den riesigen Osterkuchen, den Antoni Escribà in diesem Jahr angefertigt hatte, die Nachbildung eines Pariser Künstlerateliers im Montmartre-Viertel aus Schokolade. Die Fotografie nahm die gesamte Seite ein, in deren rechter unterer Ecke »Essbares Atelier« zu lesen stand.

Ein unverhoffter Stolz ließ sie schaudern, als sie feststellte, dass die Arbeit des Sohnes des Konditoreibesitzers die Aufmerksamkeit einer so renommierten Zeitschrift erregt hatte. Immerhin schrieben berühmte Schriftsteller wie Josep Pla und Josep Maria de Sagarra für das Blatt. Und doch überraschte es sie nicht. Trotz seiner gerade einmal zwanzig Jahre war Antoni dank seiner Ausbildung und seiner Erfahrung bereits zum Maître Chocolatier gekürt worden. Er hatte es verstanden, all das, was er in der Llotja gelernt hatte, ins Konditorhandwerk zu übertragen, und kreierte nun eben nicht Bronze-, Holz- oder Marmorplastiken, sondern Meisterwerke aus Schokolade.

Sie hatte miterleben dürfen, wie dieser Osterkuchen ziseliert worden war, der nicht nur die Bewunderung der Passanten, sondern auch das Interesse der Zeitschrift erregt hatte. Zunächst hatte der junge Konditor die Kakaomasse wie Ton geformt, anschließend hatte er die erstarrte Schokolade bearbeitet. Überrascht hatte Alba zugesehen, wie er nach und nach unter Zuhilfenahme von Spateln und Modellierstäbchen das Aussehen der Torte definierte wie ein Bildhauer, der einen Stein bearbeitete.

Nach vier Jahren, die sie nun schon mit ihm zusammenarbeitete, bewunderte Alba noch immer, mit welcher Ausdauer und Disziplin er sein Kunststudium mit der Arbeit in der Backstube vereinbarte. Er studierte in der Llotja weiterhin Malerei, Keramik, Polychromie, Plastik und Bildhauerei und ging zudem von Zeit zu Zeit mit Señor Santiáñez ins Kino, einem seiner Lehrer, der seine Studenten in Filme von Luis Buñuel ausführte. Dieser Meister aus Madrid war ein ausgezeichneter Maler und hatte sich die Bewunderung des jungen Konditors aufgrund seiner umfangreichen Kenntnisse über den Film und seines Talents für Dekorationen verdient. Antonis Verbindung zu seinem Lehrer war so innig, dass er noch Jahre später, als Santiáñez längst in seine Heimatstadt zurückgekehrt war, Kontakt zu ihm hielt.

Seit dem letzten Sommer verbrachte Antoni seine Ferien in den Pyrenäen. Allerdings machte er dort keine Ausflüge oder erfreute sich an der heilenden Kraft der Thermalbäder in der Provinz Girona, sondern arbeitete im Dorf Camprodón in der Konditorei Can Vila. In diesem Jahr hatte Alba gehört, wie er sich vor seiner Abreise bitter bei seinem Vater beklagte, er wolle lieber ans Meer fahren.

»Papperlapapp!«, hatte Señor Escribà kategorisch geantwortet. »Du fährst nach Camprodón und machst Blätterteigkränze und Profiteroles.«

Während seines Aufenthaltes in diesem bezaubernden Bergdorf freundete sich Antoni mit dem Sohn der Inhaber der anderen Konditorei des Ortes an. Die beiden Betriebe lagen nur wenige Schritte voneinander entfernt in derselben Straße in der Nähe des Flusses Ter. Der Vater des jungen Mannes war der Erfinder der berühmten Pujol-de-Camprodón-Kekse, die seinen Familiennamen trugen. Und so konnte Antoni Escribà seinen Besuch in dem Dorf, das in einem herrlichen Tal inmitten der Natur lag, letztlich doch in vollen Zügen genießen, obwohl er nicht ans Meer fahren durfte.

Als die Sommerfrische zu Ende ging, kehrte der junge Konditor nach Barcelona zurück und nahm sein Studium wieder auf. Wenn er keinen Unterricht hatte, bereitete er in der Backstube Brot und süße Köstlichkeiten zu, die in der Konditorei verkauft wurden. Und in seiner Freizeit widmete er sich dem Austüfteln von Neuerungen mit Kakao.

Es konnten einem die Augen übergehen, wenn man ihm dabei zusah, wie er Figuren aus Schokolade formte oder neue Techniken ausprobierte. In der Llotja hatte er gelernt, wie man Gussformen herstellte, und übertrug dieses Wissen auf die Bedürfnisse eines Konditors. Darüber hinaus ersann er Tuben und Spritztüten aus Papier, mit deren Hilfe ihm fantasievolle Formen für unzählige Süßwaren gelangen. All seine Kreationen besaßen bereits eine unverwechselbare Handschrift, einen Stil, der schon bald darauf das Markenzeichen der Patisserie Escribà werden sollte.

Die Methoden, die er von dem Maître Chocolatier Lluís Santapau erlernt hatte, der aus eiförmigen Strukturen allerlei Figuren erschuf, waren für Antoni eine bahnbrechende Entdeckung gewesen. Ihnen war es zu verdanken, dass er es wagte, weitaus fantasievollere Osterkuchen zu kreieren als das traditionelle, mit Eiern und Federn verzierte Gebäck, das sie noch immer in der Backstube herstellten. Angespornt von den Möglichkeiten, die ihm das Ei mit seiner perfekten Form und seiner vielsagenden Symbolkraft bot, schuf er bereits seit drei Jahren wahre Kunstwerke aus Schokolade, die von den originellsten Motiven inspiriert waren.

Die Fortschritte, die der junge Konditor bei seiner Arbeit mit Schokolade machte, und die Entfaltung seiner Kreativität trugen dazu bei, der Tradition des Osterkuchens neues Leben einzuhauchen. In den vier Jahren, seit sie in der Backstube arbeitete, hatte Alba miterleben können, wie sich in Barcelona eine Art Ritual einbürgerte. In den Tagen vor Ostern schlenderten die Familien an den renommierten Konditoreien der Stadt vorüber, und Erwachsene wie Kinder erfreuten sich am Anblick der Osterkuchen in den Schaufenstern der Betriebe, die um den Ruf wetteiferten, der originellste und raffinierteste zu sein.

Bald darauf wurden Schaufensterwettbewerbe populär, bei denen die überbordende Kreativität prämiert wurde, in der sich Antoni Escribà besonders auszeichnete. Fasziniert blieben die Bürger der Stadt vor den Auslagen mit seinen riesigen, in Schokolade gemeißelten Schöpfungen stehen.

Antonis Osterkuchen waren nicht nur schön anzusehen, sie wurden auch im Verkauf ein voller Erfolg. Daher ließen sich die Escribàs eine Art Fließbandfertigung einfallen, die es ermöglichte, die Kuchen zu vermarkten und zugleich ihre handwerkliche Qualität zu bewahren. Von da an zeigte er den Konditoren in der Backstube höchstpersönlich, wie die Schokolade temperiert und zur bestmöglichen Kuvertüre verarbeitet werden sollte oder welche Techniken sich zur Herstellung der verschiedenen Teile eigneten, aus denen sich die Osterkuchen zusammensetzten. Er selbst übernahm mit seinem Ideenreichtum die thematische Gestaltung der Schaufenster.

Dank seiner Unterweisung lernte Alba, dass die raffinierte Chocolatiers-Kunst auf einem schlichten Fundament ruhte und dass die Dinge oft leichter waren, als sie schienen. Antoni verlor nie aus dem Blick, dass sich Osterkuchen in erster Linie an Kinder wandten, und ließ sich durch Themen inspirieren, die die Kleinsten im Haushalt ansprechen sollten. Klassische Figuren, die es immer schon gegeben hatte, mischte er mit exotischen Tieren oder fantasievollen Märchenmotiven.

Zirkusartisten, Cowboys und Indianer, Piraten, Hexen, Prinzessinnen, Fahrzeuge und Bauwerke – in der Welt der Schokolade ließ sich alles gestalten.

Es war kein Wunder, dass Alba oft nachts vor dem Einschlafen Ideen kamen, die mit ihrer Arbeit zu tun hatten. Der junge Konditor hatte sie damit angesteckt, die grauen Zellen permanent auf Trab zu halten und jeder Regung ihrer Fantasie nachzugehen.

Ihre bisherige Zeit in der Backstube war eine bereichernde Erfahrung gewesen, die sie noch immer in dieselbe Aufregung versetzte. Vielleicht konnte sie es deshalb kaum glauben, dass sie kurz davor sein sollte, selbst Konditorin zu werden. So wie es ihr Chef, Señor Escribà, vorhergesagt hatte, hatte sie die Lehrzeit nach kurzer Zeit abgeschlossen und war zur Gesellin geworden. Es erfüllte sie mit Befriedigung, aber auch mit Skepsis, denn es kam ihr alles viel zu leicht vor.

Ihr Leben war ausgefüllt, und doch beschlich sie der Gedanke, dass so viel Wohlergehen seinen Preis haben musste. Sie war seit anderthalb Jahren verheiratet, und auch ihre Ehe war harmonisch. Das Zusammenleben mit Enric war angenehmer als gedacht, und sogar ihre Angst, schwanger zu werden, war verschwunden, als sie erfuhr, dass auch Enric im Moment keine Kinder wollte.

»Das hat noch Zeit, mach dir keine Gedanken«, hatte er zu ihr gesagt, als sie ihm ihre Furcht gestanden hatte, eine Schwangerschaft könne sie von ihrem beruflichen Weg abbringen.

Die Antwort ihres Ehemannes hatte ihr die Unruhe genommen, die sie jedes Mal empfand, wenn sie sich ihm hingeben sollte. Glücklicherweise kam es nicht oft dazu, aber es blieb dennoch ein Risiko. Wann immer Enric sich ihr näherte und sie ihn als gute Ehefrau gewähren ließ, musste er allein zum Höhepunkt kommen. Eine andere Wahl hatten sie nicht, denn Verhütungsmittel waren verboten. Nur die Überzeugung, dass sie sich auf diese Methode verlassen konnte, konnte Albas Furcht vertreiben.

DRITTER TEIL

Der König des Karamell

(1954–1979)

Ich möchte ein vernünftiges, verständiges, liebes Kind, dem ich meine kostbarsten Geheimnisse über die Herstellung von Naschwerk anvertrauen kann.

Roald Dahl, *Charlie und die Schokoladenfabrik*

Löffelbiskuits

März 1954

Wie an jedem Sonntagvormittag wurde er im Esszimmer von einem intensiven Schokoladenaroma empfangen, und die Aussicht auf den Genuss ließ ihm das Wasser im Mund zusammenlaufen wie beim ersten Mal.

Nach seiner Hochzeit vor ein paar Jahren war Joaquim mit seiner Frau in eine großzügige Wohnung im Eixample-Viertel gezogen, und von Anfang an hatte eine köstliche heiße Schokolade zu ihren liebsten Sonntagsgewohnheiten gehört. Das Dienstmädchen schmolz dafür mit Zimt aromatisierte Tafelschokolade und servierte sie ihnen in weißen Tassen, die irgendwer, wenngleich er nicht wusste, wer genau, ihnen zur Hochzeit geschenkt hatte.

Trotz des nahenden Frühlings war der Vormittag unerwartet frostig. Als er das Zimmer betrat, erblickte der Anwalt auf dem Tisch ein eingewickeltes Päckchen. Er erkannte auf Anhieb das Logo der Patisserie Escribà und spürte, wie in ihm die vertraute Vorfreude auf den Kuchen dieser Konditorei aufstieg, gepaart mit der bittersüßen Erinnerung an Alba.

Obwohl seit ihrer letzten Begegnung mehr als fünf Jahre vergangen waren, hatte er sie nicht vergessen können. Beim Gedanken an ihre letzte Begegnung verspürte er ein leises Bedauern. Aber sein Stolz sagte ihm, dass er richtig gehandelt hatte. Er war überzeugt, dass er gut daran getan hatte, Alba ihr aufreizendes

Geplänkel vorzuhalten und sie dann sitzen zu lassen. Immerhin hatte sie in der Zeit, in der sie bei den Vidals gearbeitet hatte, ständig mit ihm geflirtet. Sie hatte ihn auf die Probe stellen und verführen wollen, um sich ein kleines Gefühl der Überlegenheit zu verschaffen. Da war es doch nur logisch, wie er gehandelt hatte. Er musste ihr doch vor Augen führen, dass junge Männer wie er sich bei einer Bediensteten alles herausnehmen konnten, und ihr zeigen, dass sie mit ihren versteckten Angeboten selbst das Tier geweckt hatte, das in der Natur eines Mannes wie ihm schlummerte.

Bald darauf hatte Joaquim seine Beziehung zu der jungen Frau, mit der er seit ein paar Monaten sonntags ausging, vertieft. Sie war die Tochter eines Unternehmers aus Terrassa, die er über seine Eltern kennengelernt hatte. Bis zu diesem Zeitpunkt hatte er kein ernsthaftes Interesse an ihr gehabt, doch die Auseinandersetzung mit Alba hatte ihn aus der Reserve gelockt. Aus dem Alter, einem Dienstmädchen nachzusteigen, war er heraus. Es war Zeit, vernünftig zu werden.

Vier Jahre später heiratete er die junge, streng wirkende Frau, deren Züge sich durch ebensolche Ecken und Kanten auszeichneten wie ihre Persönlichkeit. Es stieß bei vielen seiner Bekannten auf Befremden, dass sich ein attraktiver, junger Mann wie Joaquim ausgerechnet für eine so dröge Person entschieden hatte. Sie wussten ja nicht, dass er unbewusst versuchte, sich feminine Frauen vom Leib zu halten, die ihn mit ihrem sinnlichen, freizügigen Liebreiz bezirzen konnten. Er fürchtete, sich von ihnen blenden zu lassen und sich unterlegen zu fühlen. Zudem fiel es ihm schwer, sich seinen Gefühlen zu stellen.

So hatte sich Joaquim in den letzten beiden Jahren einer

bequemen Trägheit hingegeben, die ihn daran hinderte, nach dem zu streben, was dem Leben Würze verleiht. Zehn Monate nach der Hochzeit kam die erste Tochter zur Welt, und sein Leben verlief in wohlgeordneten Bahnen, wie es sich gehörte. Es kam seiner rationalen Art entgegen, hinterließ aber einen Bodensatz von Frustration, der im Laufe der Zeit immer größer wurde. Denn unter der ehernen Rüstung seiner konformistischen Überzeugungen pulsierten höchst lebendige Triebe.

Die herrschenden Moralvorstellungen übten einen so gnadenlosen Druck aus, dass das Verhalten von Männern und Frauen gekünstelt war. Die Unterdrückung der Triebe und Instinkte führte zu großem Leid, aber nur wenige Menschen wagten es, sich von der Gesellschaft abzuwenden, um der Natur freien Lauf zu lassen.

Das lautstarke Gebrabbel seiner Tochter riss Joaquim aus seinen Gedanken. Er strich ihr zärtlich über das Köpfchen, gab ihr einen Kuss auf die Stirn und setzte sich neben sie. Seine Gattin riss das Papier um das Tablett auf und entnahm ihm ein Löffelbiskuit. Beim Anblick der gezuckerten Oberfläche des länglichen Gebäcks fragte sich Joaquim, ob Alba sie wohl gebacken hatte.

In den etwas mehr als fünf Jahren seit ihrer letzten Begegnung hatte er der Konditorei die Treue gehalten und dabei oft an die Zeit zurückdenken müssen, in der Alba ihn dort sonntags bediente. Ob sie wohl noch immer in der Backstube arbeitete? Es wäre normal gewesen, wenn sie nach der Hochzeit aufgehört hätte, wie es Ehefrauen für gewöhnlich taten. Aber er musste daran denken, wie sie ihm gesagt hatte, sie wolle Konditorin werden und denke gar nicht daran, ihre Arbeit aufzugeben. Ihr Verlobter hatte ihr diesen Unsinn offenbar durchgehen lassen wollen. Auch wenn Joaquim sich kaum vorstellen konnte, dass ein Mann eine solche Schnapsidee duldete, sagte ihm etwas, dass die frühere Köchin ihr Vorhaben in die Tat umgesetzt hatte. Er erkannte es in der geschmeidigen und zugleich festen Konsistenz der Löffelbiskuits, die große Ähnlichkeit mit denen hatten, die er bei den Vidals kosten durfte. Zart und biegsam, wie Albas Körper an jenem Abend, an dem er sich in der Küche des Architekten an sie gedrängt hatte.

Um die Gedanken an die frühere Köchin zu vertreiben, konzentrierte sich Joaquim auf die Unterhaltung mit seiner Frau und ließ sich sein Frühstück schmecken. Allmählich verblasste Albas Bild vor seinem geistigen Auge. Doch es war nur eine Frage der Zeit, bis es wieder auftauchen würde.

»Und? Wär das denn nicht auch etwas für dich?«

Es war wohl unvermeidlich, dass Elisa, die gerade ihr zweites Kind in den Schlaf wiegte, ihr wieder einmal die übliche Frage stellte. Alba, die gekommen war, um der Freundin zu gratulieren und den Kleinen zu sehen, war daher auch nicht überrascht, sondern gab zum wiederholten Mal dieselbe Antwort.

»Später, es gibt noch so viel in der Backstube, was ich lernen muss, und ich will mir die Chance nicht entgehen lassen.«

»Jaja, das hast du mir schon x-mal gesagt. Aber ich verstehe immer noch nicht, warum du einen Beruf erlernen willst, den du nachher doch nicht ausüben kannst. Früher oder später wirst du die Konditorei verlassen müssen. Ist Enric tatsächlich einverstanden, dass du nach vier Jahren Ehe immer noch weiterarbeitest?«

»Ja, er ist ja auch immer noch in der Molkerei und studiert in der Llotja. Gelegentlich macht er Illustrationen für ein paar Zeitschriften, denn er möchte das Zeichnen zu seinem Beruf machen.«

»Oje, noch ein Künstler! Aber ihr könntet ein Kindermädchen einstellen, das dir zur Hand geht. Ihr habt zwei Löhne, anders als hier bei uns, wo ich mir Arme und Beine ausreißen muss, damit das eine Gehalt bis zum Monatsende reicht!«

»Nun, vermutlich hast du recht, das Geld hätten wir. Meine Mutter und meine Großmutter sagen das auch immer, aber was dann? Sollen wir nur am Abend ein bisschen Zeit für das Kind haben? Nur dem Namen nach Eltern sein? Ehrlich gesagt, darin kann ich keinen Sinn erkennen.«

»Bei dir hat alles einen Haken!«, rief ihre Freundin kopfschüttelnd und schenkte ihr ein nachsichtiges Lächeln. »Ich weiß nicht, warum ich das Thema überhaupt angeschnitten habe. Ich kenne dich doch. Es will mir einfach nicht in den Kopf, dass du dich nicht nach eigenen Kindern sehnst. Für mich sind sie die größte Freude meines Lebens. Für mich und für alle anderen jungen Frauen, die ich kenne … Aber jeder ist, wie er ist, und wenn es dich glücklich macht, bitte.«

Alba konnte Elisas Glück verstehen. Sie sah ihren Platz in der Welt darin, ihren Kindern eine Zukunft zu geben. Sie selbst strebte jedoch danach, dazuzulernen und ihr Talent in Kunst zu verwandeln. Natürlich kam ihr manchmal der Gedanke, es sei egoistisch, die Mutterschaft aufzuschieben, weil sie damit ihre Neigung wichtiger nahm als das, was man ihr von Kindesbeinen an als Pflicht einer Frau eingetrichtert hatte. Doch dann schob sie die reumütigen Gedanken beiseite und sagte sich, der

Kinderwunsch sei letztlich nur eine andere Sehnsucht. Und dass dahinter allzu oft das Bestreben stand, dem gesellschaftlichen Druck zu entsprechen.

Doch obwohl sie mit sich selbst im Reinen war, konnte sie sich den Konsequenzen ihres Entschlusses kaum entziehen. Verhöre wie die, denen sie Elisa unterzog, waren das eine. Eine andere Sache waren die tröstlichen Worte, die sie ständig über sich ergehen lassen musste. Denn außerhalb ihres engsten Kreises nahmen die Leute wie selbstverständlich an, sie könne keine Kinder bekommen, wenn sich nach vier Jahren Ehe noch kein Nachwuchs eingestellt hatte. Die Anteilnahme war daher immer von einem deutlich spürbaren Mitleid begleitet, das sie noch mehr ärgerte.

Glücklicherweise spornten ihre Fortschritte in der Backstube sie an und festigten sie in ihrer Überzeugung. Die neuen, kreativen Wege, die Antoni Escribà einschlug, ließen sie das Unbehagen vergessen, das die Anteilnahme der anderen in ihr auslöste. Wenn sie diese Wege erkundete, spürte sie, dass sie dorthin gehörte, und wollte nichts anderes, als diesem Pfad weiter zu folgen.

Die Backstube war schließlich zu einem der wenigen Orte geworden, an denen Alba ihre Ideen und Empfindungen frei entfalten konnte. Ihre Entwicklung hatte in der heimischen Küche begonnen und sie anschließend in die Haushalte geführt, in denen sie angestellt gewesen war. Besonders an die Vidals dachte sie noch immer mit inniger Zuneigung zurück.

Warme Luft schlug ihr entgegen, als sie das Haus verließ, dabei war es schon in Elisas Wohnung unerträglich schwül gewesen. Es war schon nach acht Uhr abends, doch die Sommersonne brannte noch immer herab und legte sich in Verbindung mit der Luftfeuchtigkeit über die Stadt wie eine heiße Glocke.

Bald würden die Ferien beginnen. Enric hatte vorgeschlagen, dass sie in diesem Jahr für eine Woche nach Sitges fahren sollten, den inspirierenden Ort südlich der Stadt, der die Maler des Luminismus und Modernismus mit seinem maritimen, goldenen Glanz begeistert hatte. Sie fand die Idee großartig, da sie schon lange nicht mehr dort gewesen war und Señora Pepita immer wahre Wunderdinge von dem Ort erzählte. Erst vor einem Monat war ihre Chefin mit Joanet und der kleinen Montserrat dort gewesen. Solange Alba zurückdenken konnte, hatten die Escribàs ihre Sommerfrische immer in dieser kleinen Gemeinde verbracht. Angeblich hatte der Arzt ihnen das Baden im Meer als Heilmittel gegen die Knochentuberkulose des jüngsten Sohnes empfohlen.

Während sie die Straße hinabschlenderte, träumte sie von dem kleinen Ort am Fuße des Garraf-Massivs, in dem sich reiche Auswanderer nach der Rückkehr aus den Kolonien in Übersee extravagante, farbenprächtige Paläste in vorderster Front am Meer hatten bauen lassen.

Sie hätte sich nie vorstellen können, dass ausgerechnet an diesem traumhaften Ort der schlimmste aller Albträume wahr werden sollte.

Engelshaar

Die Süße, die sie umgab, konnte nichts gegen die Bitterkeit ausrichten, die Alba und ihre Kollegen in sich trugen. Nicht die süßesten Konfitüren, Nektare oder Zuckerlösungen hatten den Kummer lindern können, der seit Tagen in der Backstube herrschte. Die Niedergeschlagenheit war so groß, dass sich die Konditoren und Bäcker bewegten wie in Zeitlupe.

Seit dem verhängnisvollen Morgen, an dem sie von dem Unglück erfahren hatten, war schon mehr als eine Woche vergangen, und noch immer hatte keiner von ihnen die unerwartete, grausame Tragödie verarbeitet. Die Nachricht vom Tod der kleinen Montserrat hatte sie in eine finstere Schwermut versetzt, die nicht weichen wollte. Es war schwer genug zu begreifen, dass dieses junge Leben ein Ende gefunden hatte, doch das Wissen, dass dieser Tod vermeidbar gewesen wäre, versetzte sie in Zorn.

Man hatte ihnen erzählt, die Kleine, die gerade einmal drei Jahre alt gewesen war, habe sich an Garibaldi-Knallkörpern vergiftet. Es war nicht das erste Mal, dass ein Kind diese beliebten Knallkörper in den Mund steckte und Schaden nahm, denn ihre auffälligen roten Köpfe auf einem Pappstreifen waren für die Kleinsten allzu verlockend. Diese roten Kügelchen, die mit einem Knall zündeten, wenn sie über eine raue Oberfläche, wie eine Mauer oder Wand, gerieben wurden, waren jedoch hochgiftig, da sie aus weißem Phosphor bestanden.

Mehr als einmal stand Alba bei dem Gedanken an das Unglück das Wasser in den Augen, und sie musste sich verstellen, damit niemand sah, wie sie sich die Tränen der Empörung abwischte. Sich vom Kummer überwältigen zu lassen, während Antoni und seine Eltern sich zusammenrissen, wäre jedoch respektlos gewesen. Sie wusste nicht, wie es ihnen ergangen war, als die Kleine mit dem Tod rang, während sie mit aller Kraft gegen das Gift anzukämpfen versuchten, aber sie hatte danach ihre Hoffnungslosigkeit gesehen. Die bodenlose Trauer würde sie bis ans Ende ihrer Tage nicht mehr loslassen, dessen war sie sicher.

Das Schlimmste war, dass der Kummer gepaart war mit Zorn, mit einer rasenden Wut, die sich wieder und wieder gegen die vermaledeite Pyrotechnik und die eigene Nachlässigkeit richtete. Mehr als einmal hatte Alba Señor Escribà mit dem Kopf gegen die Wand schlagen und die Tatsache verfluchen sehen, nicht genug auf seine Tochter aufgepasst zu haben. Er konnte nicht akzeptieren, dass das Schicksal sich über jedes Wenn und Aber hinweggesetzt und aus einer hoffnungsvollen Zukunft eine düstere Vergangenheit gemacht hatte.

Der einzige Trost, der ihnen blieb, lag im Schweigen. Sie redeten nur noch das Nötigste, um anschließend wieder zu verstummen. In der Hoffnung, die Zeit würde die Wunde heilen, errichteten in der Backstube alle eine Mauer um sich, damit die Bitterkeit sich nicht ausbreitete und die Süße ringsumher mit bitterer Galle ansteckte. Ihre köstlichen Kreationen durften durch die Trauer keinen Schaden nehmen.

In dieser Atmosphäre des Schweigens versuchte Alba, sich auf die Arbeit zu konzentrieren. Sie betrachtete das Engelshaar vor ihr, und mit einem Mal wanderten ihre Gedanken zurück zu dem fernen Tag, an dem ihr Vater ihnen einen Kürbis mitgebracht hatte. Die dicke, raue Schale der Frucht hatte sie überrascht. Ihre Mutter hatte Mühe gehabt, sie zu öffnen, doch Alba konnte sich noch gut daran erinnern, wie weiches, fleischiges Fruchtfleisch zum Vorschein gekommen war. Nachdem sie den Kürbis in Stücke geschnitten hatten, ließen sie ihn eine ganze Weile mitsamt der Schale kochen und anschließend, als er gar war, abkühlen. Und während sie die Schale vom Fruchtfleisch trennten, hatte Adela die Gelegenheit genutzt, Alba ein wenig zu unterrichten.

»Der Feigenblattkürbis ist eine Wintersorte, er ist süßer als Sommerkürbisse. Diesen hier haben Bekannte deines Vaters zu Beginn des Herbstes geerntet, und da sie ihn uns geschenkt haben, machen wir daraus für sie gefüllte Teigtaschen oder einen Kranzkuchen.«

»Wir könnten Pastissets de Tortosa machen!«

»Einverstanden, das ist eine gute Idee.«

»Und wie kommt es, dass der Kürbis nicht orange ist?«

»Weil es eine andere Sorte ist, Alba. Aber merk dir, dank seiner harten, grünen Schale ist er ziemlich lange haltbar. Um daraus Engelshaar machen zu können, muss er allerdings an einem Ort mit wenig Licht aufbewahrt werden.«

Sie hatte ihrer Mutter zugehört, während sie das Fruchtfleisch herauskratzte und die restlichen Kerne entfernte. Danach wogen sie es, um die nötige Zuckermenge zu berechnen, und gaben beide Zutaten zusammen mit Zitronenschale und einer Zimtstange in eine Kasserolle, um das Ganze zu kochen.

Aus den Fasern des süßen Fruchtfleisches wurde eine goldgelbe, durchscheinende Marmelade. Alba wusste noch genau, welch freudige Verwunderung dieser Anblick ausgelöst hatte. Es war eine ihrer frühesten kulinarischen Erfahrungen, und aus diesem Grund erinnerte sie sich mit besonderer Wärme daran. Und noch dazu war Engelshaar ein wichtiger Bestandteil der Pastissets de Tortosa, dem Symbol für das Wunder ihrer Geburt.

Die Erinnerung an diesen lange zurückliegenden Moment, der so eng mit ihrer Herkunft und ihrem Schicksal verbunden war, erschütterte sie. Ungewollt hatte sie eine Brücke zwischen der gegenwärtigen Trauer und einer früheren Freude geschlagen, und sie erkannte, wie ähnlich sich Geburt und Tod waren. Beide waren die äußeren Enden eines Lebenszyklus, der zwischen zwei Ewigkeiten balancierte. Und beide Grenzpunkte waren der Motor allen Werdens, da der eine die unumgängliche Folge des anderen war.

Diese Erkenntnis ging ihr unter die Haut. Sie wollte Montserrats Tod nicht als etwas Notwendiges verstehen, denn sie hatte sie gerngehabt und war tief betrübt, dass die Kleine nur so kurz hatte leben dürfen. Und wenn sie sah, wie Señor Antonio vor Verzweiflung den Verstand zu verlieren drohte oder Señora Pepita vor Kummer verging, war sie froh, keine Kinder zu haben. Einen so entsetzlichen Verlust hätte sie wohl nicht ertragen können.

Dennoch dienten Tod und Verlust oft als Sprungbrett für Veränderungen und konnten etwas Neues hervorbringen. Hatte nicht der Tod seines Vaters Mateu Serra dazu veranlasst, sein Dorf zu verlassen, und in ihm die Unternehmungslust geweckt? Später hatte der Verlust seiner Investitionen in Papier zur Gründung der Bäckerei geführt. Und nun, so viele Jahre später, zwang der Tod der Kleinen Antoni dazu, die Llotja zu verlassen, um mit seiner ganzen Kraft seine Eltern zu unterstützen. Notgedrungen musste der junge Mann auf seinen Traum, Bildhauer zu werden, verzichten. Von da an widmete er sich mit all seiner Leidenschaft und Zeit der Konditorei, eine Entscheidung, die er ohne Montserrats Dahinscheiden so vielleicht nie gefällt hätte.

Es war tragisch, aber Alba tröstete sich mit dem Gedanken, dass Montserrats Tod so immerhin nicht umsonst gewesen sei. Vielleicht war es ihre Aufgabe in der Welt gewesen, ihnen ein flüchtiges Glück zu bescheren, das ihnen vor Augen führte, wie fragil und kurz das Leben war. Die Kleine war ein vergängliches, strahlendes, engelsgleiches Wesen gewesen, das auf die Erde gekommen war, um sie die Ewigkeit spüren zu lassen.

Lange Zeit fand Alba angesichts der grausamen Wirklichkeit in der Vorstellung eines flüchtigen, himmlischen Besuchs Trost. Der Geist der Kleinen richtete sich mit einem strahlenden Heiligenschein in einem Winkel ihres Gedächtnisses ein, und wenn deren Bruder Antoni in der Backstube neue kreative Meilensteine setzte, glänzte die Erinnerung, als wäre sie durchdrungen von einem immateriellen Funkeln aus dem Reich der Ewigkeit.

Nach und nach verblasste das Bild jedoch, und wenn Alba an Montserrat dachte, war sie ein verschwommener, heller Punkt im Nebel. Sie spürte, dass es für die Kleine keinen Grund gab zu bleiben, nachdem ihre Aufgabe in dieser Welt erfüllt war.

Mai 1955

Als Joaquims Blick beim Verlassen des Kinos auf sie fiel, verpuffte seine unbekümmerte Freude. Die Bilder des Films, die noch vor seinem geistigen Auge flackerten, verschwanden auf einen Schlag. Seit ihrer letzten Begegnung waren mindestens sieben Jahre vergangen, doch in der Frau vor ihm erkannte er Alba sofort. Es überraschte ihn, dass er sich noch genauso spontan und aberwitzig von ihr angezogen fühlte wie damals.

Der Impuls war so heftig, dass er schon befürchtete, seiner Frau, die sich bei ihm untergehakt hatte und ihm ihre Eindrücke des Films schilderte, könne seine Benommenheit auffallen. Aber sie war so überschwänglich, dass sie ihn kaum zu Wort kommen ließ, und bemerkte nichts. Es war ihre Idee gewesen, an diesem Abend im Fantasio *Blondinen bevorzugt* anzuschauen, eine als Großproduktion in Technicolor angekündigte Musical-Komödie, deren Hauptdarstellerinnen, die »zwei umwerfenden amerikanischen Schönheiten« Jane Russell und Marilyn Monroe, eine fantastische schauspielerische Leistung boten. Er selbst hätte John Waynes *Man nennt mich Hondo* vorgezogen, hatte sich dann aber entschieden, dieses Zugeständnis zu machen. Immerhin war das Fantasio näher an ihrer Wohnung als das Mistral, wo der Western gespielt wurde.

Am Ende hatte Joaquim den Film genossen und sich von ihm in eine heitere Stimmung versetzen lassen, bis Alba plötzlich in sein Blickfeld geriet. Mit einem Mal bekam sein Hochgefühl einen Riss und wich einer nervösen Unruhe. Anders als früher erfüllte ihn Albas Anblick nicht mit freudiger Erregung, sondern in Anwesenheit seiner Gattin mit Unbehagen.

Während er sich die größte Mühe gab, sich nichts anmerken zu lassen und dem Gespräch zu folgen, versuchte er, sich zurückfallen zu lassen, um den Abstand zwischen ihnen und Alba zu vergrößern. Doch es war vergebens, denn in diesem Moment drehte sie sich um. Es mochte Zufall sein, vielleicht hatte sie aber auch den bohrenden Blick gespürt, mit dem er sie unwillkürlich gemustert hatte. Für einen Augenblick schien sich die Zeit zu beugen und die letzten sieben Jahre auszulöschen. Plötzlich schienen beide Begegnungen in einem einzigen Moment zusammenzufallen, als sich ihre Blicke trafen und beide spürten, dass nicht nur ihre Augen zueinanderfanden, sondern auch ihr Verlangen, das ebenso unbändig und irrational war wie eh und je.

Doch die Vernunft gewann die Oberhand. Sie ließen sich von der Menge, die auf den Passeig de Gràcia strömte, trennen. In der angenehm frischen Luft des Frühlingsabends gewann Joaquim seinen kühlen Kopf zurück. Während er Arm in Arm mit seiner Frau nach Hause ging, sah er jedoch Alba in ihrem limonengrünen Satinkleid mit dem modischen, weit aufspringenden Rock vor sich, das ihre schmale Taille und ihre gewölbte Brust geschickt betonte. Sie verströmte eine gereifte Eleganz, die ihr ausnehmend gut stand und unter der sie sich einen Hauch ihrer keuschen Naivität bewahrt hatte.

Joaquim war außerdem nicht entgangen, dass sie von einer anderen Frau begleitet wurde. Er kam zu dem Schluss, dass sie letztlich doch ledig geblieben war. Diese Perspektive erfüllte ihn mit einem unverhofften Glücksgefühl, denn einer Verführung würde nichts im Wege stehen. In Anbetracht der Umstände, in denen er sich befand, war das zwar eigentlich undenkbar, doch er kam nicht umhin, darin ein begehrenswertes und herrlich anregendes Ziel zu sehen.

Die abendliche Kühle unter dem wolkenlosen Sternenhimmel vermochte Albas Beklemmung ein wenig zu lindern, auch wenn ihre Wangen noch immer brannten und ihr Herz unkontrolliert raste.

»Du meine Güte, Alba! Was hast du? Renn doch nicht so!«, schimpfte Mercè missmutig, als ihre Freundin aus dem Kino hetzte.

Gerade noch hatten die Gesellin und die Verkäuferin der Patisserie Escribà, die einander sehr zugetan waren, entspannt im Film geschwelgt und waren gemächlich zur Tür geschlendert. Aber mit einem Mal hatte Alba ihre Schritte beschleunigt.

»Ach, es ist nichts weiter. Ich mag nur dieses Gedränge nicht. Ich habe in der Hitze keine Luft mehr bekommen.«

»Aber es war doch herrlich. Na ja, du möchtest bestimmt bald zu Bett gehen, du musst ja morgen sehr früh raus.«

Diese unerwartete Entschuldigung kam Alba wie gerufen. Der Schock, so unvermittelt Joaquim zu begegnen, hatte sie derart verwirrt, dass sie kaum noch klar denken konnte. Den verstörenden Anblick musste sie erst einmal verdauen. Glücklicherweise verwickelte sie die in einem fort plappernde Mercè in eine Unterhaltung.

»Was hältst du davon, dass Antoni Escribà nach Paris geht?«

»Ich finde es fantastisch. Er bringt uns sicher eine Menge Neuheiten von dort mit.«

»Ja, das glaube ich auch. Aber ich hätte eigentlich gedacht, dass er in die Schweiz geht und nicht nach Frankreich. Weißt du nicht, dass ihm bei Nestlé eine gute Stellung angeboten wurde und er ihnen seine Techniken bei der Verarbeitung von Schokolade zeigen sollte?«

»Doch, natürlich. Er war ganz angetan von dem Gedanken, in ein Land mit einer so großen Chocolatier-Tradition zu gehen. Und noch dazu hätten sie ihm ein gutes Gehalt gezahlt. Aber er wusste wohl nicht, wie er es Señor Escribà beibringen sollte. Vermutlich tat es ihm leid, seinen Vater darum zu bitten, ihn ziehen zu lassen. Du weißt schon, nach allem, was seine Eltern mit dem Tod der Kleinen durchmachen mussten …«

»Du meine Güte, natürlich.«

»Die Sache ist die: Wie er uns selbst erzählt hat, hat er letzten Endes eines Abends, an dem Señor Escribà gut gelaunt war, seinen Mut zusammengenommen und ihn darauf angesprochen. Er hat gesagt, ihm wäre ein wenig mulmig gewesen, weil er davon überzeugt war, sein Vater würde es nicht gut aufnehmen. Doch anstatt ihm die Leviten zu lesen, war der erst einmal für eine Weile still und hat ihm dann gesagt, dies sei eine Entscheidung, die er nur ganz allein treffen könne. Er müsse wählen, ob er im Kleinen der Erste oder in der weiten Welt der Zweite sein wolle.«

»Nun, so wie ich ihn kenne, hat er sich sicher für das Erstere entschieden.«

»Aber ja doch! Außerdem sagt er doch immer: ›Je mehr Anregungen man sammelt, desto kreativer wird man am Ende‹. In Barcelona kann er nichts mehr dazulernen. Du wirst sehen, er wird von seinem Pariser Abenteuer voller Ideen für die Backstube zurückkehren.«

Ihr Heimweg in der kalten, sternenklaren Frühlingsnacht verlief angenehm. Albas Nervosität legte sich. Als sie sich jedoch von ihrer Kollegin verabschiedete, wanderten ihre Gedanken zu Joaquim. Was sie am meisten beunruhigte, war die Tatsache, dass er in Begleitung einer Dame gewesen war. Nicht, dass es sie wunderte – sie hatte längst vermutet, dass er nach all den Jahren verheiratet war –, doch es weckte in ihr eine nicht zu rechtfertigende Eifersucht. Doch wie immer, wenn es um ihn ging, vermochten weder Vernunft noch Logik den unaufhaltsam in ihr aufsteigenden, höchst unangemessenen Empfindungen Einhalt zu gebieten.

Am nächsten Tag herrschte in der Backstube große Aufregung über Antonis bevorstehende Abreise, doch Alba quälte noch immer ihr ungutes Gefühl. Sie bedauerte, dass Joaquim sie in Begleitung von Mercè und nicht mit ihrem Mann gesehen hatte. Es ärgerte sie, in den Augen des Anwalts wie eine alte Jungfer dagestanden zu haben. Womöglich bildete er sich nun ein, er sei der Grund dafür. Hätte er sie mit Enric gesehen, wären sie ebenbürtig gewesen. Ganz sicher hätte sie dann nicht diese absurde Eifersucht geplagt.

Um die beklemmenden Gedanken zu vertreiben, zwang sie sich, ihre ganze Aufmerksamkeit auf die heitere Stimmung ringsumher zu richten. Sie fragte sich, was die Abreise des Sohnes der Konditoreibesitzer in die französische Hauptstadt bedeuten mochte. Sicher würde es nicht nur eine weitere Lehrzeit werden. Das sagte ihr das alte Gespür, das sie schon seit jeher geleitet hatte, ihr sechster Sinn, den sie die »Magie des Süßen« nannte und der sich aus ihrer besonderen Empfindsamkeit und einer urwüchsigen Leidenschaft zusammensetzte.

Sie kannte Antoni Escribà. Das, was sie über die Erzeugnisse der raffinierten Pariser Patisserien wusste, bestärkte sie in der Gewissheit, dass seine Reise ihn inspirieren würde. Alba und ihre Kollegen hatten doch mit eigenen Augen gesehen, dass all das, was er bisher von seinen Meistern hatte lernen können, in ihm das Bedürfnis, immer weiterzugehen und sich selbst zu übertreffen, gesteigert hatten. Es war daher nur logisch, dass er seine Koffer gepackt hatte und sich in der Hauptstadt des Mutterlandes der Confiserie auf die Suche nach neuem Wissen begeben wollte. In gewisser Weise erinnerte seine Reise an die seines Großvaters Mateu vor mehr als sechzig Jahren. Nur, dass Antoni besser vorbereitet war und ein ehrgeizigeres Ziel verfolgte. Er hatte seine kompletten Ersparnisse in einen Fahrschein nach Paris investiert, um dort all die Geheimnisse der französischen Konditormeister kennenzulernen.

Antoni hatte den Entschluss nach reiflicher Überlegung gefasst, denn ursprünglich hatte er vorgehabt, in die Schweiz zu gehen, das Land, das eine Vorreiterrolle in der Herstellung von Schokolade innehatte.

»Dort lernst du nichts, was du nicht schon weißt, mein Sohn«, hatte ihm sein Vater versichert, und er hatte dessen Rat nicht nur aus Respekt beherzigt, sondern auch, weil er seine auf jahrzehntelanger Erfahrung basierende Meinung schätzte. Und so wurde er schließlich von der Stadt der Liebe, des Lichts und der Süße magnetisch angezogen.

Er fing als Lehrling bei Le Canigou an, einer der besten Patisserien von ganz Paris, die Jean Casadesús gehörte, einem Katalanen aus Perpignan und Bekannten seines Vaters. Dort konnte er sein Wissen über Schokolade unter dem für französische Süßwaren typischen Gebot feinster Raffinesse erweitern. Und obendrein sollte er dort seine künftige berufliche und persönliche Bestimmung finden.

Sein Aufenthalt in Paris neigte sich bereits dem Ende zu, als er von dem Chef der Backstube eine letzte Empfehlung bekam: »Wenn du wirklich die Geheimnisse der französischen Konditorkunst kennenlernen willst, darfst du nicht abreisen, ohne die Arbeit von Étienne Tholoniat kennengelernt zu haben, Antoni.«

»Ich habe von ihm gehört, er hat vor nicht allzu langer Zeit einen Preis gewonnen, stimmt's?«

»Den des besten Patissiers beim ersten Konditorenwettbewerb nach dem Krieg, vor etwa drei Jahren. Es gibt niemanden, der ihm im Umgang mit Karamell das Wasser reichen kann, das kannst du mir glauben.«

»Und wo finde ich ihn?«

»In der Chocolaterie Tholoniat, im zehnten Arrondissement, in der Nähe des Gare de l'Est.«

Kurz darauf stellte sich Antoni in der Patisserie vor, die der Meister 1938 gegründet hatte. Und wie ihm vom Chef der Backstube versichert worden war, wurde diese Begegnung für ihn zu einer Entdeckung. Seit seiner Auszeichnung als bester Patissier hatte sich Étienne Tholoniat international für sein Zuckerwerk einen Namen gemacht. Und schon bald sollte er auf diesem Gebiet die unangefochtene Nummer eins der Welt werden und den Titel »König des Karamells« verliehen bekommen.

Der junge Escribà erkannte sogleich, dass die Anerkennung, die der Maître erlangt hatte, die Frucht von harter Arbeit und Genialität war. Seit Tholoniat sich im Alter von vierzehn Jahren für den Konditorberuf entschieden hatte, hatte er alles darangesetzt, die uralte, traditionsreiche französische Kunst der Confiserie zu beherrschen. Er war nicht nur ungeheuer erfahren, sondern begriff die Herstellung süßer Köstlichkeiten dank seines Ideenreichtums als fantasievolle, ja künstlerische Herausforderung.

Wie Antoni hatte sich auch Monsieur Tholoniat seinem Beruf mit glühendem Eifer verschrieben und ging ganz darin auf. Daher fand er immer Mittel und Wege, um täglich ein Weilchen nach Herzenslust mit Zucker experimentieren zu können. Sein neuer Meister vermittelte dem jungen Escribà nicht nur Wissen, sondern bestätigte etwas, was dieser schon in Barcelona begriffen hatte: die Erkenntnis, dass die Arbeit des Konditors weit über die Herstellung von Süßigkeiten hinausging. Wer sich ihr mit Leib und Seele verschrieb, konnte in der Backstube überraschende Gefühle und Illusionen hervorbringen.

Étienne Tholoniats Lehren waren für Antoni Escribà ein wertvolles Rüstzeug. Doch der junge Kuchenbäcker wusste noch nicht, dass sein Leben bald eine entscheidende Wendung nehmen würde.

Waffelröllchen

Dezember 1957

Neun ganze Jahre hatte sie keinen Fuß mehr in diese herrschaftliche Eingangshalle gesetzt, doch auf dem Weg zum Aufzug empfand Alba dasselbe wie damals. Vielleicht hatte sie sich in all der Zeit weniger verändert als gedacht, wenngleich ein bisschen wohl doch, immerhin hatte sie sich endlich dazu durchgerungen, Cecília zu besuchen.

Ihr Besuch war allerdings nicht ganz uneigennützig. In den vergangenen Monaten hatte sie sich wieder und wieder den Kopf zerbrochen, bis sie zu der Überzeugung gelangt war, dass Cecília der einzige Mensch war, der ihr einen Rat geben konnte. Die Erfahrung, die diese Frau einunddreißig Jahre zuvor gemacht hatte, besaß viel Ähnlichkeit mit dem, was sie selbst erlebte. Sie würde sich leicht in Albas Lage versetzen können, ohne sie zu verurteilen.

Seit der zufälligen Begegnung mit Joaquim hatte Albas Leben eine unerwartete Wendung genommen. Und das Erstaunlichste war, dass sie keine Ahnung hatte, wie sie an den Punkt gelangt war, an dem sie sich nun befand. Anfangs war alles wie von selbst geschehen, aber dann hatte sie sich unmerklich in eine Situation verstrickt, aus der sie nun keinen Ausweg mehr fand.

Die unerwartete Begegnung mit ihm im Kino erschien ihr wie ein Wink des Schicksals, doch ob sie es als Glück oder als Verhängnis empfand, hing ganz von ihrem Seelenzustand ab, und der war in den letzten zwei Jahren überaus wechselhaft geworden. Mal war sie überzeugt, das Zusammentreffen mit dem Anwalt sei ihr größtes Unglück gewesen, mal durchflutete sie ein tiefes Gefühl der Liebe, und sie war dankbar, ihn wiedergefunden zu haben.

Als er sie eines Nachmittags, wenige Wochen nach der Begegnung im Fantasio, an der Konditorei abholte, erschrak Alba wie nie zuvor in ihrem Leben. Denn diesmal war es kein Zufall, sondern ein bewusst herbeigeführtes Aufeinandertreffen, dem sie nicht entgehen konnte.

»Hallo, Königin des Konfekts!«

Sein Gruß weckte in ihr die Erinnerung an die Sonntage sieben Jahre zuvor, als sie in der Patisserie Verkäuferin war und er sie dort aufsuchte. Sie wurde zornig, denn sie empfand es als beleidigend, dass er sie ansprach, als ob nichts geschehen wäre. Offenbar erwartete er, dass sie über seinen Witz lachte.

Alba konterte seine Dreistigkeit mit ein paar höflichen Worten und setzte ihren Heimweg fort. Aber Joaquim dachte nicht daran aufzugeben, und fuhr mit seinem aufgekratzten Geplauder fort, als hätten all die vergangene Zeit und die Dinge, die geschehen waren, keinen Einfluss auf den gegenwärtigen Moment. Zu ihrer eigenen Verblüffung ließ sich Alba in ein Gespräch verwickeln. Ihr war, als wären sie beide in ein Trugbild außerhalb der Zeit versetzt worden.

An diesem Abend endete ihr Widerstreit zwischen Moral und Instinkten. Dafür sollte es einen neuen Kampfplatz geben.

Nachdem sie sich auf ein Gespräch mit Joaquim eingelassen hatte, willigte Alba schließlich auch in seinen Vorschlag ein, mit ihm am nächsten Tag einen Kaffee trinken zu gehen. So wie er sich ihr gegenüber bei ihrem ersten und letzten Rendezvous verhalten hatte, konnte sie selbst kaum glauben, dass sie zugestimmt hatte. In ihr regte sich eine mahnende Stimme, aber zugleich auch eine beflügelnde Energie, von der sie sich einfach mitreißen ließ. Trotz ihrer Vorahnungen fühlte sie sich von Joaquim unwiderstehlich angezogen und hatte dem nichts entgegenzusetzen.

In der Nacht vor dem Rendezvous schlief sie unruhig. Beklommen malte sie sich aus, was passieren mochte und wie sie sich verhalten sollte. Am nächsten Morgen fragte sie sich unsicher, was sie anziehen sollte. Sie wollte sich nicht zu hübsch machen, um zu Hause oder bei der Arbeit keinen Argwohn zu erregen. Und Joaquim sollte nicht denken, sie habe sich extra für ihn schön gemacht. Daher entschied sie sich letztlich für ein Pikee-Kostüm mit Schottenkaro, das sie vor nicht allzu langer Zeit im Warenhaus Capitol gekauft hatte. Der gestärkte Rock mit der schmalen, durch ein Band im gleichen Stoff betonten Taille stand ihr ausgezeichnet und verlieh ihr eine dezente Eleganz.

Dennoch konnte sie ihm nicht das Wasser reichen. In seinem feinen Wollanzug mit breitem Revers und großen Schulterpolstern, die seine in den Jahren gewonnene Leibesfülle betonten, sah er großartig aus. Sein Aufzug passte hervorragend zu dem Ort, an den er sie eingeladen hatte. Das ebenso vornehme wie geräumige Café *El Oro del Rin*, Rheingold, war berühmt für seine Gesprächskreise und Zirkel und hatte in früheren Zeiten Literaten wie Federico García Lorca und Max Aub angezogen. Es lag nicht weit von der Konditorei entfernt, was sicher ein Grund war, warum Joaquim es als Treffpunkt gewählt hatte.

Alba brauchte der Gran Via nur zehn Minuten zu folgen, bis

sie das Café auf der Rambla de Catalunya, gleich neben dem Kino Coliseum, erreichte. Der warme Sommerabend lud dazu ein, den Tag auf angenehme Weise ausklingen zu lassen, sodass es sie nicht überraschte, dass die Terrasse gut besucht war.

Ihre Nervosität, die sich den ganzen Tag nicht gelegt hatte, nahm zu, als sie den Anwalt an einem der Tische sitzen sah. Aber dann erfasste sie ein irrationaler Mut und bestärkte sie in der Überzeugung, dass sie diesem Weg folgen musste. Ihre Unruhe legte sich, und zwischen ihnen entstand eine wohltuende Vertrautheit. Joaquim erkundigte sich interessiert nach ihrem Fortkommen in der Konditorei und ihrem Leben im Allgemeinen. Ohne deutlich zu werden, schien er in Erfahrung bringen zu wollen, ob sie noch ledig war. In scharfen Worten erklärte Alba, sie habe sich zwar auf das Treffen mit ihm eingelassen, aber sie sei eine verheiratete Frau. Doch sein aufgeschlossener Ton besänftigte sie, und so begann sie ihrerseits, Fragen nach seinen Lebensumständen zu stellen.

Sie fühlte sich diesem Mann, der sie früher so sehr eingeschüchtert hatte, nahe wie nie zuvor, und in dem freundlichen Einvernehmen, das sich zwischen ihnen einstellte, verflogen ihre Zweifel, Ängste und Sorgen. Zum allerersten Mal zeigte sie sich so, wie sie war, auch wenn sie mit subtiler Ironie über all das hinwegging, was er als ihre Schwächen betrachtete.

Erst gegen Ende, als es bereits dunkelte und es Zeit wurde, nach Hause zu gehen, kam Joaquim zur Sache. Die späte Stunde, in deren anonymer Dunkelheit Formen und Farben verwischten, schien wie geschaffen für Geständnisse.

»Ich weiß nicht, wie es dir geht, aber ich habe das Gefühl, mein Leben zu vertun. Das geht nun schon ein paar Jahre so, dabei bin ich nicht unglücklich. Im Gegenteil! Aber seit unser Kind auf der Welt ist, ist ein Tag wie der andere. Meiner Frau gefällt es, und ich bin froh, Stabilität gefunden zu haben, aber mir reicht es nicht zuzusehen, wie die Zeit vergeht.«

Alba hörte ihm schweigend zu. Es war ihr unangenehm, mit ihm über die Ehe zu sprechen, aber sie begriff sofort, worauf er hinauswollte. Sie hatte seine Erregung gespürt und wusste, er wollte ihr nicht zeigen, wie verletzlich er war. Er wollte ihr ein Gefühl der Stärke vermitteln, das sie ihm in die Arme treiben sollte, um sie zum Katalysator seiner unterdrückten Bedürfnisse zu machen.

»Wir müssen uns wiedersehen, Alba, und die verlorenen Jahre nachholen.«

Der unverständliche Übermut, der jedes Mal ihren Verstand ausschaltete, wenn sie mit ihm zusammen war, ließ sie nicken. In diesen Momenten gab es keine Logik, Überzeugung oder Norm, die in der Lage gewesen wäre, diese Kraft zu beugen, die sie mitriss und zu sporadischen Treffen in seiner Kanzlei führen sollte.

Das erste war zunächst eine Art Fortsetzung ihrer Begegnung im Café. Ihre Unterhaltung war angenehm, herzlich und aufrichtig. Aber schon bald begannen sie offen über ihre intimsten Gedanken zu sprechen, und das Gefühl der Nähe verstärkte sich. In dieser innigen Vertrautheit konnte es nicht anders kommen. Sie warfen sämtliche Konventionen über Bord, als in ihnen eine schier unbändige Begierde aufkam.

Plötzlich stieg das, was in der Küche der Vidals unvollendet geblieben war, aus den Tiefen der Zeit empor, und wie damals küssten sie sich mit maßlosem Verlangen. Doch anders als an jenem weit zurückliegenden Abend wehrte sich Alba diesmal nicht. Sie wusste, dass an diesem Begehren nichts böse oder verderblich war. Dass ihre Körper im Einklang waren, weil sie einem schicksalhaften Plan gehorchten, dem sie sich nicht entziehen konnten. Einem Plan, der in seinen Händen real wurde, die sie auszogen, ihren Körper erforschten und in ihr eine ungekannte Lust entfachten. Nie zuvor hatte sie so etwas empfunden, nie zuvor war sie ganz Körper und Begierde gewesen. Der gegenwärtige Moment wurde zu einem Universum, in dem es nur sie beide gab, vereint im Rhythmus einer stürmischen, überirdischen Verbindung.

Von jenem Tag an hatte Alba mit Joaquim die Welt der Sinnlichkeit betreten. Geführt von ihrer Lust und seiner Fantasie, erkundeten sie gemeinsam die Pfade der Erotik. Diese Streifzüge offenbarten ihr nicht nur unbekannte Seiten an Joaquim, sondern auch an ihr selbst und weckten in ihr eine grenzenlose Leidenschaft.

Nach ein paar Monaten begann Joaquim allerdings, die Abstände zwischen den einzelnen Treffen unverhältnismäßig in die Länge zu ziehen. Alba wusste nur zu gut, dass sie vorsichtig sein mussten, doch sie konnte nicht verstehen, warum sie so viele Wochen auf ein Wiedersehen warten sollten. Es schmerzte sie, dass ausgerechnet er, der selbst zu ihr gekommen war und über sein monotones Leben geklagt hatte, sich nun so rar machte. Auch für sie war es nicht leicht, sich davonzustehlen und eine verbotene Beziehung geheim zu halten, die, falls sie entdeckt würde, ihr bedeutend mehr schaden würde als ihm. Letzten Endes wurde Männern Untreue, auch wenn sie nicht gern gesehen war, immer verziehen, da sie das Geld heimbrachten. Sollte –

Gott bewahre! – ihr Abenteuer auffliegen, würde ihm von seiner Frau vergeben werden, die ihre Kinder sicher nicht allein großziehen wollte. Für Alba dagegen würde es keine Gnade geben.

All diese Überlegungen warfen in ihr die Frage auf, ob die »Magie des Süßen« hinter ihrer Verbindung stand oder ob sie vielmehr einem Fluch anheimgefallen war. Wenn sie bei ihm war, schien ihr der wohltuende Einfluss jener Macht offensichtlich, die sie seit jeher geschützt hatte. Doch wenn sie getrennt waren und die endlosen Tage zu einer kargen Einöde wurden, empfand sie die Verbannung als die fatale Folge eines bösen Zaubers.

Da sie Joaquims Verhalten nicht verstehen konnte und von Gewissensbissen geplagt wurde, hatte sie schließlich Cecília angerufen, um sie um Rat zu bitten. Diese hatte ihre Stimme im ersten Moment nicht erkannt, sich dann aber sehr gefreut, von ihr zu hören. Sie hatte kaum glauben können, dass Alba sie besuchen wollte. Und als sie sie nun in dem prächtigen Salon empfing, in dem sie ihr seinerzeit ihre wahre Herkunft offenbart hatte, strahlte sie vor Freude.

Alba wollte sich nicht lange mit Förmlichkeiten aufhalten, sondern das bittere Eingeständnis ihres Fehlers so bald wie möglich hinter sich bringen.

»Das, was ich gerade erlebe, hat mir die Augen darüber geöffnet, was Sie damals durchmachen mussten. Ich hatte sonst immer nur an die Schwangerschaft und die Schande gedacht, aber ich habe mich nie gefragt, wie Sie sich wohl vorher gefühlt hatten. Sie haben diesen Mann sicher sehr geliebt, wenn es zu einer Schwangerschaft kam, denn Sie waren doch kein leichtes Mädchen.«

»Ganz gewiss nicht! Er war mein Freund, und ich habe ihn geliebt, wie ich niemanden sonst geliebt habe. Das mit ihm war einzigartig. Vielleicht weil ich noch so jung und er der Erste war, ich weiß es nicht. Aber wenn ich ehrlich sein soll, ich habe ihn nicht vergessen und werde es wohl auch in Zukunft nicht.«

»Sagen Sie nicht so was! Es ist furchtbar, mit dieser ungewissen Sehnsucht zu leben, ihn sehen zu wollen, obwohl es unmöglich ist. Ich weiß nicht, wie Sie das ertragen konnten.«

»Die Zeit heilt alle Wunden, meine Liebe. Meine Empfindungen sind natürlich nicht mehr so stark wie damals. Nach und nach denkt man nicht mehr so oft an ihn, und das Bedürfnis, ihn zu sehen, verblasst, bis man eines Tages feststellt, dass er zu einer Erinnerung geworden ist.«

»Wie traurig das klingt … Dabei ist es so wunderbar, zusammen zu sein, ohne Probleme, einfach nur zu lachen und zu genießen! Ich weiß, wie schwer es ist, die Zeit zu finden, aber ich würde es schaffen. Ihm jedoch scheint es einerlei zu sein, ob er mich sieht oder nicht. Aber wenn wir uns treffen, ist er so glücklich wie sonst nie, er genießt es noch mehr als ich. Deshalb verstehe ich sein Verhalten nicht.«

»Und das wirst du auch nicht. Wenn du es genau bedenkst, haben sicher alle jungen Männer, die du gekannt hast, das Gleiche getan. Männer sind gedankenloser als wir. Sie können eine Frau noch so sehr lieben, sie besitzen niemals die gleiche Opferbereitschaft und Selbstlosigkeit wie sie. Es ist für sie ein Riesenproblem, ihre vertrauten Bahnen zu verlassen.«

Alba erinnerte sich daran, wie Enric kurz vor der Verlobung gewesen war. Überrascht stellte sie fest, wie ähnlich sein damaliges Verhalten dem von Joaquim war.

»Alba«, fuhr Cecília nach einer längeren Pause fort. »Ich bin dir sehr dankbar, dass du mir dein Vertrauen geschenkt hast. Sei unbesorgt, ich verurteile dich nicht. Ich finde unsere Gesetze zu streng und unsere Gesellschaft erst recht. Ich habe das Glück, reisen zu können. Anderswo besitzen die Frauen erheblich mehr Freiheiten. Hoffentlich wird es eines Tages auch hier so sein, doch ich glaube, das wird noch lange dauern … Das sage ich nur dir, wenn meine Freundinnen mich hören könnten, würden sie laut aufschreien! Du hast gut daran getan, zu mir zu kommen, denn ich kann dich wirklich verstehen, glaube mir. Ich weiß, was es heißt, mit dem Mann zusammen zu sein, der dir gefällt, und zu wissen, dass ihr trotz eurer Gefühle nicht zusammen sein dürft. Ich möchte auf keinen Fall, dass dein Herz gebrochen wird, weder von ihm noch von den Umständen, wie es damals bei mir war, aber ich weiß genau, dass man gegen diese Anziehung machtlos ist. Daher kann ich dir nur eins sagen: Gib gut auf dich acht! Egal, wie sehr du ihn liebst, geh nicht aufs Ganze, wenn er es nicht ebenfalls tut. Versuch, dein Leben zu leben, das doch eigentlich erfüllt und glücklich ist, und denk so wenig wie möglich an ihn.«

Im Aufzug auf dem Weg nach unten sinnierte Alba über diesen letzten Rat. Wie sollte sie es nur anstellen, nicht mehr an ihn zu denken, wenn die Erinnerung an ihr herrliches, gemeinsam erschaffenes Universum sie mit einer Lust erfüllte, die nicht von dieser Welt war, wenn sich seine Liebkosungen ihr tief und dauerhaft ins Gehirn eingebrannt hatten und jeden anderen Gedanken unmöglich machten.

Die Stimmen der Frauen in der Küche waren wie eine Hintergrundmusik, die es Enric leicht machte, sich zu konzentrieren.

Er ließ sich von ihnen und dem köstlichen Aroma von Selbstgebackenem einhüllen.

Alba hatte gut daran getan, ihre Mutter und ihre Großmutter einzuladen, um gemeinsam Waffeln zu backen, auch wenn er anfangs nicht allzu viel davon gehalten hatte. Er hatte nicht verstehen können, warum sie an ihrem freien Tag das Gleiche tun wollte wie in der Backstube. Doch dann war ihm klar geworden, dass es dabei um Nähe und Wertschätzung ging, es war eine Art Ritual, um an die frühere Vertrautheit anzuknüpfen. Elvira war inzwischen 90 Jahre alt, und ihre eiserne Gesundheit ließ allmählich nach. Da war es nur logisch, wenn ihre Enkelin ihr einen Nachmittag wie in früheren Zeiten schenken wollte.

Der rhythmische Klang des Schneebesens drang gemeinsam mit einem leichten Zitrusduft bis ins Esszimmer. Das fruchtige Aroma hatte die Mischung aus Mehl, Butter, Eiern und Zucker überlagert und sich mit seiner milden Säure in der Wohnung ausgebreitet. Enric fühlte sich in dieser Atmosphäre rundum wohl, die auch ihn in seine Kindheit zurückversetzte. Es war genau das richtige Umfeld für die kreative Arbeit, mit der er gerade begonnen hatte.

Nach fünf Jahren regelmäßiger Mitarbeit bei einer Handvoll humoristischer Wochenblätter hatte er vor Kurzem einen Exklusivvertrag mit dem Verlag Bruguera abschließen können, der es ihm ermöglichte, seine Stelle in der Molkerei aufzugeben und sich allein dem Zeichnen von Comics und Buchcovern zu widmen. Zu Weihnachten hatte er in diesem Jahr überdies ein paar lukrative Aufträge aus dem Ausland bekommen, auch wenn er die Zeichnungen nicht hatte signieren oder deren Originale behalten dürfen. Doch für dieses Unrecht entschädigte ihn voll und ganz, dass er endlich seine Berufung zu seinem Beruf hatte machen können.

Mehr denn je verstand er nun, was Alba empfunden haben musste, als sie dem machtvollen Ruf gefolgt war, der sie von Kindesbeinen an zum Backen gelockt hatte. Es war ein Impuls, dessen Preis sehr hoch sein konnte, da er Opfer forderte und, gefräßig wie er war, alle anderen Sehnsüchte verschlang. Doch sich seiner Leidenschaft hingeben zu können war wie das Salz in der Suppe. Zufriedenheit, Stolz und Feuereifer loderten in ihm und verliehen einem Leben Wärme, das nicht mehr nur auf Sparflamme köchelte und kein bloßes Über-die-Runden-Kommen mehr war.

Jetzt, da sie beide Erfolg hatten, war er froh, Alba immer unterstützt zu haben. Manchmal meinte er sogar, die »Magie des Süßen« würde auch auf ihn abfärben, als dankte sie ihm für sein Wohlwollen, indem sie ihm seinen Herzenswunsch erfüllte, wie im Märchen. Aber auch ohne ihre wundersame Macht sah er mit Freude, wie weit Alba es gebracht hatte. Es gefiel ihm, dass er, wenn auch indirekt, einen Anteil daran hatte, dass seine Frau tatsächlich hatte Konditorin werden können. Ihr Triumph war noch verdienstvoller als sein eigener Erfolg als Zeichner. Er wusste auch, dass ihre künstlerische Seelenverwandtschaft mächtiger war als der Bund der Ehe. Sie war kein unauflöslicher Pakt, der starren Regeln unterworfen war, sondern eine freie Entscheidung, die nur dem eigenen Willen unterlag. Das bescherte ihrem Zusammenleben die nötige Harmonie und füllte die Lücke, die die Leidenschaft hinterlassen hatte.

Das Zitrusaroma löste sich in der duftenden Wärme des Ofens auf, in den die Frauen die Teigkreise inzwischen geschoben hatten. Nun warteten sie darauf, dass sie sich goldbraun färbten, um sie noch vor dem Abkühlen aufrollen zu können. Der warme Wohlgeruch, der aus der Küche zu ihm strömte, weckte in Enric die Erinnerung an die Zeit, als Alba ihn mit ihren kleinen, süßen Wundern überrascht hatte. Es waren plötzliche Momente des Glücks gewesen, Leuchtpunkte in dem armseligen grauen Alltag, der ihnen das Leben schwer machte. Eine bescheidene Freude, die ihn auf magische Weise mit dem Glück seiner Kindheit verband.

Zehn Jahre waren seither vergangen, und in den düsteren Jahren der Nachkriegszeit glomm erstmals ein neues Licht auf. Die internationale Isolation, mit der das Franco-Regime für seine Kollaboration mit den Achsenmächten bestraft worden war, hatte ein Ende, und das Land war nicht länger auf Selbstversorgung angewiesen. Der Wegfall dieser Beschränkungen eröffnete in jeder Hinsicht die Hoffnung auf Fortschritt. Zuletzt war Spanien sogar in die Vereinten Nationen und andere mächtige Organisationen des Auslands aufgenommen worden.

Während Enric mit flinkem Bleistiftstrich die Figuren der Bildergeschichte auf ein Blatt Papier zeichnete, kam ihm der Gedanke, dass er diesen Auftrag ohne die gegenwärtige Lage nie bekommen hätte. Er hätte wohl weiterhin für nationale Publikationen gearbeitet, aber mit dem Honorar, das er dafür einstrich, wäre es ihm nicht möglich gewesen, seine alte Stelle zu kündigen. Es war ein Glück, dass die Gegenwart neue Chancen bot, und auch die Zukunft schien vielversprechend zu werden.

Er hoffte, dass dann auch endlich die Gefangenschaft seines Vaters enden würde.

Croissant

»Sie ist eine echte Dame, Quim, ohne Wenn und Aber. Man merkt gleich, dass sie aus Paris stammt. Ich sage dir, Antoni hätte keine bessere Frau zum Heiraten finden können!«

Joaquims Gattin erzählte schon eine ganze Weile von der Frau des Konditors, Jocelyn, die sie bei den Escribàs kennengelernt hatte, als sie ihren Sonntagskuchen und diese neuen Croissants kaufte, die die Konditorei gerade erst in ihr Sortiment aufgenommen hatte. Ihr Ehemann lauschte hinter seinem Schreibtisch im Arbeitszimmer ihrem ausführlichen Bericht über das, was sie über die Pariserin in Erfahrung gebracht hatte.

Die hübsche, zierliche junge Frau war die Tochter von Étienne Tholoniat, dem französischen Konditormeister, der Antoni in die Geheimnisse des Zuckers eingeführt hatte. Bei ihrer ersten Begegnung vier Jahre zuvor hatte sie beim Anblick des jungen Mannes in dem sonderbaren Aufzug, der sich nach ihrem Vater erkundigte, große Augen gemacht. Sein auffälliges kariertes Sakko stand im starken Kontrast zu der beigefarbenen Hose, unter der glänzende weiße Lackschuhe hervorblitzten. Ihren Höhepunkt fand die extravagante Bekleidung jedoch in der Krawatte, auf die Antoni höchstpersönlich eine schwarze Schönheit mit üppigen Brüsten gemalt hatte, die Bongos spielte. Dieser Anblick war ein gewaltiger Schock für Jos gewesen, aber im Grunde hatte es sie sehr amüsiert.

Von da an suchte der junge Konditor jeden Nachmittag den »König des Zuckers« auf, um sich von ihm in der Verarbeitung dieser kristallinen Substanz unterweisen zu lassen. Eines Tages, als sich die Arbeit allzu lange hingezogen hatte, schlug der Maître dem jungen Mann vor, zum Abendessen zu bleiben. Bei dieser Gelegenheit hörte seine Tochter Antoni zum ersten Mal reden und war auf Anhieb fasziniert von seiner Art, sich auszudrücken, und seiner Persönlichkeit. Entzückt erkannte sie, dass dieser Mann in Wahrheit ein Künstler war.

Als Antoni nach Barcelona zurückkehren musste, hielt er Kontakt zu Jos. Die lange Trennung war für beide schwer zu ertragen und ließ in ihnen die Erkenntnis reifen, dass sie zusammen sein wollten. Und so beschlossen sie vier Jahre nach ihrer bizarren ersten Begegnung zu heiraten.

Die Sechzigerjahre hatten gerade erst begonnen, und Spanien stand am Beginn einer nie da gewesenen wirtschaftlichen Entwicklung. Das junge Ehepaar Escribà blickte der neuen Zeit voller Zuversicht entgegen, als es kurz nach der Hochzeit die Nachfolge von Antonio und Pepita antrat. Er übernahm die Leitung der Backstube, wo er alles in die Tat umsetzte, was ihm sein Einfallsreichtum eingab, und sie den Laden, dem ihre raffinierte Eleganz zugutekam. Antoni und Jos wurden so zur dritten Generation der Escribàs, und es deutete alles darauf hin, dass sie viel mehr sein würden als bloß die nächsten Verwalter eines prestigeträchtigen Vermächtnisses.

»Da, nimm. Das ist eins ihrer neuen Croissants. Probier mal. Es ist ein gewaltiger Unterschied zu denen von früher, du wirst sehen.«

Joaquim sah seiner Frau nach, die die Tür des Arbeitszimmers hinter sich zuzog, nachdem sie das Gebäck auf seinen Schreibtisch gelegt hatte. Da er mit den Dokumenten, an denen er arbeitete, bald fertig sein würde, würde er das Croissant erst später kosten. Als es schließlich so weit war, fand er es viel schmackhafter und knuspriger, aber zugleich auch weicher als sonstige Hörnchen. Der Geschmack war süßlich und durch eine köstliche Milchnote, die den Gaumen kitzelte, herrlich mild.

Er wusste nicht, dass dieses halbmondförmige Gebäck das erste war, das in Spanien mit Butter gebacken worden war. Und ebenso wenig wusste er, dass die treibende Kraft hinter diesem neuen Meilenstein der Escribàs Jocelyn Tholoniat war. Nur zwei Monate nach der Hochzeit hatte sie Antoni rundheraus erklärt, dass sie die Hörnchen, die es in Barcelona gab, nicht mochte. Der Geschmack und das Aussehen dieses Schmalzgebäcks unterschied sich deutlich von den Croissants, an die sie, die aus einer traditionsreichen Konditorenfamilie stammte, gewöhnt war.

»Wenn ich nicht jeden Morgen zum Frühstück ein Buttercroissant bekomme, kehre ich nach Paris zurück«, hatte sie schelmisch zu ihrem Mann gesagt.

Auch wenn sie es im Scherz geäußert hatte, begann Antoni noch am gleichen Tag mit der Herstellung von Croissants nach französischem Rezept, mit sorgsam ausgerollten, dünnen Schichten aus Teig und Butter, aus denen, wenn sie aus dem Ofen kamen, ein goldgelbes, herrlich duftendes und köstliches Blätterteiggebäck geworden war.

Es war nicht die erste Neuerung, die Antoni aus dem Nachbarland mitgebracht hatte. Vier Jahre zuvor hatte er zur Verblüffung der Kundschaft in die Mitte der Kranzkuchen zum Dreikönigsfest eine Pappkrone gesetzt. Der Einfall dazu war ihm gekommen, als er sah, dass in Frankreich die *galette des rois* mit diesem Machtsymbol geschmückt wurde. Nach seiner Heimkehr nach Barcelona übertrug er die Idee auf seine Dreikönigskuchen und war damit so erfolgreich, dass daraus eine neue Tradition wurde. Seither durfte sich derjenige, der die im Gebäck verborgene Figur fand, die Pappkrone aufsetzen.

Während Joaquim sich das Croissant schmecken ließ, dachte er, dass er sich mit Alba in Verbindung setzen sollte. Seit ihrer letzten Begegnung waren fast zwei Monate vergangen, und damals hatten sie nicht mehr als ein paar unverbindliche Sätze ausgetauscht, wie sie es immer taten, wenn er nach dem Ende ihrer Schicht an der Konditorei oder der Straßenbahnhaltestelle vorbeikam, von der aus sie nach Hause fuhr. Sie schützten dann eine förmliche Unterhaltung vor und verständigten sich dabei insgeheim darüber, wann sie sich das nächste Mal sehen würden.

Bei dieser letzten Gelegenheit hatte er sich entschuldigt, er habe übermäßig viel Arbeit, und ihr erklärt, sie würden sich in den kommenden Wochen auf keinen Fall sehen können. Alba hatte es scheinbar mit Fassung getragen, aber Joaquim war überzeugt, dass sie nur gute Miene gemacht hatte, um ihre tiefe Enttäuschung zu verbergen.

Seit fünf Jahren, also praktisch seit Beginn ihres Verhältnisses, war er sich dessen bewusst, dass es Alba nicht reichte, was er ihr zu bieten hatte. Es überraschte ihn, wie viel Geduld sie ihm entgegenbrachte und was sie dafür aufs Spiel setzte, wenn man bedachte, wie wenig sie zurückbekam. Aber er konnte nicht anders. Er war hin- und hergerissen zwischen dem Druck seiner beruflichen und häuslichen Pflichten und seiner schrecklichen

Angst, den Verstand zu verlieren. Denn es wurde für ihn immer schwieriger, die Anziehung in Schach zu halten, die der Umgang mit ihr in ihm auslöste, als hätte eine kraftvolle, schicksalhafte Macht ihre Finger im Spiel.

Der einzige Weg, einen kühlen Kopf zu bewahren, war, sich von ihr fernzuhalten. Sie auf Abstand zu halten, bis er sich stark genug fühlte, um auf ihren Sirenengesang einzugehen und sich in diese abgründige Vergnügung zu stürzen, weil er sich sicher sein konnte, dass er zurück zur Erde finden würde. Er konnte es sich nicht erlauben, sich allzu lange dieser aufregenden, wandlungsfähigen und fantasievollen Lust hinzugeben, in der er sein wahres Ich zeigen konnte. Andernfalls, das wusste er, würde es kein Zurück geben. Er würde auf diesen lustvollen Reiz nicht mehr verzichten können, der seine Wurzeln in anderen, tieferen Gefühlen hatte und das Zeug hatte, ihn über alle Maßen glücklich zu machen.

Wasser und Salz, und natürlich auch Zucker, Sahne und Hefe. Das alles landete in dem Krater, den Alba in das aufgehäufte Mehl gedrückt hatte. Trotz der vielen Stunden in der Backstube wurde sie es nie leid, in ihrer Freizeit auch zu Hause zu backen. Es war, als steckte in den einfachen Verrichtungen in der heimischen Küche die Macht, die Zeit zu krümmen, wie ein Wurmloch in der Raumzeit, und auf dieser Abkürzung in die Vergangenheit zurückzukehren empfand sie als tröstlich.

Seit sie zu Weihnachten vor sieben Jahren Waffeln gebacken hatte, um ihre Großmutter aufzumuntern, hatte sie es sich angewöhnt, als Huldigung an die Vergangenheit Kuchen zu backen. Es war das letzte Mal gewesen, dass sie gemeinsam in der Küche hantiert hatten, denn die alte Frau war kurz nach Weihnachten gestorben. Im Januar war sie an einem Abend, den Alba nicht vergessen würde, zu Bett gegangen, um nie wieder aufzustehen. Es war für sie nicht leicht gewesen zu verkraften, dass ihre Großmutter für immer von ihr gegangen war. Sie war ihr so innig verbunden gewesen, dass es sich wie eine Amputation anfühlte, sie nicht mehr um sich zu haben. Seit damals vollzog Alba dieses Ritual zu Ehren ihres Andenkens, da Süßes in ihrem Leben immer eine große Rolle gespielt hatte. Denn selbst der Tod war ihr in der sanften Umarmung des Schlafs versüßt worden.

Alba vermischte die Zutaten zu einem glatten Teig und deckte ihn anschließend mit einem feuchten Tuch zu, damit sich keine Kruste bildete. Während sie ihn gehen ließ, räumte sie rasch die Küche auf.

Als ihre Großmutter Elvira starb, war Alba gerade einunddreißig Jahre alt geworden. Zum ersten Mal in ihrem Leben spürte sie die Last des Alters. Von da an hatte sie das Gefühl, als raste die Zeit. Zwischen zwanzig und dreißig hatten die Stunden noch eine andere Konsistenz besessen. Ab dreißig schien jedoch eine grausame Zeitverschiebung zu bewirken, dass die Tage viel schneller aufeinanderfolgten als früher die Minuten.

Bisweilen kam ihr der Gedanke, dieses Phänomen habe vielleicht damit zu tun, dass in der Backstube ständig irgendetwas los war. Vor nicht allzu langer Zeit hatte etwa Pablo Picasso höchstpersönlich Antoni eine Lithografie geschickt, als Dank für einen Osterkuchen, den dieser für den Künstler kreiert hatte. Es hatte damit begonnen, dass sein Kunsthändler und Galerist, Joan Gaspar, eines Tages im Geschäft aufgetaucht war, um dem Konditor zu erzählen, der Künstler höre nicht auf davon zu sprechen, wie gern er den »Kolumbus sehen« wolle. Ihm zufolge bedeutete das, dass Picasso Sehnsucht nach Barcelona hatte, wo er schon viele Jahre nicht mehr gewesen war, weil er geschworen hatte, keinen Fuß auf spanisches Gebiet zu setzen, solange Franco regierte. Also war Gaspar, der ihn in Frankreich besuchen wollte, auf die Idee gekommen, ihm einen Kuchen mit der Statue des Kolumbus mitzubringen.

Als Alba davon hörte, fragte sie sich, was Antoni wohl tun würde, da die Karwoche gerade zu Ende gegangen war und er nach drei Monaten pausenloser Arbeit an Osterkuchen erschöpft war. Bald darauf sollte sie es herausfinden: Anstelle der Kolumbus-Statue hatte er einen Sockel gemacht, auf dem ein von einem Finger durchbohrtes Schokoladenei thronte. Picasso war bei diesem Anblick so verblüfft, dass er ihm die Lithografie schenkte.

Kurz darauf hatte Antoni Jos geheiratet und mit ihr das Geschäft übernommen. Von da an wurde er von Albas Kollegen liebevoll nur noch »Chef« genannt.

Das Paar hatte die Leitung der Konditorei noch nicht lange inne, als Alba eines Morgens im August mit einem Schaudern las, dass Marilyn Monroe gestorben war. Sie konnte nicht fassen, dass dieser Star mit dem himmlisch sinnlichen Körper seine Bahn im kosmischen Nebel verlassen hatte, um für immer in einem anderen Universum zu kreisen. Die Feststellung, wie kurz der Lebensweg dieses Sterns war, konfrontierte sie mit ihrer eigenen Vergänglichkeit. Nicht nur, weil die Schauspielerin im gleichen Alter gewesen war wie sie, sondern auch, weil es zeigte, wie leicht es war, sich von der Kuppel des Himmelszeltes zu lösen und blitzartig mit einem Donnerschlag zu vergehen.

Durch das Küchenfenster schien die Herbstsonne herein. Alba schnitt Butter in eine hauchdünne, quadratische Scheibe und rollte dann den Teig aus, bis er doppelt so groß war wie das Quadrat. Sie schlug ihn um, wickelte die Butter darin ein und rollte ihn erneut aus, bis er das Dreifache der ursprünglichen Größe erreichte. Dann faltete sie ihn zweimal und legte ihn, zugedeckt wie zuvor, zum Ruhen in den Kühlschrank.

Im Herbst nach Marilyns Tod beendete Alba ihr heimliches Verhältnis mit Joaquim. Ihr blieb keine andere Wahl, denn sie erkannte, dass ihm ihre flüchtigen Treffen in seiner Kanzlei genug waren. Sie dagegen sehnte sich nach mehr. Seit dem Tag, an dem sie einander in seinem Büro nähergekommen waren, hatte Alba das Gefühl, das sie zueinander trieb, als belebend empfunden. Es war keine plötzliche Verliebtheit, sondern das tiefe Wissen, dass sie auf der gleichen Wellenlänge schwangen. Deshalb hatte sie aufgehört, gegen ihre wechselseitige Anziehung anzukämpfen. Schon von klein auf war sie davon überzeugt, dass die menschliche Wahrnehmung Grenzen hatte. Sie sah, dass es unendlich viele Denkweisen gab, die sich der Vernunft und folglich all den Normen und Lehren entzogen, die darüber beschieden, welches Verhalten richtig oder falsch war. Das war der Grund, weshalb sie andere nie verurteilt hatte und es ihr relativ leichtgefallen war, ihrer Familie und auch Cecília zu vergeben. Und darum hatte sie auch die Gewissensbisse auf sich nehmen können, die ihre heimliche Beziehung zu Joaquim ihr beschert hatte.

Voller Bedauern blickte sie zurück und erkannte, dass keine Absicht dahintergestanden hatte, als sie Joaquim begegnet war, er in ihr solche Gefühle geweckt hatte oder als sie ihn nach so vielen

Jahren wiedergesehen hatte. Alles war wie von selbst geschehen, wieder und wieder im Laufe der Zeit, trotz ihrer Bemühungen, dieser Verbindung auszuweichen, von der sie nicht sagen konnte, ob es Liebe war. Sie hatte eigentlich immer gedacht, dieses viel gepriesene, noble Gefühl sei das, was sie für Enric empfand, aber ihre Lebenserfahrung hatte ihr gezeigt, dass es nicht so einfach war, dies genau zu wissen. In einem Herzen wohnten vielmehr die verschiedensten Formen von Zuneigung und Empfindungen, die schwer einzuordnen waren. Sie wollte dahinterkommen, was es war, das sie zu Joaquim trieb, denn in den flüchtigen Momenten, in denen sie sich einander hingegeben hatten, hatte sie einen strahlenden Horizont sehen können.

Joaquim dagegen hatte der Beziehung nie eine Chance gegeben, sondern alles darangesetzt, sie zu boykottieren. Die Ausflüchte und Vorwände, um den Abstand zwischen ihren Treffen möglichst zu vergrößern, waren die Waffen, mit denen er sich dagegen gewehrt hatte, sich auf diese gleißend helle Linie einzulassen, die ihre Zukunft hätte werden können.

In dem Jahr, in dem sie ihn verließ, verwandelte ungewöhnlich viel Schnee die Straßen der Stadt in eine weihnachtliche Postkartenidylle. Es war ein denkwürdiger Anblick, der auf unendlich vielen Abbildungen und in sentimentalen Erinnerungen für immer festgehalten wurde.

Während sie darüber nachdachte, hatte Alba den Teig und die Butter noch drei weitere Male ausgerollt, bis er schließlich dreimal so groß war wie zu Beginn. Dann hatte sie ihn für eine Stunde zur Seite gestellt und in dieser Zeit den Eintopf aus Tomaten, Paprika und Zwiebeln zubereitet, die Beilage zum Stockfisch, den sie zum Mittagessen gekauft hatte.

Unterdessen saß Enric im Esszimmer und zeichnete, wie an jedem Tag. Er ging nur gelegentlich in die Redaktion, um seine Auftragsarbeiten abzuliefern. Es freute Alba, ihn so zufrieden zu sehen, denn sein Wohlbefinden spiegelte das, was sie in diesen turbulenten Zeiten in der Backstube empfand. Die neue Phase, die in der Konditorei drei Jahre zuvor unter der Leitung von Antoni und Jos eingeläutet worden war, brachte ihr noch größeren Erfolg. Das Geschick des Chefs beim Modellieren von Schokolade war über die Grenzen hinaus bekannt geworden und hatte ihm bei internationalen Konditorenwettbewerben bereits mehrere Goldmedaillen eingebracht.

Der Ruhm und der ausgezeichnete Ruf, den sich Escribà erwarb, hatten Alba über die Trennung von Joaquim hinweggeholfen. Sobald ihr klar wurde, dass er in ihrer Vorstellung einer strahlenden Zukunft keine Rolle spielen würde, konzentrierte sie sich voller Inbrunst auf ihr weiteres Fortkommen im Konditorhandwerk. Mit einem Mal kam ihr alter Herzenswunsch von einer eigenen Konditorei wieder in ihr auf, ein Traum, den sie durch ihre Freude an der Arbeit in der Backstube aus den Augen verloren hatte. Doch nun kam alles zusammen, um sich diese Sehnsucht endlich zu erfüllen. Sie hatten ein hübsches Sümmchen gespart, und Enric verdiente nicht nur gut, sondern war mit seiner Tätigkeit nicht an einen bestimmten Ort gebunden.

Die Erinnerung an die Zeit, als sie sich gerade auf dieses Abenteuer einlassen wollten, kam ihr in dem Moment, als sie den Teig etwa drei Millimeter dick ausrollte. Sie schnitt ihn in Dreiecke, die sie zu Croissants aufwickelte und anschließend, ohne sie zuzudecken, gehen ließ.

Nach und nach nahm die Idee, eine Konditorei zu eröffnen,

Gestalt an. Ende 1963 machten sie sich in El Masnou auf die Suche nach verfügbaren Geschäftsräumen. Die beschauliche, inspirierende Ruhe und die Nähe zur katalanischen Hauptstadt, in der ihre Angehörigen lebten, hatten in Alba und Enric die Überzeugung reifen lassen, dass dieser Ort am besten geeignet für ihre neue Lebensphase war. Alba hatte das Städtchen vor langer Zeit von ihrem Vater gezeigt bekommen, der es kannte, weil Rosa Sensat, die Direktorin der Reformschule, in der er arbeitete, von dort stammte.

Während sie die aufgegangenen Croissants mit Eigelb bepinselte, musste Alba daran denken, dass dieser Traum am Ende geplatzt war. Traurig schob sie die Teighörnchen in den Ofen. An ihr nagte nicht, dass sie ihr Vorhaben hatte aufgeben müssen, denn letztlich war sie gern in der Backstube der Escribàs geblieben. Was sie wirklich schmerzte, war der Grund, warum sie auf ihren Traum hatte verzichten müssen.

Schautorte

Januar 1967

Als Alba im Morgengrauen von zu Hause aufbrach, fielen die ersten Regentropfen. Im Laufe des Tages wurde der Niederschlag in den höher gelegenen Teilen der Stadt zu einem leichten Schneefall, doch liegen blieb die weiße Pracht nur auf dem Tibidabo.

Nach einem langen Arbeitstag in der Backstube eilte Alba zur Straßenbahnhaltestelle. Es war ein grauer, eiskalter Winternachmittag, an dem immer wieder Schauer niedergingen. Während sie auf das hartnäckige Trommeln des Regens auf ihrem Schirm lauschte, sehnte sie sich danach, zu Hause dicht bei der Heizung auf ihr Sofa sinken zu können.

Vorher würde sie sich jedoch vergewissern, ob Adela es auch schön warm hatte. Die voranschreitende Demenz ihrer Mutter hatte sie anfällig gemacht, und sie kühlte leicht aus. Seit die Diagnose drei Jahre zuvor gestellt worden war, genau in dem Moment, als sie vorhatten, die Konditorei in El Masnou zu eröffnen, wohnte ihre Mutter bei ihnen. Es war nicht leicht gewesen, sie davon zu überzeugen, denn Adela wollte die Wohnung, in der sie mehr als die Hälfte ihres Lebens verbracht hatte, unter keinen Umständen verlassen. Aber angesichts ihrer Verwirrung und ihres zunehmenden Gedächtnisverlustes wollten Enric und Alba sie nicht länger allein leben lassen.

»Wenn es dir besser geht, kannst du wieder zurück«, hatte

Alba ihr zugeredet. »Außerdem kann ich deine Hilfe im Haushalt gut gebrauchen. Du weißt doch, dass ich viel Zeit außer Haus verbringe.«

Resigniert hatte Adela schließlich nachgegeben, was für ihre Tochter ein untrügliches Zeichen war, dass sie ihre Krankheit instinktiv akzeptierte. Das machte Alba so unsagbar traurig, dass sie sich schwor, immer für ihre Mutter da zu sein.

Sie kam damals auf die Idee, sich an Cecília zu wenden, mit der sie seit ihrem zweiten Besuch in Kontakt geblieben war. Wie gedacht, zeigte sich diese hocherfreut über die Chance, sich Adela gegenüber dankbar für ihren Beistand in der Vergangenheit erweisen zu können.

Von da an kam Cecília zu ihnen, wenn Alba bei der Arbeit war, sie weckte die alte Frau, frühstückte mit ihr und ging mit ihr spazieren. Anschließend kümmerte sich Enric bis zu Albas Rückkehr um sie. Die Zuneigung, die sie ihr zuteilwerden ließen, nährte in Adela die tiefe Liebe, die ihr trotz des Nebels, in den ihr Bewusstsein entglitt, jedes Mal an den Augen abzulesen war, wenn sie Alba oder Cecília erblickte, die beiden Töchter ihres Herzens.

Alba wurde aus ihren Gedanken gerissen, als sich ein Mann dicht neben sie stellte. Im fahlen Licht der Dämmerung erkannte sie ihn nicht gleich, doch als er sie ansprach, blieb ihr das Herz stehen.

»Hallo, Alba.«

Dieses Mal war Joaquims Stimme frei von Ironie. Sie reagierte nicht gleich, denn ihr rauschte das Blut im Kopf und ihre Gedanken überschlugen sich. Als sie sich gefasst hatte, gab sie ihm eine höfliche Antwort.

Nach zwei Jahren ohne Kontakt war ihre Unterhaltung verbindlich und ein wenig angespannt, bis Joaquim urplötzlich zu ihrer Verblüffung sagte: »Machen wir es so, wie du gesagt hast.«

»Wie bitte?«

»Du hattest recht. Wenn wir uns, trotz der Umstände, in unserem Leben immer wieder begegnen, muss das für etwas gut sein. Ich will herausfinden, was es ist.«

»Es ist zu spät, Joaquim.«

»Das ist nicht wahr. Du weißt genauso gut wie ich, dass wir nicht gegen das Schicksal oder was auch immer es ist, ankämpfen können.«

»Es hat sich viel verändert. Meine Mutter ist krank, und ich muss mich um sie kümmern. Jetzt bin ich die, die keine Zeit hat.«

»Die werden wir schon finden, ganz sicher. Es kommt doch am Ende darauf an, dass wir uns sehen.«

»Wozu? Für ein Schäferstündchen und das war's? Ehrlich gesagt, dafür bin ich zu alt. Ich bin einundvierzig. Heute hier, morgen dort, so will ich nicht leben.«

»Als Konditorin solltest du besser als jeder andere wissen, dass gerade die flüchtigen Dinge die wichtigsten sind. Mir ist es gleichgültig, ob die Zukunft, die auf uns wartet, kurz ist und ob uns nur wenig Zeit bleibt. Das Risiko gehe ich ein, denn das ist es wert.«

In diesem Moment tauchte in der Ferne die Straßenbahn auf. Rasch bot Joaquim Alba an, sie mit dem Auto nach Hause zu bringen. Sie schlug sein Angebot aus und stieg geradezu überstürzt in die Bahn, die vor ihr zum Stehen gekommen war. Sie durfte seinen Überredungskünsten nicht nachgeben. Dem emotionalen Auf und Ab, das sie sieben Jahre lang mit ihm durchgemacht hatte, wäre sie nicht noch einmal gewachsen.

In der Straßenbahn fürchtete sie kurz, er würde ihr folgen. Sie fürchtete es und wünschte es im gleichen Moment. Als sich die Bahn in Bewegung setzte, war sie daher nicht erleichtert, sondern fühlte sich, als hätte man sie einer letzten Hoffnung beraubt, die sie in den vergangenen fünf Jahren offenbar unbewusst insgeheim gehegt hatte.

In den Tagen darauf war Alba so niedergeschlagen, dass ihr alles um sie herum unzusammenhängend und weit, weit weg erschien. Ihr war, als schaute sie von einer Insel aus auf ihr Leben und könnte, inmitten des aufgepeitschten Meeres ihrer Gedanken, nichts anderes tun, als, auf der Klippe sitzend, darauf zu warten, dass sich die Wellen beruhigten und sie zum Festland schwimmen konnte.

Doch letztendlich war die Gegenwart stärker als ihr Kummer. Alba verdrängte ihren inneren Aufruhr und konzentrierte sich wieder auf ihre heiß geliebte Arbeit. Unter der Anleitung ihres Chefs, den die Fachpresse als Genie bezeichnete und der in der Branche als Vorbild galt, wurden die Mitarbeiter fasziniert Zeugen, wie die Erzeugnisse der Escribàs einen wahren Boom erlebten. Die Aufträge hatten sich vervielfacht, da die Konditorei von vielen mit vornehmer Exklusivität gleichgesetzt wurde. Und das Interesse an den neuesten Kreationen des Meister-Chocolatiers wuchs stetig.

Antoni Escribà war inzwischen auf dem Gebiet der Konditorkunst zu einem anerkannten Vordenker geworden, der oft für Vorträge und Meisterkurse in der ganzen Welt unterwegs war. Die meiste Zeit verbrachte er allerdings nach wie vor in Barcelona, wo er sich pausenlos neuen Kreationen widmete.

»Wir sind dazu verdammt zu sterben«, hatte Alba ihn einmal sagen hören, »aber nicht dazu verpflichtet, alt zu werden.«

Dieser Ausspruch bewies einmal mehr, wie sehr sich ihr Chef das Wesen eines Kindes bewahrt hatte, und Alba musste an das Ende der Widmung im *Kleinen Prinzen* denken: »Alle großen Leute waren einmal Kinder. (Aber nur wenige erinnern sich daran.)« Antoni Escribà war das sehr wohl bewusst, und deshalb erfreute er sich an jedem Tag.

Der Winter zog ins Land, und es brach ein regnerischer Frühling an, in dem der Himmel oft bedeckt war. Eines trüben Nachmittags, an dem es unter den dichten, grauen Wolken ziemlich kühl war, sah Alba beim Verlassen der Backstube, wie neben ihr ein Auto anhielt. Es war ein ausgesprochen elegantes Fahrzeug, ein Citroën DS, in einem Graublauton, der dem des Himmels ähnelte. Als sie bemerkte, dass Joaquim am Steuer saß, wollte sie vorbeieilen, aber es war zu spät. Einladend hielt er die Tür auf, damit sie einstieg.

»Das muss aufhören«, sagte sie, als sie sich in den bequemen, sienafarbenen Sitz sinken ließ.

Joaquim entschuldigte sich und kam voller Nachdruck auf seine früheren Worte zurück. Dieses ungewohnte Verhalten sagte Alba mehr als alle seine Reden. Die Arroganz, hinter der er sich früher – weiß der Himmel, wovor – versteckt hatte, war fort.

Nach so vielen Jahren, in denen er sich zusammengerissen hatte, zeigte sich Joaquim ihr nun unverfälscht und wahrhaftig. Aber seine Offenheit machte sie nicht froh, sondern traurig.

Denn das, was zwischen ihnen stand, blieb bestehen. Sie konnten an den Gegebenheiten nichts ändern, ohne dafür einen leidvollen Tribut zahlen zu müssen.

»Das, was wir tun, hat Auswirkungen auf viele Menschen, Joaquim.«

»Das, was wir nicht tun, auch. Vielleicht hindern wir sie daran, andere Wege zu gehen, oder übertragen unser Unglück auf sie.«

»Ich bin glücklich, sehr sogar. Und meine Mutter braucht mich, genau wie deine Kinder dich brauchen.«

»Nicht mehr lange, meine Tochter wird bald vierzehn und mein Sohn ist zwölf. Außerdem sage ich doch gar nicht, dass wir sie verlassen sollen. Ich bitte dich nur, keinen Schlussstrich zu ziehen, sondern uns die Möglichkeit zu geben, uns aneinander zu erfreuen und unseren Spaß zu haben. Ich will nicht darauf verzichten und mit dem Gedanken leben müssen, dass die Zukunft nur eine Verlängerung dessen ist, was ich schon habe. Ich will die Perspektive haben, eines Tages mit dir zusammen sein zu können.«

Ein leises Geräusch, als würden winzige Pfoten über die Scheiben des Wagens trippeln, setzte den Schlussakkord hinter seine Worte. Es war, als fiele der Regen in Zeitlupe. Aber vielleicht gewährte ihnen das Wetter auch eine notwendige und wohlverdiente Pause.

Mai 1977

»Was sind das für Plakate?«

Schon von Weitem konnte Alba den Slogan der Plakate lesen, mit denen die Fassade der Patisserie Escribà zugekleistert war.

Von Politik verstehen wir nichts,
dafür aber von Panellets.

Noch bevor Cecília ihr antworten konnte, sprach Alba ihren Gedanken aus.

»Wetten, das hat sich der Chef ausgedacht?«

»Stimmt! Seit der Wahlkampf begonnen hat, hängen die Parteien überall Plakate auf. Du hast es ja gesehen, die Straßen der Stadt sind voll davon. Und weil er ständig Wahlwerbung von der Fassade kratzen musste, ist Antoni Escribà zu guter Letzt schnurstracks zur Druckerei gegangen und hat seine eigenen Plakate in Auftrag gegeben.«

Alba lächelte. An diesem Morgen hatte sie sich mit Cecília an ihrem früheren Arbeitsplatz verabredet, wo sie vom neuesten Einfall ihres ehemaligen Chefs überrascht worden war. Obwohl so viele Jahre vergangen waren und sie ihn so gut kannte, war der Magier der Schokolade noch immer in der Lage, sie zu verblüffen. Sie verspürte einen sehnsüchtigen Stich in der Brust. Mit einem Mal musste sie an ihren ersten Arbeitstag im Laden der Escribàs denken und an Zeiten, die noch viel weiter zurücklagen. All ihre Erinnerungen tauchten auf, und sie konnte die Gesichter ihrer Großmutter, von Adela, Señora Pepita, Señor Escribà und so vielen anderen vor sich sehen.

Zehn Jahre waren seit jenem regnerischen Abend vergangen, als Joaquim sie mit dem Auto abgeholt hatte. In den ersten sieben Jahren hatten sie ihr gewohntes Leben weitergelebt und hatten in dieser Zeit auf eigentümlich unkomplizierte Weise immer einen Weg gefunden, sich zu treffen. Und diese Begegnungen hatten sie in ihrer Absicht bestärkt zu warten.

In der Zwischenzeit hatte sich die Welt von Grund auf verändert, nachdem im Ausland die Jugend im Prager Frühling, im französischen Mai 68 und bei Protesten gegen den Vietnamkrieg und die Invasion in der Tschechoslowakei auf die Straße gegangen war. Selbst in das starre Franco-Regime war der Geist des Wandels gesickert, und so war 1969 ein Dekret erlassen worden, das sämtliche vor dem Ende des Bürgerkriegs begangenen Verbrechen für verjährt erklärte. Damit endete die Gefangenschaft ihres Schwiegervaters, der in dem Jahr, in dem der Mensch den Mond betrat, endlich wieder aus dem Haus gehen konnte.

Ein Jahr später sprach Alba Enric zum ersten Mal darauf an, dass sie sich möglicherweise trennen sollten. Er konnte es nicht fassen, denn er war überzeugt gewesen, dass ihr gemeinsames Leben geradezu vorbildlich war, ohne große Leidenschaften, aber ausgesprochen herzlich, so wie es von einer glücklichen Ehe erwartet wurde.

»Ich habe immer Verständnis für dich gehabt. Ich weiß nicht, was du noch willst.«

»Das stimmt, und wir verstehen uns wirklich gut. Aber zwischen Mann und Frau geht es nicht nur um Freundschaft und Zuneigung.«

Am Ende musste er ihr recht geben. Er kannte sie gut genug, um zu wissen, dass ihre Beziehung sie nicht erfüllte, und, wenn er ehrlich war, auch ihn nicht. Aber es war bequemer zusammenzubleiben, als sich einer Trennung stellen zu müssen. Daher beschloss er nach dieser unverbindlichen Unterhaltung, das Thema nicht mehr anzurühren, solange auch sie es nicht tat.

Zwei Jahre später starb Adela. Im Zuge ihrer Krankheit war das, was ihr Wesen einmal ausgemacht hatte, nach und nach verloren gegangen, auch wenn sie dank ihrer Pflege körperlich erstaunlich rüstig geblieben war. Doch eines Septembernachts wurde ihr Herz müde. Alba war zu diesem Zeitpunkt fünfundvierzig Jahre alt. Der Strudel der Zeit war zu einem Trugbild geworden, in dem sich eine immer längere Strecke der Vergangenheit spiegelte. Einmal mehr wurde sie sich ihrer Vergänglichkeit bewusst, und sie begriff die Gegenwart als eine Summe von Momenten, die in sich die Anziehungskraft der Ewigkeit trugen.

Dieses Bewusstsein flößte ihr den Mut ein, das neue Leben zu beginnen, das sie so sehr herbeigesehnt hatte. Sie hatte ihn bitter nötig, um sich von Enric und der Backstube trennen zu können, von ihrem bisherigen Leben, das sie so sehr geliebt und das sie so viel gelehrt hatte. Es waren Seiten ihres Selbst, die sie zurücklassen musste, um mit Joaquim einen neuen Weg einzuschlagen.

In der klaren, kalten Luft wirbelte flüchtiger Schnee. Der Winter wollte einfach nicht weichen, sondern verzögerte mit solchem Geriesel noch immer unerbittlich das Erwachen des Frühlings.

Alba betrachtete für einen Moment das fahle Licht, das durch die Schaufensterscheiben hereinfiel. Der Kontrast zwischen dem weiß und bunt leuchtenden Konfekt in der Auslage und dem schwachen Tageslicht draußen erinnerte sie an ihre Kindheit. Wie hatte sie damals über die leuchtende Farbenpracht der Kuchen gestaunt, wo doch weit und breit nur Elend war.

Vor sieben Jahren hatte sie sich mit Joaquim in einer kleinen Gemeinde im Großraum Barcelona niedergelassen, in der Alba bald darauf ihre eigene Konditorei eröffnet hatte. Der Ort bot ihnen Diskretion und lag doch in erreichbarer Nähe der Stadt, in der er noch seine Kanzlei unterhielt und sie beide Angehörige und Freunde hatten. Es hatte sie überrascht, wie relativ leicht der Schritt in ihr neues Leben gewesen war, das noch angenehmer und unkomplizierter war, als sie erwartet hatten. Der Mentalitätswandel, der sich im letzten Jahrzehnt abgezeichnet hatte, war in den Jahren nach Francos Tod immer deutlicher zutage getreten.

Die neue Situation bestärkte auch Alba in dem Wunsch, mit ihrem kleinen Unternehmen voranzukommen, dem all das zugutekam, was sie in der Backstube der Patisserie Escribà gelernt hatte. Und selbst wenn sie nicht mehr dort arbeitete, ließ sie sich doch nach wie vor bei dem Konfekt und Gebäck, das sie täglich frisch anbot, von dem inspirieren, was dort geschah.

Erst Anfang April 1979 hatte ihr ehemaliger Chef sie mit seiner neuesten Erfindung verblüfft. Mercè, mit der sie nach wie vor befreundet war und die sie über alles, was in der Konditorei vor sich ging, auf dem Laufenden hielt, hatte ihr erzählt, dass die Bank La Caixa anlässlich ihres 75-jährigen Bestehens eine große Dinnerparty mit zwölftausend Gästen feiern wollte und dafür bei Antoni eine riesige Torte bestellt hatte. Doch obwohl seine Torte – eine maßstabsgetreue Nachbildung des Firmensitzes der Caixa in der Via Laietana – gigantische Ausmaße hatte, war der Konditormeister besorgt, sie könne inmitten der Tausenden von Gästen nicht auffallen.

Da hatte er eine Idee.

Verblüfft betrachtete Alba die Fotos, die Mercè ihr zeigte. Darauf war zu sehen, wie Antoni Escribà einen von zwei mit Federn geschmückten Schimmeln gezogenen römischen Streitwagen lenkte. Die restlichen Fotos hielten den Moment fest, in dem hinter ihm eine Kutsche mit Trompetern und am Schluss des Gefolges eine zweite mit der riesigen Schokoladentorte erschienen waren.

Während sie die Bilder anschaute, erkannte Alba in Antonis Streben denselben Tatendrang, der seinen Großvater Mateu ein Jahrhundert zuvor dazu gebracht hatte, sich auf ein unbekanntes, aber verheißungsvolles Terrain zu wagen. Diese Unrast hatte den Zauberer unter den Chocolatiers dazu veranlasst, die Grenzen zu überschreiten und weitaus mehr als nur Kuchen und Konfekt feilzubieten. Er bot den süßen Köstlichkeiten eine große Bühne.

Aber Mateu Serras Vermächtnis war nicht nur in Antoni zur Blüte gekommen, es keimte auch in seinen drei Söhnen. Christian, Joan und Jordi, die Erben dieses Wissens um Sinnesfreuden und Leidenschaft, zeigten bereits die Neigung, den Pfaden aus Mehl, Schokolade und Zucker, die ihre Vorfahren gebahnt hatten, zu folgen. Es war nur eine Frage der Zeit, bis es so weit war.

Und in gewisser Weise fühlte auch sie sich als Erbin des Vermächtnisses der Escribàs, da sie voll und ganz hinter ihrer Philosophie stand, dass süße Köstlichkeiten Emotionen hervorrufen konnten. Seit sie denken konnte, war der Anblick dieses begeisterten Funkelns immer ihre Hauptmotivation gewesen.

Alba bemerkte, dass die fragilen Flocken zu einem nassen Matsch geworden waren, der einen nostalgischen Kontrapunkt zu ihren Gedanken bildete. Ungewöhnlich viel Schnee würde es nicht geben, doch ihr blieb die Magie des Süßen.

Das Jahrhundert war an Kriegen vergleichsweise arm gewesen, reich dagegen an Neuerungen: ein Jahrhundert der Wunder. Jetzt überschritt die Menschheit die Schwelle zum 20. Jahrhundert mit einem Schaudern.

Die Stadt der Wunder

Eduardo Mendoza

Anmerkung

Bei diesem Roman handelt es sich um ein fiktionales Werk, dessen Figuren und Geschehnisse, bis auf die historischen Daten und Fakten zur Patisserie Escribà, allein der Fantasie der Autoren entstammen. Der Großteil der Informationen zur Geschichte dieses Flaggschiffs der Konditorkunst stammen von Christian Escribà selbst und seiner Mutter Jocelyn Tholoniat, der Ehefrau von Antoni Escribà und Tochter eines großen französischen Patissiers. Ihre wertvollen Hinweise zur Geschichte sowie zu Personen und Techniken wurden mithilfe der folgenden Publikationen ergänzt: *Escribà. El arte de convertir la pastelería en ilusión* [Die Kunst, Gebäck in Illusionen zu verwandeln] von Christian Escribà (RBA, 2013) und *De l'ou a la mona* [Vom Ei zum Osterkuchen] von Antoni Escribà (Escribà, 1996).

Quellenangaben

Das Zitat aus *Charlie und die Schokoladenfabrik* von Roald Dahl auf Seite 229 ist formuliert in Anlehnung an die deutsche Übersetzung von Inge M. Artl & Hans Georg Lenzen, Rowohlt TB, 2003, 23. Aufl., Seite 156.

Das Zitat aus *Die Stadt der Wunder* von Eduardo Mendoza auf Seite 286 entstammt der deutschen Übersetzung von Peter Schwaar, Suhrkamp TB, 1992, Seite 294.